大齡女出頭天 上

文創風 1143

櫻桃熟了 著

目錄

序文……005
第一章……007
第二章……015
第三章……023
第四章……029
第五章……037
第六章……043
第七章……049
第八章……055
第九章……063
第十章……073
第十一章……079
第十二章……087
第十三章……095
第十四章……101
第十五章……107
第十六章……113
第十七章……121
第十八章……129
第十九章……137

第二十章 …… 145
第二十一章 …… 153
第二十二章 …… 163
第二十三章 …… 169
第二十四章 …… 175
第二十五章 …… 185
第二十六章 …… 191
第二十七章 …… 199
第二十八章 …… 209
第二十九章 …… 217
第三十章 …… 225
第三十一章 …… 235
第三十二章 …… 241
第三十三章 …… 249
第三十四章 …… 257
第三十五章 …… 263
第三十六章 …… 273
第三十七章 …… 283
第三十八章 …… 291
第三十九章 …… 299
第四十章 …… 307
第四十一章 …… 313
第四十二章 …… 319
第四十三章 …… 327

序文

櫻桃熟了

讀者們好，謝謝你們喜歡我的書。

當初寫這本書之前，我剛看完一部電視劇，裡面有一句臺詞，我記得很清楚，女子堅定且帶著自我感動地說：「我一定要給你們家生個兒子傳宗接代。」

這部電視劇的女主無疑是那個時代的楷模，堅韌、隱忍、賢慧，靠著自己一個人努力為大家鞠躬盡瘁，就差沒有死而後已了。

看完後，心裡就好像被什麼東西堵住了，很不舒服，雖然知道在那個時代，這些就是對女人的要求和定義，無可奈何，但就是覺得不甘心。當時就在想，有沒有可能，古代也有個人物可能境遇悲慘、出身不好，卻和這個電視劇傳統的女主活出不一樣的人生？

所以這本書的女主李清珮就誕生了——她早年給別人當妾，等到丈夫大婚就被丟出來，美其名曰是給她一個自由，還給了不少銀子，但是大家心裡都知道，這不過是託辭，其實她就是被拋棄了，像一個沒有用處的東西。

我們可以意識到女人的地位如此卑微低賤，召之即來，揮之即去，但是她並沒有被這處境打垮，也沒有自暴自棄，而是在逆境中隱忍努力，想要找到一個屬於自己的人生。

於是，她努力規劃未來，甚至想去嘗試考取女狀元——當然為了這個合理性，我把背景設定成女子也可以參加科考，入朝為官，光宗耀祖。

就這樣女主開始了自己新的人生。

有一句話說得好，花若盛開，蝴蝶自來，女主這種積極樂觀的人生態度，讓她變得美貌自信，吸引了我們的男主。

由於男、女主角都是經歷過不少事情，性格多了一分沈穩內斂，也更加明白自己想要什麼，在相處中互相產生好感。

這本書有寵愛、有甜蜜，也有浪漫的情節，但是我也希望讀者們能看到一個不一樣的女主，一個積極且能實現自我價值的女主。

這就是我當初寫文的初衷，也希望讀者能喜歡。咱們下本書再見。愛你們。

第一章

元和十年的夏天，六龍騖不息，三伏起炎陽。

秦王府西邊的蓮花居外，一群小廝、僕婦們顧不得炎熱，來來往往地往外搬著箱籠。待箱籠收拾妥當，丫鬟紅蓮推門而入。

屋內靠窗，紅漆海棠紋的楠木圓桌旁，一名年輕女子著一件湖藍色的綃紗裙裳，舉著青玉茶杯品茗，見丫鬟過來，笑著說道：「可是收拾妥當了？」

盈盈淺笑，卻清麗動人至極。冰玉做的肌膚，秋水為眸，一舉一動皆是畫中仙子一般婀娜明媚，端的是傾城佳人。

紅蓮想著她如今的處境，實在是憋悶得厲害。

明日就是秦王大婚，因著新主母入住，少不得要讓通房、侍妾挪出去，只是這幾年來秦王很是寵愛李清珮，吃穿用度皆是最好，不說獨寵，那也是秦王府裡的頭一位，不過轉眼就被這般無情打發，著實叫人寒心。

紅蓮強忍著情緒道：「姨娘，已經收拾妥當了。」

「啟程吧。」李清珮起身。「去通州要半天的路程，別耽擱了。」

紅蓮卻像是柱子般一動也不動，見李清珮疑惑地望過來，才說道：「姨娘不去跟王爺道別嗎？」
「說起來，王爺對我也是恩重如山，這幾年來更是拂煦照顧，按道理我應該去道個謝，只是明天就是大婚的日子，必然忙得腳不沾地，我去了不一定能見上一面，又何必去那兒找不自在？」
「不會的，王爺素來寵愛姨娘，姨娘要是去了肯定會見的。」紅蓮說到這裡停頓了下，又忍不住說道：「姨娘，您就當真這般走了？」
李清珮臉上還是帶著笑，只是目光已經變得有些諷刺，語氣卻是不急不緩，道：「還能如何？」
「姨娘，您去求求王爺，畢竟也有那十分得寵的姨娘，等著主母誕下長子就會被接回去。」紅蓮苦口婆心地說道：「姨娘如今年歲數也不小了，出了王府的門到哪裡去找個好歸宿？更何況王爺英武不凡，又哪裡是尋常男子可相比的？」
李清珮十五歲時被秦王納入羽翼之下，如今五年過去，正是桃李之年，離那徐娘半老不過一步之差。
「紅蓮，妳真讓我寒心。」
「姨娘？」
「既然妳這般喜歡這裡，就留在王府吧！」李清珮說完就朝著門外喊道：「彩蝶。」
「姨娘，您喊我？」從門外進來一個臉蛋圓圓，看起來有幾分憨態的少女，著一件蔥綠色素面的褙子。

彩蝶見平時最得李清珮喜歡的大丫鬟紅蓮臉色煞白地站在原地，又瞄到李清珮雖然還是溫婉平和，但是目光裡毫無溫度，她心裡咯噔一下。

李清珮平日裡對丫鬟們都很好，和氣溫順，一旦生氣了就會這般模樣，甚是嚇人。

「去跟管事說，這種為了一己私利，攛掇主子壞了規矩的丫鬟，我要不起，叫人來領回去吧。」李清珮說道。

「姨娘！」紅蓮渾身無力，撲通跪了下來。「姨娘，紅蓮自問都是為了姨娘好呀！」紅蓮也素知李清珮的脾性，很少說出狠話來，一旦開了口必然就難以挽回，她心裡既是委屈、又是覺得難過，膝行過去拉住李清珮的裙角哭道：「姨娘是不知道外面什麼光景，要是遇到心懷不軌的人，姨娘又是這般顏色，一個女子實在是太過艱難了。」

李清珮道：「當初危難之際，王爺出手相幫，我自當感激不盡，這些年兢兢業業的，不敢有一絲怠慢，如今王爺大婚當前，要娶賢良主母，正是恩愛圓滿之時，妳卻要我憑著素日寵愛癡纏王爺，叫王爺為難，這是我該做的？那我豈不成了一個壞了心術、不知感恩的小人？且萬一被有心人傳到新王妃耳中，妳道，我有好日子？妳這是要把我置於死地呀！」

見紅蓮恐慌，李清珮緩了神色，喟嘆道：「離府之前，我叫妳們幾個來，願意跟著我走，我自然滿心歡喜，若是想要留下來，我自也不會阻攔，趁著我還能護著妳們，且給妳們尋個門路，妳當時如何說的？紅蓮，這世上哪裡有那美事，又要過上錦衣玉食的生活，還要拿個好名聲？」

紅蓮震驚不能自已，只覺得自己那一點小心思如同暴露在陽光底下，骯髒而難堪，張嘴想了半天，卻覺得喉嚨乾澀，什麼都講不出來，像一隻脫了水的魚，只能撲騰。總算是自知大勢已去，忍不住伏在地上大哭了起來。

彩蝶扶著李清珮出了門，看到一位年輕俊朗的男子站在屋簷下，他著一件玄色團花的杭綢長袍，腰上繫了根素色的絲條，上面壓著一枚雕工精緻的雙魚羊脂玉珮，長身玉立，倒也顯得風姿高華。

「見過王爺。」李清珮停頓了下，似乎沒有想過會在這裡見到秦王，心裡不確定他有沒有聽見剛才的對話。

「起來吧。」秦王面色複雜地看著李清珮。「何時啟程？」

李清珮恭敬地道：「原本這會兒就要走，就是想著要不要去跟王爺道別，又怕王爺今日繁忙不得空，猶猶豫豫的，倒是拖到現在都沒有啟程。」

秦王沈默了片刻，叫一旁的侍從拿了名帖過來，道：「妳我雖緣分已盡，總是盡心服侍過本王，這名帖妳好生收著。」

秦王的名帖可不是一般的東西，代表著秦王親臨，十分重要，不會輕易送人。

李清珮這下已經確定秦王聽到了她和紅蓮的對話，秦王把名帖給了她，這是要繼續把她護在羽翼之下。

李清珮素知秦王冷情，乍見這般，心中不免動容道：「您待妾身這般愛護有加……」

秦王眉峰一皺，冷著臉，甩了袖子道：「妳且去吧。」

李清珮目光裡的亮色褪去，低下頭來，恭敬地道：「妾身去了，王爺珍重。」

丫鬟扶著她往外走，只是走到角門，到底有些忍不住，回過頭瞧了眼秦王，見他也正望著自己，目光幽深冷清，深沈不見底，一如兩個人初見，雖然在身旁，卻是那樣遙不可及。

她忍不住自嘲地抿嘴，決絕上了馬車。

兩輛馬車前後上路，因著到了午時，路上行人不少，又有許多飯菜香味從街坊上飄散來。

自從上了馬車，李清珮就閉目靠壁歇息，面色略帶幾分蒼白。

一路上倒也順遂，很快就到了東城門附近，只是彩蝶小心翼翼的，大氣也不敢喘一聲，怕是讓李清珮難過。她素知紅蓮有些自命清高，只是沒有想到會攛掇姨娘去纏著王爺，當真是心術不正，好在姨娘是個明白人，沒有聽從，不然真是要出大事了。

想到秦王離別之時的無情，彩蝶替李清珮難過，五年的情分竟然一句離別的溫言也不曾說……

這時候，閉目歇息的李清珮忽睜眼，說道：「妳且看看是不是到了那望北樓？」

彩蝶掀起簾子，伸長脖子往外那麼一瞧，果然看到四層高的望北樓，門前人來人往，好生熱鬧。「姨娘，您怎麼知曉的？」

李清珮一掃之前頹然的神色，道：「去買兩份醬肘子。」

望北樓的醬肘子油而不膩，久負盛名。

「姨娘，您吃得下那麼多？」

李清珮食量很小，平時也不過吃半碗飯，幾筷子菜而已，這一次竟然要買兩份肘子，倒是讓彩蝶有些驚愕。

「以後別喊我姨娘了，喊夫人吧。」

如今她已經是自由身，自然不能再喊姨娘了，只是曾為人婦，不好再回頭叫姑娘，如此稱為夫人最為合適。

「知曉了。」

彩蝶不用親自去採買，自有那跑腿的婆子去買醬肘子呈上來，又展開小炕桌，剛好擺在馬車內，茶果一應俱全。

彩蝶原本還擔心李清珮為秦王府的事情傷神，誰知道她卻胃口大開，蘸著甜醬，一口氣吃了十幾片肘子。

「夫人，您喝些茶水。」彩蝶忙道。

李清珮放下筷子，接過溫茶喝了一口，又道：「望北樓挨著春香居，我記得他家的佛跳牆著實出名，妳且買一罐來。」

望北樓的醬肘子，春香居的佛跳牆，街邊李老頭賣的烤番薯，素齋堂的珍珠湯圓……雖然每一樣都只動幾筷子，但是都嚐完一輪，李清珮的肚子已經圓得跟球一樣了。

李清珮解了腰帶，呼吸變得順暢起來，從半開的簾子看著漸漸遠去的城門，她愜意地喝了一杯從素齋堂買來的綠豆湯，露出心滿意足的笑容。

雖有不捨，但以後再也不需要為了某人的喜好常年節食，只為了纖不盈握的腰肢；以後再也不用早起，只為了給某人穿衣淨面……

第二章

通州雖然不及京城繁華，但是有漕運碼頭，運河上接京城，下連江南蘇杭，交通可謂四通八達，且通州知府更是這幾年少見的女官。

馬車在官道上徐徐前行，藏青色寶花紋的車簾搖搖晃晃的，隱隱約約露出裡面窈窕的女子身影來。

李清珮坐在湘妃竹蓆子上，用綃紗團扇有一搭、沒一搭地搧風，一邊跟彩蝶說起通州的事情。「畢竟是女知府，想來也是好說話，這才決定回到通州去。」

自從聖尊皇后徐黛珠，力排眾議推舉女子科舉，又提拔許多不世的女子名臣，開創了榮鼎盛世，此後大趙就變得十分推崇女子為官。只是隨著時間的流逝，因朝堂中掌權者多數皆是男子，女官越來越式微，到了孝仁皇帝的時候，把三年一次的女子科舉改為六年一次，朝中女官便越發寥寥無幾了。

就算如此，也總有女子脫穎而出，這位通州知府白靜瀾正是一位。

「聽說白狀元姿容儀態極為出眾，在瓊林盛宴中差點被當今陛下納入後宮之中，卻被她當眾委婉推辭了。」李清珮說起這位通州知府也是掩不住的欽佩。

彩蝶也很是嚮往，道：「夫人，您說的這位就是通州知府嗎？」

「正是。」李清珮忽覺因為吃太多，肚子越發不舒服，微微彎腰，喝了一口放在案桌上消食的山楂茶水，等那溫茶下肚，讓脾胃稍稍安穩了些，她舒服地靠在後面的馬車壁上，道：「今日到了府邸休息一晚，明日就遞帖子過去，總要去拜訪知府白大人。」

李清珮早就在通州置辦宅子，不常用的物件都提前搬過去了，今日這馬車上載著的不過是她平日離不開的常用之物。

「奴婢記下了。」彩蝶說道。

兩人正說著話，忽見李清珮皺眉，捂著肚子倒在地上。

彩蝶嚇了一跳，道：「夫人，您這是怎麼了？」

「肚子……疼。」

彩蝶急道：「這可如何是好？肯定是之前吃多了！」

彩蝶有些怨恨自己剛才沒有勸住李清珮，因著秦王喜好女子腰身纖細，李清珮平日吃得極為清淡，更是很少食葷腥，剛才一次吃那麼多，其中有八分肥、二分瘦的醬肘子，腸胃如何受得了？

「彩蝶姑娘，夫人這是怎麼了？」車伕李三察覺到不對勁問道。

「停車。」彩蝶說道。

等馬車停下來，彩蝶問坐在後面馬車上的李三媳婦。「李嬤嬤，夫人這會兒肚子疼，妳帶了消食的藥丸子嗎？」

李嬤嬤頓時就急了，道：「因為只是半天的路程加上天氣炎熱，就只帶了解暑的藿香正氣丸。」

彩蝶一時不知所措，她雖然比紅蓮忠厚，又有些身手，但是要比紅蓮少一分果決和機靈，不然也不會讓紅蓮壓到她頭上來。

還是李嬤嬤說道：「前面正好是茶水鋪子，想來平日裡有許多來往的行人，說不定就有消食的藥丸子。」

彩蝶這才回過神來，抱著臉色煞白、疼得已經說不出話的李清珮，道：「李嬤嬤，妳快去問問，夫人疼得越來越厲害了。」

李嬤嬤不敢耽誤，小碎步跑過去，跟茶水鋪子的掌櫃說了幾句就露出失望的神色來。

一直撩開簾子察看那邊動靜的彩蝶心中一沈，道：「夫人，那邊應是沒有藥丸子，我瞧著李嬤嬤的臉色很是難看。」

李清珮張了半天的嘴，一句話都說不出來，只使勁地拽著彩蝶的臂膀，手背上青筋暴起。

彩蝶差點落下淚來，道：「都怪奴婢，奴婢怎麼就沒勸著夫人呢？」

正在這時候，又見李嬤嬤面帶喜色跑過來，道：「彩蝶姑娘，那邊茶鋪子雖然沒有消食的藥丸子，但是旁邊客人說會一些醫術，可以幫夫人瞧瞧。」

這裡前不著村、後不著店，且李清珮病得這般急，既然有人肯瞧，肯定是要試試的。

彩蝶不過猶豫了下就道：「妳快請那位客人過來。」

不過片刻，李嬤嬤領著一身材高瘦挺拔的男子走了過來，他穿著一件杭綢的松花色聯珠團紋的短褐，因為戴著斗笠，看不清面容。

只是見到來人，彩蝶便知道向來穩妥的李嬤嬤為什麼推薦此人了，他雖然隻身一人又看不清面容，但是步伐沈穩，一舉一動皆是雅致，讓她想到王府裡見過的那些王孫貴公子們，想來出身不俗，不是那無名之徒。

「可是積食了？」男子開口問道。「且讓我診一診。」

馬車狹隘，又是生人，加上李清珮是少見的傾城之色，彩蝶不敢讓男子上來，只撩開簾子伸出李清珮的手腕來，道：「先生勿惱，裡面實在是坐不開，煩請先生將就著瞧瞧，婢子感激不盡。」

李清珮的手甚是漂亮，纖纖十指，猶如精雕細琢的羊脂玉一般，毫無瑕疵。

男子卻像是沒有注意到一般，只專心診脈，這讓彩蝶越發放心，只是心裡憂心李清珮的病情，很是焦慮。

頃刻之後，男子道：「妳們夫人之前吃了什麼？」

「醬肘子，佛跳牆……」彩蝶回道。

李清珮聽到彩蝶如數家珍般把所有吃食的菜名都說出去，粗算下來竟然有十五、六種菜餚，只覺得臊得不行。那會兒只想著得了自由身，以後可以不再顧忌旁人，想吃什麼就隨意吃，卻沒有想過會積食。她忍不住把臉埋到彩蝶的懷裡，只覺得這輩子從來沒有這般丟人過。

「夫人倒是好胃口。」

男子說了一句話，雖然語氣沒有一點起伏，很是冷清，但是不知道為什麼竟讓李清珮聽出幾分調侃的意味來。

男子從茶水鋪子借來繡花針，幫李清珮扎了四縫穴，片刻便流出黑血。

少頃之後，李清珮就覺得好了許多。

彩蝶自然是欣喜萬分，對那男子道：「先生真是妙手回春，婢子在這裡替夫人謝過先生。」又摸出裝了銀錠的荷包，道：「一點薄禮，還請收下。」

男子卻道：「我剛才跟李嬤嬤說過了，不收銀子，只要搭個便車一同回通州便可。」

彩蝶有些拿不定主意，好在李清珮已經恢復許多，在馬車內聽到兩人的對話，道：「先生剛剛救了妾身，不過這一點請託，有何不可？彩蝶，妳把後面那輛馬車空出來給先生用。」

「多謝夫人。」男子不卑不亢道。

之後一路無話，到了傍晚時分就抵達通州，在通州河口遇到兩位穿著黑色短褐的男僕，把那男子接走。

在聖尊皇后政策的推行下，大趙風氣開放，沒有男女大防，但是李清珮畢竟是孤身女子，又和此人萍水相逢，不想過多深交，道了謝，便客客氣氣地分開了。

到了通州宅邸，李清珮舒舒服服漱洗一番，雖然已經沒有脹痛感，但還是吃了彩蝶送來的消食藥丸，之後便沈沈睡了過去。

這一覺就到第二天早上，李清珮在清晨明亮的晨曦中醒過來，細碎如金屑的陽光透過芙蓉色的葛布帳子投射進架子窗內，帶出朦朧如同幻境般的絢麗。

窗外桂花樹枝上站著幾隻不知名的鳥兒，發出悅耳的叫聲，就連鼻息中也皆是月季花的清新氣息，李清珮忍不住閉上眼睛，愜意地笑了出來。

似是聽到裡面的動靜，一直在外候著的彩蝶道：「夫人，您可是醒了？」

「嗯，進來吧。」

李清珮起身，看到彩蝶穿著一件橘紅色湖綢褙子，烏黑的頭髮整整齊齊綰了雙丫髻，插著早上才開的月季花，倒像是這夏日的樹木，繁茂而生機勃勃，令人見了就心生好感。

李清珮忍不住笑道：「以後不用起得這般早。」

「夫人哪裡的話，早起伺候夫人是我的本分。」

李清珮起身，打開衣櫃，昨天一到府就昏昏沈沈睡去，裡面的衣裳還是彩蝶趁她睡著整理出來的。

「這件瞧著不錯。」李清珮挑了一件銀紅色燙金纏枝蓮紋的綃紗襦裙。「配我那套珊瑚頭面正合適。」

彩蝶吃了一驚，這件銀紅色的襦裙在衣櫃裡放了許久，原本是李清珮很喜歡的衣裳，因著秦王說了一句簡直俗媚不堪，李清珮就沒再穿過。

淨面漱口，又換了衣裳，戴上珊瑚鳳頭釵、眉心墜，配著銀紅色綃紗襦裙。

彩蝶一直都知道李清珮顏色好，但還是第一次看到她打扮得如此奪目，卻覺得沒有秦王說的俗媚，反而明媚如同夏日盛開的芍藥花耀眼，一舉一動皆是動人至極。

「夫人，您可真好看。」彩蝶真心讚嘆道。

李清珮忍不住愉悅地笑了起來。

正在這時候，外面有人道：「夫人，有客來訪。」

第三章

「是何人？」

彩蝶服侍著李清珮在海棠花紅漆圓桌上用飯，因為昨天積食，不敢上那些難以消化的食物，只叫廚房做雞湯米粥。

李清珮喝了一口米粥，鮮香濃稠，既給她解饞，又不傷脾胃。

彩蝶見李清珮吃得滿意，這才鬆了一口氣，一邊替她倒了消食的茶水，一邊說道：「是住在隔壁的趙家。」

李清珮聽了問道：「隔壁什麼時候來了人？」

這幢宅子前靠白薇河，後面則是倉青山，風景都是極好的，原本是揚州一個鹽商修來當別院，當時也是費了大力氣，雕梁畫棟，假山流水，無一不是精緻，李清珮看到了就很滿意，當時纏著秦王說了好久，他才買下來給她當作私產。

她還記得隔壁不過一個破舊的宅院，現在竟然已經有人入住了？

「也就是去年的時候，夫人這兩年走不開沒來過別院，自然是不清楚。」彩蝶道：「來的人自稱王總管，抱著一盆碎掉的蘭花和嘟嘟……」

「嘟嘟？」李清珮驚訝道：「那廝又跑出去了？」

嘟嘟是李清珮養的一隻貓，讓人提前送到別院裡，誰知道這小傢伙來了沒多久就開始闖禍了。

「叫他進來吧。」李清珮頓時沒了胃口，起身跟彩蝶一同去旁邊的廳堂，坐在上首的臥榻。

那位王總管名叫王興，三十多歲，中等身材，穿著一件藏青色的湖綢短褐，懷裡抱著一隻像球一樣圓滾滾的大肥貓，那貓是一隻黑灰虎紋的狸花貓，一雙杏核形狀的琥珀色眼睛滴溜溜的。

王總管把嘟嘟放下來，嘟嘟走到李清珮跟前，想要跳上臥榻，無奈太胖，試了幾次都沒成功，最後直接四腳朝天摔在地上，委屈地喵喵叫，還是被李清珮撈到懷裡，牠這才撒嬌地用腦袋去蹭她。

李清珮道：「你這又是闖什麼禍了？」

王總管直接道：「夫人，貴府的貓從牆上跳下來的時候，踩到我們家老爺養了三年的蘭花。」

「三年的蘭花？」能讓人細心養了幾年的蘭花，顯然不是尋常之物。

李清珮看到王管事叫人把蘭花搬進來，仔細一瞧，忍不住氣得要去拽嘟嘟的耳朵。

她跟著秦王也算是見過不少世面，曾經秦王要給人送禮，命人尋了許久的蘭花，最後花百金得了一盆品相極好的壽蘭，那花主起初還不願意賣，中間拖了不少時間，為此跟她抱怨許多次，倒也讓她記住了。

她剛才看了眼，就是一盆品相極好的壽蘭……

咦，怎麼覺得這蘭花跟當初秦王送出去的很相似？

李清珮隨即搖了搖頭，秦王是當今皇帝的同胞兄弟，又是手握重兵，能讓他費心討好送禮，顯然不是尋常人，而這種人一般都是在京都，又怎麼會在她隔壁出現？應該只是巧合而已。

彩蝶小聲地說道：「夫人，怎麼就說是嘟嘟踩壞的？」

以前嘟嘟是由彩蝶照顧，從小奶貓開始養著，她很是心疼嘟嘟。

王總管顯然也聽到了，神色一冷正要說話，卻聽到李清珮道：「妳看那花被踩的地方，就是這隻傻貓一屁股坐下去的，牠胖得跟球一樣，又如何能爬牆？顯然是爬到一半掉下去了！」

王總管想起這隻肥貓從天而降，摔落下來，弄壞蘭花，倒是牠自己嚇了一跳，委屈地縮成一團喵喵叫，他當真是哭笑不得。

「你們老爺如何稱呼？」李清珮想起要賠償的銀子來就覺得肉痛，秦王不是小氣的人，這幾年來她倒是攢下不少積蓄，只是這盆花也不是尋常之物，顯然要賠償不少銀子。「既然是嘟嘟惹下的禍事，不管多少，總是要賠給貴府。」

「我們老爺姓趙。」王總管說道：「來之前，我們老爺說過了，昨天路上我們老爺借了夫人的馬車，即是相熟了，知道夫人不是那故意縱容貓去壞人家心血的人，就此算了，只是希望貴府能好生管束牠。我們老爺不僅養了許多蘭花，還有一缸子鯉魚，其中有許多少見的名品，別是讓牠給吞了。」

「昨天路上？原來那位就是你們老爺……」李清珮臊得臉都紅了，卻見嘟嘟聽到一缸子魚的時候，琥珀色的眼睛閃了閃，她狠狠地拽著牠的耳朵道：「聽見了嗎？以後不許去隔壁！」又道：「你們老爺是高潔之人，倒叫我好生愧疚。」

「遠親不如近鄰，夫人不必客氣。」

李清珮道：「你只管放心，以後我定叫人看著這隻孽畜，只讓牠在內院裡行動。」兩個人客氣一番，王總管就要告辭，李清珮也不好真的讓人空手回去，命人把她昨天在京城買的幾樣糕點和吃食拿出來。

王總管見李清珮很是真誠，雖覺得老爺看不上這些，總是一片心意還是帶了回去。

王總管提著糕點回府邸，繞過正房到後面的花園裡，裡面引了白薇河水，挖了個大湖，正是夏季，荷花綻放，花香飄散，景色十分宜人。

一名年約二十七、八的男子穿著一件竹青色杭綢道袍，戴著斗笠，正蹲在地上給盆子裡的蘭花鬆土，不急不緩的，很是悠閒自得的模樣。

「老爺。」王總管恭敬地喊道：「花貓已經送過去了，那家夫人很是愧疚，叫我帶了許多吃食過來。」

「吃食？」

王總管道：「奴婢瞧著是徐記的八大件，還有醬肘子、牛肉等，都是京城裡出名的那幾家，想來也是費心了。」

男子抿了抿嘴，道：「生得花容月貌，卻是個……為了吃不要命的。」

王總管笑道：「奴婢瞧著那貓兒也很貪吃。」

男子說著話就把斗笠摘下來，露出俊朗剛硬的面容，如同風霜磨礪過的刀刃，氣勢不凡，道：「莊上是不是送了些鹿肉來？挑一些肉過去，也算是回了禮。」

自家老爺這幾年來修身養性，平日除了養花餵魚，多半是去湖邊垂釣打發時間，好不容易對旁的事情有興趣，王總管自然要推一把，馬上道：「這鹿肉尋常人家做不好，要不要讓廚房做好送過去？」

男子沈吟了下道：「也好，家裡是不是還有太醫署送來的消食藥丸？你也一同送一盒子過去吧。」

「奴才知曉了。」王總管說完，又道：「昨兒個老爺怎麼一個人在茶鋪裡？怎麼沒叫侍衛跟著？」

「想著自己走走，竟就走到那邊，看來我這身手還是沒有完全荒廢掉。」男子怕王總管一直追問，換了話題道：「秦王今日大婚，賀禮可是送過去了？」

「昨兒個一早就派人去了。」王總管說到這裡，還是覺得不甘心，嘮嘮叨叨道：「老爺，您以後可不許這樣了，奴才回到府邸不見老爺，也沒人知道老爺去哪裡，真是嚇得差點暈過去。」

「行了，行了。」男子沈下臉來，王總管立即就住嘴了。

第四章

昨兒個才搬過來，要整理箱籠，還要安置一起過來的僕從，李清珮忙得團團轉，等可以歇一口氣的時候，已經是下午了。

午後的日頭太過炙熱，她側身躺在用一整塊崑崙玉做的美人榻上，喝了一口消暑的冰鎮綠豆湯，吃到嘴裡清涼甘甜，忍不住多喝了兩口，一旁給她搧風的彩蝶急道：「夫人，莫要再喝了，您昨兒個還積食呢。」

彩蝶喊了郎中過來給李清珮把脈，郎中說幸虧昨日醫治得當，已經治癒了，不過病來如山倒，病去如抽絲，還是要小心些，不要吃寒涼食物。

李清珮有些不捨地把剩下小半碗的綠豆湯遞給彩蝶道：「我曉得，就是這天也太熱了些。」又道：「可是把帖子送到府衙了？」

彩蝶把綠豆湯遞給身後的小丫鬟撤下去，說道：「已經按照夫人的吩咐，李嬤嬤一早就去了。」

「嗯。」李清珮應了一聲，又道：「西邊的花房呢？」

「夫人來之前就在弄了……」

兩人一問一答，李清珮發現根本就沒有工夫歇著，起身走到案桌旁，拿了筆墨在紙上一項一項寫出來。

箱籠已經整理好了，還有些貴重的東西則需要對好名目，鎖到庫房裡，原本是想讓彩蝶管著這一塊，畢竟裡面的東西是李清珮大半身家，彩蝶雖然沒有紅蓮機靈，卻最忠厚可靠，是可以讓她信任的人。

只不過，這會兒叫彩蝶去管這個，她身旁就沒有人了。其實當初她身旁得用的大丫鬟也有五、六個，但最後願意跟她出來的人就只有紅蓮和彩蝶。

李清珮決定這件事先放一旁，先把東西鎖在庫房裡，倒也無礙，不過另一件事卻是拖不得了。

「這個花房要多久才能搭好，七月之前能用上嗎？」

彩蝶道：「李三說要四十天的時間，恐怕要在七月末了。」又道：「夫人，您也準備種蘭花嗎？」

李清珮來之前就已經開始叫人整理宅院，比如在西邊空地上搭個花房，又比如在花園裡種上幾十株的桃花。

「彩蝶，妳知道咱們在王府的時候，為什麼到了冬日也有清脆的胡瓜吃嗎？」李清珮在庫房一項後面寫了「待定」，又在第二行花房後面寫了可以完工的時間。

「我聽說是方洲那邊有人用暖棚種菜，這才能在……」彩蝶說到這裡似乎明白了。「夫人，您不會打算在花房裡種菜吧？」

暖棚和花房其實是同一個建法，只不過花房要比暖棚更漂亮一些。

李清珮把毛筆放在碧玉蓮花筆洗上洗了洗，放到遠山白瓷筆枕上，往後一靠，慵懶地道：「妳也知道，我雖然出身書香世家，但是到我這輩，就已經沒落了，別人家的小姐六歲就啟蒙跟著先生學寫字，我六歲的時候就已經知道怎麼到街上用最少的銀子買最便宜的菜了。」

「夫人……」

李清珮又道：「如今不是在王府裡，想冬日還能吃上可口的蔬菜，就得自己種，若真要花銀子去買，時間久了就坐吃山空，妳是想養花還是想吃胡瓜？」

王府裡其他丫鬟都是八、九歲甚至更小年紀就被賣到府邸裡，然後由著管事嬤嬤去調教，不管性子也好，處事也好，幾乎都是一個模子刻出來的，溫順，體貼，但是也被打磨去天真。

彩蝶不一樣，她是十二歲才進府邸，之後就被李清珮帶在身邊。

彩蝶聽了李清珮的話道：「能不能蓋兩個花房？一個養花，一個種菜！」

李清珮忍不住格格笑了起來，道：「妳可真貪心，只不過咱們沒有那麼多銀子，也沒有人手。」

李清珮不喜歡府邸裡人太多。

彩蝶有些赧然，但是一想到原本過著錦衣玉食的李清珮，如今不過在冬日裡吃個胡瓜都要斤斤計較一番，莫名心酸起來。

她看過李清珮和秦王相處，兩個人在一起時話不多，但是李清珮美貌傾城，秦王英武不凡，一舉一動如畫般賞心悅目，那種情愫，就好像是旁人都無法介入，結果一轉眼，秦王就這般翻臉無情！

彩蝶想歸想，卻是不敢說出來，怕讓李清珮難過，就在這時候聽到外面傳來秀兒的聲音，道：「夫人，是李嬤嬤。」

李嬤嬤穿著一件丁香色五福捧壽紋的湖綢褙子走進來，恭敬地說道：「夫人，奴婢親自把拜帖送到了府衙。」

「坐下說話吧。」李清珮起身，坐到堂屋內黑漆太師椅上。「可是見到了白知府？」

要是平常的拜帖李清珮就不會這麼問了，但她是讓李嬤嬤拿著秦王的名帖過去，那就非同一般了。

李嬤嬤不敢全坐，只虛虛坐了半張椅子，說道：「沒見到知府大人，倒是讓白大人的相公招待了一番，那相公說……」李嬤嬤說到這裡停頓了下，偷偷打量著李清珮，一副有話不敢講的樣子。

李清珮輕輕用手撫平芙蓉色馬面裙上的褶縐，笑著說道：「李嬤嬤，妳有事儘管說就是。」

李嬤嬤這才道：「說白大人一早就啟程去京城，跟同僚一道給秦王賀喜去了。」

秦王要娶的是魏國公府三小姐馮婉貞，此女從小就才貌出眾，名滿京城，是許多功勛子弟追捧的人物，嫁給英武出眾的秦王幾乎是眾望所歸，所有人都覺得沒有比這一對更合適的了。

一個是皇帝同胞弟弟，一個是國公府的小姐，他們的婚禮幾乎是十里紅妝，轟動整個京城。而這樣有才有貌又出身不凡的女子，李清珮憑什麼去比？

李嬤嬤心裡正想著一些安慰的說詞，結果抬頭一瞧，卻見李清珮面上毫無波瀾。

李清珮反而鬆了一口氣，對著李嬤嬤道：「我正憂心，昨兒個積食，今日要是白大人接了拜帖，要我們明日就過去做客，少不得要陪著白大人吃酒，到時候吃少了顯得不夠誠意，吃多了這肚子又要不舒服，這樣能錯開時間最好不過了！」

李嬤嬤差點翻了個白眼，覺得自己真是瞎操心，還記得昨天剛從王府裡出來就去買了許多吃食，那望北樓的小二反覆問是不是要買兩隻，因為他們家的肘子特大，價格也不便宜，除非是家裡要辦酒席，不然很少這般大手筆。

這種時候還記得吃……得，這樣她也放心了。

李嬤嬤忍不住搖頭，道：「正是這樣呢，夫人，您說這禮要怎麼送？」又道：「我瞧著他們家裡有些藥味，問了小丫鬟，說是白大人的婆婆一直病著。」

「李嬤嬤有心了，那就送一些溫補的藥材。」李清珮笑著說道：「上次已把王爺賞賜的和一些收禮的藥材都運到了別院裡，妳挑一些好的當歸、山參，等我去拜訪白大人的時候就帶著。」

「是，奴婢知曉了。」

李嬤嬤精明幹練，管著府裡的日常採買，等於府裡的管事，又跟李清珮談起府中的瑣事。「灶上的王婆子是從王府裡跟來的，今日跟我說要買三十籠的母雞、三十籠的鴨子、三十尾鯉魚，還說要從庫房裡搬一些燕窩、銀耳過去。奴婢就跟王婆子說道，那是以前王府裡的做派，如今府邸裡就是夫人一個主子，為什麼要備下那許多？別是吃不完糟蹋了，讓她把三十籠改成十籠，至於燕窩、銀耳，還是等夫人要的時候再去庫房裡拿。」

李清珮聽了甚是滿意，李嬤嬤又道：「夫人這幾天把府裡事情安置妥當了，還是要去莊裡瞧一瞧，讓那些耕農們知道誰才是東家。」

李清珮在這附近置辦了五百畝的水田、二百畝的旱田，雖然賣不出幾個錢，但是平日裡吃的蔬菜瓜果和糧食卻是不用愁。

「嬤嬤說得是，這幾日抽空就過去。」

李嬤嬤跟李清珮說完就起身離開，結果走到了院子裡又半路折回來，滿面笑容地說道：「夫人，隔壁的王總管又來了。」

來的人是王總管，送了一匣子藥丸和烤鹿肉。

李清珮瞧著紅漆海棠花紋的食盒，一打開蓋子，馬上就有烤鹿肉的香味撲鼻而來，想來是剛做好，頓時就覺得胃口大開。

她早上和中午都吃得極為清淡且量少，這會兒看到可口的鹿肉當真是饞了，只是強忍著，對著彩蝶道：「我們倒是遇到好心人，要是旁人，恐怕早就鬧起來了，嘟嘟也不可能安然回來。」語氣裡掩飾不住的感激之情。

李清珮又想到乘車路上那男子一聲不響，但是十分內斂沈穩的行事做派，不免生出幾分好感來。「看來，我要找個機會親自登門賠罪去了。」

「夫人，您瞧，這不是太醫署的藥嗎？」彩蝶看到旁邊還有個盒子便打開來，裡面卻是放了一排共六粒的藥丸。

藥丸用蜜蠟封起來，上面寫了個太醫署專用的「太」字，還在下角蓋了一個李昌榮的私章。

「李昌榮？」李清珮也看到了字，道：「這不是太醫署的太醫署令嗎？這位趙老爺到底是什麼身分，竟然可以得到李昌榮的藥丸？」

李昌榮雖然是太醫署令，但今年已經是七十歲的高齡，除了皇帝和皇后娘娘等貴人，已經沒有人可以驚動他，更不要說這樣親手秘製的藥丸子，那就更難得了。

李清珮很是疑惑，想著這位趙老爺到底是什麼人。

第五章

秦王府這邊張燈結綵，觥籌交錯，熱鬧非凡。

等到夜色寂靜，賓客散去，秦王穿著一件大紅色的緙絲喜服踏入洞房內，長几上點著龍鳳喜燭，將屋內都染上喜氣的紅，他看到床上端坐著身影纖細的女子，罩著紅色蓋頭，下面的流蘇隨著半開窗櫺吹進來的夜風微微晃動，根根都挑動著他的心神。

一個年約四旬打扮很是得體的婆子上前，笑著說道：「王爺，奴婢是王妃的奶母，夫家姓康。」

秦王點頭，道：「康嬤嬤，王妃新來乍到，想來多有恐慌，有勞康嬤嬤照顧，這是一點心意。」

這話一說完，身後跟隨的丫鬟遞了荷包給康嬤嬤。

康嬤嬤自然看不上這一點銀子，但這是秦王給她和王妃的體面，便歡天喜地拿了。「多謝王爺，祝王爺和王妃早生貴子。」說完，她走到王妃馮婉貞跟前，悄聲叮嚀道：「王妃，您可是要伺候好王爺，不可意氣用事，奴婢先退下了。」

馮婉貞顯然有些緊張，但還是溫聲應道：「奶母，我曉得了。」

等洞房內只剩下秦王和馮婉貞，他掀開紅蓋頭，看到嬌羞的新嫁娘羞澀地朝著他笑了笑，燈下女子氣質婉約、眉眼動人，簡直無可挑剔，可是不知道怎麼回事，他心裡剛才的激動一點一點散去，只餘下沙漠荒蕪般的空冷。

馮婉貞早就聽說秦王性情內斂，有些冷漠，她想著那是因為沒有人走到他身邊，如今他們是最親密的夫妻，以後自己也會是他孩子的母親，他早晚會把她放到心裡去。

馮婉貞努力忽略掉秦王毫無波瀾的目光。「王爺，要不要妾身伺候漱洗？」

兩個人都出身顯貴，自然不會親手做這種事，這不過是馮婉貞想要貼近彼此說的客套話。

但是顯然奏效了，秦王溫和地道：「這種事還是讓下人去做吧，想來王妃今日也是累了，早些歇息吧，明日還要進宮謝恩。」

這婚事是太后欽點的，少不得要進宮應酬，要是換作李清珮，恐怕就會歪著腦袋問：「妾身穿什麼合適？早上還來得及吃早膳嗎，要不要藏一些糕點在衣袖裡？皇帝陛下凶不凶……」問題顯得很是愚蠢，可是她目光明亮，帶著少女似的坦誠，讓人心裡憐愛不已。

可馮婉貞怎麼會和李清珮一樣？她出身魏國公府，什麼世面沒見過，對於她來說，這種入宮面聖的事情就跟吃飯喝水一樣稀鬆平常。

「妾身知曉了。」馮婉貞恭敬地說道。

秦王別過頭，掩飾自己漸冷的目光。

有丫鬟進來伺候秦王和王妃漱洗，散髮，換上裡衣就上了床。

這一夜的纏綿自是不必說。

馮婉貞婉約端莊，行事大方得體，讓太后娘娘很是滿意，之後接了王府中饋，也是十分老練穩妥，不日就在秦王府站穩腳跟，賢慧的名聲也傳播出去。

馮婉貞上面沒有婆婆需要伺候，她只需要一個月進宮一次問安就好，秦王府裡的侍妾也都送走了，獨有她一人，秦王雖然公務繁忙，但每次回來必然會同房，很是敬重著她，說起來沒有比她嫁得更好的了……

只是人往往越是順遂，反而越是在意自己得不到的東西，馮婉貞總覺得秦王對她太冷漠了些，雖然他們夫妻相敬如賓，但她想要更親近秦王一些，只是每一次都會碰到軟釘子。

不過這些都和遠在通州的李清珮無關。

如今的李清珮幾乎是喜歡上現在的日子，每天早上在窗外小鳥的叫聲中醒來，然後漱洗之後用早飯，再也不用為了配合秦王避開辛辣之物，早上喝一碗胡辣湯、吃幾個小鮮肉包，出一身汗，然後去浴室舒舒服服地泡個花瓣澡。

早上彩蝶會拿不同的花瓣，今日芍藥開得好，那就摘芍藥來用，明日去集市發現有新鮮的玫瑰，又會用玫瑰的花瓣。

泡澡之後，李清珮會穿上自己最喜歡的衣服，再也不用為了配合秦王的喜好穿得素淨，如今她想穿大紅色、石榴紅或亮橘色，不需要任何忌諱，就好像是身上的束縛被剪斷，完全放飛自我。

不過幾日，李清珮就養得水靈透亮，很是滋潤。

只是這一天早上，李清珮發現嘟嘟又不見了。

「夫人，都找遍了，沒有看到嘟嘟。」彩蝶急得滿頭大汗，忍不住對著李清珮說道：「嘟嘟不會是……」

秀兒染上風寒，休養了幾天，都是由彩蝶看著嘟嘟，只是彩蝶事情繁多，無法時刻盯著。其實說來說去還是府邸人手不夠，也不是李清珮不願意添加人力，是一時買不到合適的僕傭。

大家族裡的下人都是小時候開始調教，到了十五、六歲正是得用的時候，這種丫鬟、婆子很難買到現成的。

李清珮斬釘截鐵地說道：「什麼不會是？肯定就是！走，陪我去隔壁一趟。」

「夫人，咱們沒送拜帖就過去嗎？」彩蝶問道。

「這時候顧不得那麼多了，去晚一步，就等著給嘟嘟收屍吧！」李清珮喊了轎伕，坐上轎子就出門，因為在隔壁不過幾步路就到了。

門子見到隔壁傳聞中美若天仙的女娘子，眼睛都看直了，結結巴巴地道：「夫人，我去稟告一下，但是我們老爺不一定會見客。」

「煩勞小哥了，我這邊是有急事。」

李清珮聲音如同玉石般清透悅耳，旁人聽著十分受用，那門子連聲音都不敢大聲了，溫聲說道：「夫人，且等一下。」

片刻之後，就見那門子領著王總管走出來。

李清珮一直都覺得自己的宅子已經是美輪美奐了，但是到這邊才感覺到差距來，這位趙老爺不僅家底豐厚，還很是文雅，一草一木，雕梁畫棟，甚至是那房梁上的走獸都顯得很精緻，透著一股說不出來的高貴之感。

彎彎繞繞走了許久，還不見那位趙老爺，李清珮就有些急了，直截了當地說道：「王總管，我也不怕你責怪，嘟嘟又不見了。」

王總管已經沒脾氣了，很是無可奈何地道：「夫人，那孽畜在老爺那邊。」

李清珮又擔心、又愧疚，道：「有沒有惹事？」

「夫人自去看吧。」

李清珮閉上眼睛，已經不敢去問，心裡還是存著僥倖，既然能讓她過來，多半是沒事吧？這位趙老爺如果真是那般殘暴之人，一開始就不會讓王總管送嘟嘟回去了……

她安慰著自己，很快就看到從旁邊延伸到青石板路上的樹杈，她用手撩開擋住前路的葉子，原本窄窄的通道忽然變得豁然開朗，前面是波光瀲灩的湖水，碧色的蓮葉，粉紅荷花，黃色、紅色、芙蓉色的睡蓮，隨著清風飄散出清新馥郁的花香來，正所謂「浮香繞曲岸，圓影覆華池」，實在美極。

而在這樣的花海旁，有一男子正戴著斗笠給湖邊的花樹鬆土，他身材高瘦挺拔，穿著一件月白色的杭綢短褐，那衣衫貼在身上，盡顯結實的肌肉輪廓。或許是有些熱了，衣襬半開，綽綽暗影中看到充滿力道的腹肌，絲綢般柔滑，還有誘人的人魚線。

一滴汗水從下巴低落，順著腹肌流淌下來，沒入窄瘦的腰身處，讓人忍不住遐想萬分。

像是感覺到來人的注視，男子抬頭，隨後摘下斗笠，俊朗的面容，如同被風霜雕琢過的眉眼，有種滄桑的氣息撲面而來，卻難掩他如同山岳般無法撼動的傲然。

李清珮吞嚥了下口水，只覺得心口怦怦亂跳。

第六章

李清珮被請到湖心亭，好一會兒才能平靜下心神來。

不過片刻就有丫鬟進來上茶果點心，又恭敬地退下去，行動之間那裙襬微動，安靜得幾乎沒有聲音，這讓李清珮越發好奇，這個趙爺到底是什麼人，家中僕婦竟然這般嫻熟，比起她在王府得用的丫鬟們也是不差。

待李清珮喝了第二杯茶水，心中開始焦急難安的時候，一個男子走了進來，道：「夫人可是久等了。」

李清珮起身，行禮道：「見過趙爺。」

「坐。」

這位趙老爺年約二十七、八，雖然膚色曬成蜜色，但也是養尊處優之人，顯得極為年輕，來之前已經重新梳洗過，換了一身象牙白菖蒲紋的杭綢直裰，半濕的頭髮規規矩矩束起來，插了一根竹簪子。

這樣的裝扮極為尋常，偏偏他坐在對面的椅子上，有著說不出來的灑脫和恣意，似乎這天下就沒有什麼事情可以難為他。

「叨擾了，實在是妾身養的那孽畜委實有些不聽話，又給府中添亂了。」李清珮說起來很是愧疚。「剛剛搬過來不久，家中僕婦人手不夠，管著那孽畜的丫鬟又剛好生了病，也真是湊巧了。」

趙瀧見她這模樣，又想起那隻狡猾的貓兒，啞然失笑，道：「切莫驚慌，今日倒沒有闖禍。」說完對著外面喊道：「王總管，你且進來。」

王總管抱著嘟嘟走進來，嘟嘟懶洋洋的，神態滿足安逸，見到李清珮便高興地喵喵叫起來。

「沒有闖禍？」

王總管道：「今日過來倒是知道蘭花不能壓，圍著花盆轉了半天，找出一隻死耗子來，那是小的前幾日放了藥毒死的，牠倒是靈性，知道不能吃，叼著耗子到老爺跟前炫耀。」

李清珮聽到這裡忍不住捂臉，猶記嘟嘟一開始也會抓耗子，也曾經抓來一隻給她，只是嘟嘟後來養肥了，又養尊處優的，自然就瞧不上耗子了。不過對於貓來說，知道這是獵物，而抓到獵物當然要送給自己喜歡的人，比如牠的主人，牠這做法顯然是在討好這位趙老爺。

「倒也靈性。」王總管把貓遞給李清珮。

李清珮抱著嘟嘟，這才舒了一口氣。

嘟嘟是一隻五歲的貓，從李清珮十五歲的時候就開始陪著她，誰都不知道委身給秦王做妾，並沒有她表面顯示的那般從容，這一隻小奶貓一直像是朋友般陪著她，讓她度過最恐慌的頭幾年，如今牠已經等同家人了。

「我那丫鬟可是在外面？」

等彩蝶走進來，李清珮讓她給趙瀧呈上一只紅漆燙金的匣子，道：「這是妾身多年的珍藏之物，不成敬意，還請趙爺笑納。」

匣子裡面是一只拳頭大小、翡翠雕琢的鯉魚，紅鱗綠尾，不僅水頭十足，雕工也很是上乘，更重要的是要找到這樣一塊幾乎毫無瑕疵的翡翠，實在是難能可貴。

即使已經見過無數寶貝的趙瀧，也覺得此物頗為不錯。

李清珮怕趙瀧推辭，道：「其實上次嘟嘟踩壞蘭花，就想上門賠罪，牠今日雖是沒有闖禍，但到底沒有看住牠，叨擾到趙爺了，請務必收著，不然妾身真的無地自容了。」

其實李清珮知道那蘭花的價格，如果按照銀錢換算，她這賠禮都算夠的。到了這會兒，彩蝶才明白為什麼李清珮行色匆匆地出來，卻還不忘讓她把這個物件帶著，顯然是要拿來賠罪了。

趙瀧沈吟了下，見李清珮態度堅決，知道推脫不過，道：「且收下吧。」

一個溫文寬和，一個誠心賠不是，倒也相處得很融洽，只是李清珮琢磨著時間也不早了，怕是叨擾對方，起身說道：「妾身也該回去了。」

「上次的積食可是好了？」趙瀧不緊不慢地抿了一口茶水，溫和地問道。

這讓剛剛起身的李清珮又坐下來，把在懷裡不安分的嘟嘟遞給彩蝶，道：「那是老早之前的事情了，已經大好了，多謝趙爺記掛。」

趙瀧點頭，把茶杯放下，卻道：「且讓我診脈瞧瞧。」

嘟嘟安然找回來了，賠罪的謝禮也給了，李清珮這會兒身心放鬆下來，且對這位趙老爺多了幾分說不明的好感，自然是很願意相處，不過猶豫了下，就伸出手臂，笑著說道：「那就有勞了。」

美人如玉，李清珮的纖纖十指美得就像是精心雕琢的珍品，趙瀧卻還是和之前一樣，像是沒有看到，只把三指壓在脈搏處，力道不輕不重，很是專心。

只是李清珮卻已經沒有之前的平靜，只要閉上眼睛就浮現剛才在湖邊的場景，也不知道為什麼，兩人指尖相觸的部分，滾燙不已。

片刻之後，趙瀧道：「果然是如此。」

「趙爺，妾身可是有什麼不妥？」

「積食自然是治癒了，只是夫人有些體寒吧。」趙瀧上次給李清珮診脈時就察覺到了，但是當時兩人並不相熟，今日難得碰頭，又見她是個心地十分純善的女子，秉著醫者父母心，他就打算再仔細瞧瞧。「夫人怕是小時候傷了根基，平日裡畏寒，小日子應該是腹痛難耐才是。」

「對。」李清珮想起小時候自己因為家貧，冬日裡用涼水洗衣做飯，遭了不少罪，導致宮寒，她遲遲沒有身孕也是這個原因，只是秦王不急，她要是認真吃藥、治病就顯得急功近利，想要母憑子貴一般，所以也就聽之任之了。

「若妾身猜想得沒錯，您是不是原本在太醫署，是太醫署的御醫？」

如果是御醫，就能解釋為什麼他拿得出李昌榮的藥，且能給她治病。

趙瀧顯然覺得李清珮的這個問題有些好笑，但是也沒有完全否認，道：「御醫談不上，算是半個郎中吧！夫人要是信得過我，我這邊給妳開個方子，妳叫人按此抓藥吃，吃幾劑便能見好了。」

李清珮心裡百感交集，秦王和她如同夫妻一般恩愛五年，他卻不曾為她這般細心關懷過，每次小日子肚子疼的時候，還會避開去別的侍妾屋裡，覺得不吉利，而眼前這個人，不過兩面之緣，卻是這般體貼入微。

「多謝趙爺。」李清珮真心實意的感激。

「我姪女也和妳一般大了，不用這般客氣。」趙瀧說道。

李清珮無言。「……」

第七章

趙瀧這輩子沒怎麼應酬過人，正確地說，大多數情況下都是旁人在遷就他，所以並不懂得如何去哄一個女子。其實他剛才那番話，不過就是怕李清珮不自在，畢竟兩個人不相熟，且孤男寡女的，他只是委婉地表示自己比她大上許多，把她當成姪女般看待。

但是李清珮不清楚，她覺得有些委屈，回去之後吃了兩大碗綠豆湯，這才覺得心裡稍微舒服一些。

只是氣歸氣，想起湖邊那一幕，那種陽剛的男性氣息，如此自然的撲面而來，讓她忍不住又臉紅起來。

到了用晚膳的時候，李清珮抱著嘟嘟起身去廳堂，因著天氣炎熱，吃的多半是涼拌菜，比如甜醋三絲、蘸醬胡瓜，還有糟鵪鶉、滷肚絲等物，主食是煮熟之後用井水沖過的手擀麵條，拌入辣醬，配著滷得香醇的肚絲，很是開胃。

彩蝶見李清珮吃得香，道：「夫人，那位趙老爺說您體寒，是不是也要顧忌著不吃這些寒涼之物？」

「這熱天如何吃得下熱菜熱飯？」李清珮見彩蝶露出不贊同的神色。「我少吃一些，妳也坐下來一起吃。」

自從入住到別院，李清珮就讓彩蝶跟著她一道用飯，只是彩蝶到底在王府待過，規矩早就根深蒂固，一直不肯。

「我一個僕人如何能和主人一道用飯？」

李清珮卻說道：「家裡又沒旁人，妳陪我那麼久，我早就把妳當作姊妹一般，妳快坐下來跟我一道吃，一個人吃飯實在沒勁兒。」

彩蝶心中一軟，想著李清珮如今孤身一人，母親陪著弟弟遠在江南的寒山書院讀書，一時半刻也沒辦法團聚，這才勉為其難地虛坐半個椅子，只是顯得很是拘謹，多察言觀色，少正經吃飯。

李清珮毫不在意，只要有這樣的開頭，以後就好了。她在大趙生活二十年，到如今才覺得真正活得自由，之前艱辛的歲月都快要把她意志消磨掉，她有時候甚至懷疑過，自己是不是真的在所謂的現代社會生存過？那是不是自己的一場夢境？

如今那些東西慢慢甦醒了，李清珮覺得自己需要一個過程活出自我來，而她身旁的人也需要時間去適應她的新作風，好在她現在有大把時間去享受這一切。

「夫人，您怎麼不說話了，是不是這辣醬太辣了些？」彩蝶見李清珮突然沈默不語，有些擔心地問道。

這辣醬是李嬤嬤做的，她祖籍是蜀地，那地方好吃辣，李嬤嬤做的辣醬雖然好吃，但也辣味十足，北方人鮮少能適應，好幾次彩蝶還辣得掉了眼淚。

李清珮微笑，給彩蝶加了一勺辣醬，道：「今日這辣醬不錯，不是很辣，妳多吃些。」

彩蝶一直在跟李清珮說話，還沒來得及吃，把紅豔豔的辣醬拌入白色的手擀麵裡，用筷子挑起來吃了一口。「夫人，這個好辣！」

李清珮卻捂嘴笑，說道：「妳不是說夫人我很好？」

彩蝶咕嚕喝了一大杯茶水，這才覺得好了些，氣惱道：「夫人，您怎麼也會整人了？」

「現在還覺得我很好？」

彩蝶辣得臉都紅了，一直吸氣，試圖讓自己好受一點，嘴裡卻毫不猶豫地說道：「好，夫人永遠都是最好的。」

李清珮心下一軟，道：「彩蝶，多謝妳……」

結果李清珮話還沒說完，就看到彩蝶往她碗裡加了一勺辣醬，一本正經地說道：「夫人，您也多吃。」

愣了好一會兒，李清珮忍不住笑了起來，其實這就是她喜歡彩蝶的原因，沒有被磨去所有的稜角，還帶著些許脾氣，相處起來更鮮活一些。

兩個人吃了飯，李清珮有些犯睏，想著不好剛吃完就睡，便和彩蝶一同帶嘟嘟去後花園玩。

嘟嘟吞了一隻鯉魚，這會兒正是吃得飽飽的，有些犯懶，沒有如往常一般去追蝴蝶玩，看著岸邊游來游去的黑色鯽魚，很是興趣濃厚的樣子。

李清珮坐在湖邊亭子裡，有一搭、沒一搭地嗑著瓜子，見嘟嘟這個樣子，便對著彩蝶說道：「我們湖裡也可以養一些鯉魚，我瞧著隔壁趙老爺家裡不僅種荷花，還有許多睡蓮，到時候也種一些睡蓮吧！怪好看的。」

「夫人，奴婢還是喜歡荷花，過幾日就可以採蓮子吃了。」

「是呀，馬上就要秋日了，到時候可以去山上走走，最近這些日子太熱了，哪裡也不敢去。」

湖水在日照下顯得波光瀲灩，映著遠處的群山，碧藍天空，讓人心曠神怡起來，李清珮覺得這樣的日子可真好。

第二天，李清珮起了個大早，見宅子裡的事情收拾得差不多，便準備去莊上瞧一瞧。以前在王府裡頭，吃穿嚼用都不需要擔心，也就不在乎莊上這一點進項，但是如今出來自己過日子，自然要費心了。

坐著馬車啟程，一個時辰就到了，待她從馬車下來，就看到一群人在下面等著。

「見過夫人。」其中有個曬得黝黑的中年男子，顯然是莊頭，恭恭敬敬地給李清珮行禮，道：「去年秋夕的時候，小的還給夫人送剛出的甜瓜和一些蔬菜，夫人可是還記得我？」

李清珮打量著對方，長得濃眉大眼的，倒是很齊整。

「你叫吳江？」

吳江很是高興，忙點頭說道：「夫人居然還記得小的名字。」然後指著後面一個中年女子和四個孩子道：「這是賤內，這是家裡幾個不成器的孩子。」

吳江育有三女一男，最小的那個是兒子。

李清珮叫彩蝶拿了紅包給幾個孩子當作見面禮，就跟著吳江一同進屋子，吳夫人沏茶進來，又放了八樣茶點的攢盒。

「都坐下吧！我就是來看看莊子這邊如何了，不用這般緊張。」李清珮見吳江夫婦都十分拘謹地站著，笑著說道：「原都是你管著，我自然放心，只是如今我搬到通州，不像從前，出個門都要半天，今日正好沒事就來瞧瞧。」

吳江道：「應該的，應該的。」

之後無話，李清珮見他實在拘謹，道：「我們去田裡瞧瞧吧。」

這邊的水田非常肥沃，許多人家都把田地買在這邊，叫一個莊頭管著，莊頭再分發出租給沒地的耕農，說起來莊頭幾乎是一人之下、萬人之上了。

水裡的稻子都長得很好，綠油油的，已經結了米穗，李清珮見了很是滿意，覺得這個莊頭倒是把田地管得很好，沒有荒廢。說起來這塊水田還是秦王送給她的，連帶著這個莊頭也是一起的，怪不得剛才吳江那般緊張，想來也是第一次見到她來田莊這邊。

巡視了下水田，李清珮就跟著吳江回到莊上，結果剛走到柵欄處，就看到一輛紅頂琉璃蓋垂著薑黃色流蘇的馬車停靠在門口。

吳夫人和幾個孩子正跪在地上磕頭。

秦王著玄色四爪龍蟒袍，戴著黑色的翼善冠，長身玉立地站在院中央，英武不凡，氣勢懾人，倒把旁邊所有人都給比下去，就連身後站著的新王妃馮婉貞也被人忽略了。

第八章

秦王聽到動靜，扭過頭來，這一看卻是有些愣住了，是多日不見的李清珮站在用竹子編成的柵欄外。

她今日外披著一件薄如蟬翼的綃紗銀紅色大袖對襟褙子，裡面則是芙蓉色的杭綢齊胸襦裙，質地柔滑的綢緞裹著她豐盈的胸線垂落下來，到了腰間又用一根金色絲條繫上，顯出纖不盈握的腰肢來。

紅的豔麗，粉的嬌俏，把李清珮襯托得如出水芙蓉一般。

李清珮原本想要偷偷溜掉，畢竟秦王大婚，還帶著新婚的王妃，這會兒看到她，大家多少都會覺得尷尬。只是沒有想到，秦王竟然這般快就看到她。

既然逃不掉，那就索性大方一些，李清珮朝著秦王微笑頷首，雖然天氣炎熱，走了這一會兒路，額頭上是細密的汗珠子，但是她膚色瑩潤如玉，目光清透璀璨，像是清晨被露水澆灌過的花兒，依然難掩清麗的美。

「見過王爺。」李清珮走過去，在五、六步遠的地方站住，屈膝行禮說道。

秦王目光沈凝，只覺得人還是原來的她，但是氣質好像完全不一樣了，好一會兒才道：「起來吧。」

一旁的馮婉貞雖然笑著，但是顯然已經有些僵硬，美人最怕遇到比自己還要出眾的女子，而馮婉貞自負是京城名媛當中堪稱第一，但是對著李清珮，她忽然覺得自己猶如鳳凰身邊的土雞一般。

「王爺，這位是……」

秦王性情內斂，剛才詫異不過是一瞬間，這一會兒已經恢復從容，面上看不出任何的情緒來，道：「不過曾經得用的丫鬟，不值一提。」又道：「時辰不早了，我們上路吧！」

馮婉貞掃了眼站在院子裡的李清珮，道：「這樣的美人，怎麼說不值一提呢。」隨即笑了笑，道：「我瞧著這莊子不錯，王爺您跟這位莊頭也是相熟的，難道是我們王府的產業？」

「原本是，已送給這丫頭了。」秦王道。

馮婉貞早就聽說秦王之前有一名伺候數年的侍妾，美貌不可方物，她心道不過是傳言，這會兒看到李清珮又有什麼不清楚的。

「王爺，您可真是出手闊綽呀！」雖然秦王語氣裡難掩嫌棄，也沒有給李清珮一點顏面，可是已經被妒火糊住眼睛的馮婉貞又如何忍得住。「這幾百畝上好的水田，您說送人就送人了。」

秦王可不是好脾氣，聞言道：「妳要是不想走，本王就先回了。」說完，頭也不回地往外走，自有那侍從跟著，浩浩蕩蕩的，好不氣派。

馮婉貞當眾被怒斥，頓時羞得滿面通紅，一時委屈又一時難過，眼中含著淚珠，道：「王爺！」

秦王停下腳步來，道：「還不過來？」

馮婉貞也知道適可而止，雖覺得顏面無存，但也只能自己吞下苦水，小碎步地追過去，委屈地道：「王爺，您怎麼不等妾身？」

秦王見馮婉貞順從地走過來，道：「走吧！」

一時一行人浩浩蕩蕩地離開，整個院子突然間空了下來，而吳江一家子更是大氣不敢出，無論是高不可攀的王爺也好，又或者成了新主人的李清珮，都不是他們這些人可以怠慢的，要是有個萬一惹怒其中一個，他們都吃不了兜著走。

一旁的彩蝶小心翼翼地說道：「夫人，咱們也回去吧！」

李清珮卻坦然說道：「我剛才瞧著那養在水田裡的黑魚挺不錯的，咱們帶一些回去吧，切成魚片，水煮來吃，簡直是人間美味。」

有時候農戶會在水田裡養魚，既可以增加糧食的產量，到了秋日又有魚兒吃，但是稍微不注意，有可能會毀了稻米苗子，所以頂多養個半畝，不會很多，剛才李清珮就看到了。

那些魚兒在水田裡游來游去，肉眼可見，隨便抓一條好像都是成人手臂粗長，看起來很是肥碩。當時她滿腦子的水煮魚片，差點流下口水來。

剛才秦王那一句話，旁人可是聽得清清楚楚，可是李清珮卻好像是渾然不在意一般。

彩蝶雖然覺得有些詫異，但是轉念一想，這樣也好，沒心沒肺，總比敏感、多疑得強，畢竟人總是要往前看。

那莊頭正是有些害怕，不知道如何應對李清珮，怕她覺得難堪，說不定把自己給換下來，戰戰兢兢的，一句話也不敢說，這會兒聽到李清珮的話，立時就像是活過來一般，道：「夫人要是瞧得上，小的這就叫人去撈。」又道：「我們還養了蝦子、螃蟹，過些日子就可以吃了。」

「居然還有河蟹和蝦子？」李清珮顯得很是感興趣，道：「那我可是有口福了。」

李清珮滿載而歸，帶著各種新鮮的蔬菜，還有兩尾至少三尺長的黑魚，和彩蝶一路上說說笑笑，很快就回到家中。

另一邊秦王和馮婉貞上了馬車，兩個人原本是去郊外的法華寺還願，路過通州，馮婉貞想起王府在這邊有許多水田，就臨時起意要過來瞧瞧，其實不過就是想和秦王出來閒晃，結果就這般湊巧和李清珮遇上了。

馮婉貞雖然順從秦王，但是心裡多少有些過不去。

自從她嫁進來，一切都順風順水，日子過得恣意而滿足，如今一時被秦王弄得下不來臺，當時礙於情面忍了，可是上了馬車，她越想越覺得意難平，不過就是一個上不得檯面的侍妾，何故為了那種低賤之人對她發脾氣？

這會兒馮婉貞壓根兒就忘記是她先起的頭。

人有時候過得太過順遂也不是好事，因為會經常忘記自身處境，馮婉貞確實是天之驕女，但是和皇帝同胞親弟秦王相比，還是差一大截。

如此，馮婉貞一直冷著臉，不肯說話。

馬車內的氣氛顯得有些壓抑，秦王從來都沒有受過任何委屈，更別說面對應該順從自己的妻子了，自然也不會去哄。

兩個人就這樣一路無話回到王府。

當天晚上，馮婉貞故意賭氣，用膳沒有去喊秦王，直到晚上有小廝過來說秦王事情繁忙要睡在書房的時候，她震驚不已。

馮婉貞哭了許久，這才有些意識到，自己可能做得有些過了。

「王妃，您別哭了，小心哭壞了眼睛。」康嬤嬤心疼地說著，拿了一塊帕子給馮婉貞拭淚。

馮婉貞哽咽道：「不過就是一個賤人，怎麼就那般對我！」

康嬤嬤道：「王妃，您這吃什麼醋呀！您也說是賤妾，又哪裡值得您這般費心？可真是有失身分。」又道：「說起來整個京城就沒有像王妃您這般嫁得好了，上面沒有婆婆需要伺候，下面也不需要照顧小姑子，王府裡都是您說了算，更不要說王爺年過二十，可是一個庶子都沒有，乾乾淨淨的，您嫁進來之前又把侍妾、通房都送走了。」

秦王原本已訂親，那女子卻是福薄，嫁進來之前就香消玉殞，之後韃虎進犯，秦王領兵去征戰，這一打就是一年，不巧傷了腿，回來後休養許久，拖來拖去就到如今才成婚。

「王妃，您再想想王爺的姿容，就是潘安再世也不過如此，您還有什麼不滿足的？」康嬤嬤苦口婆心地勸道。

「我也知道王爺是頂好的，就是……」

「既然知道難得，就更應該溫柔體恤不是？」康嬤嬤道：「聽我的話，您越是這般鬧脾氣，只會把男人越往外推。」

康嬤嬤好不容易哄了馮婉貞去給秦王送宵夜，心裡卻記下了這件事。

馮婉貞伏低做小，溫聲哄了秦王半日，終於把人哄回寢殿內，倒是要比平常還要溫順可人。

秦王也是想要敬重這位王妃，不然也不會把之前的通房、侍妾都送走，他見馮婉貞這般姿態，也就全部受著了。

是夜，一陣翻雲覆雨，馮婉貞累得睡了過去，秦王低頭看了眼她的睡顏，馮婉貞要比他小上五歲，面容還帶著稚嫩，下巴略帶幾分嬰兒肥，看起來肉嘟嘟甚是可愛，讓人有種想要憐惜的心情。

只是秦王眼裡卻沒有任何的起伏，這就是他的王妃，他需要敬重著的人而已。

秦王閉上眼睛準備入睡，只是腦海中馬上出現另一個女子。

那般風華絕代、滿是自信、璀璨奪目如寶珠一般的女子，竟然是李清珮？

在秦王的眼裡，李清珮是溫順聽話的，就算不高興也不會鬧脾氣，幾乎沒有存在感的人，平日裡和她在一起就是覺得心裡舒坦而已。

可是今天的李清珮卻有些不同，他不喜歡的紅色穿在她身上，竟然意外適合……

夜風突然變得急促起來，吹走夏日的炎熱，不過一會兒就落下黃豆大小的雨珠，落在窗櫺上發出滴滴答答的聲音。

四周越發暗沈、壓抑，秦王莫名覺得胸口有些悶。

第九章

李清珮一回到府中，就叫廚房的婆子把魚切成片，做成一鍋水煮魚片，就著米飯，吃了整整兩碗。離開王府之後，李清珮飯量漸長，一頓半碗飯變成一碗，今天晚上顯然吃得極為開心，竟然吃下兩碗飯。

李清珮吃得暢快淋漓，還勸著一直擔心她而小心翼翼的彩蝶多吃一點，弄得彩蝶頗有些哭笑不得。

不過樂極生悲，到了晚上，李清珮突然間就抱著肚子叫痛，把晚上吃的魚都吐出來了，彩蝶急得滿頭大汗，喊了李嬤嬤拿來消食的藥丸子。

李清珮卻是吃不下任何東西，好不容易忍著噁心嚥下去了，一轉眼就吐了出來。不過一會兒，就臉色慘白，開始吐黃水。

李嬤嬤憂道：「這可如何是好！剛去喊郎中的丫鬟回來，說郎中恰好陪著娘子回娘家，明日才能回來。我又叫人去鎮上請郎中，可是一來一回就要一個時辰，怕是夫人受不住……」說完就忍不住拭淚，埋怨彩蝶道：「上次就已經積食過，恐怕是腸胃有些不好，妳竟然還不勸著夫人少吃一些。」

彩蝶也很自責，要是平常，她也就勸了，只是今日她怕李清珮傷心難過，想著這些日子李清珮飯量漸長，興許能吃下這麼多了。

想起上次的積食，彩蝶忽然道：「我們要不要去請隔壁的趙爺？」

夜裡突然下起暴雨，那豆粒般大小的雨珠打在窗戶上，發出噼哩啪啦的聲響，如同門外急促的敲門聲。

趙瀧先是被雨聲吵醒，再後來則是被哭得已經不能自已的彩蝶弄得全無睡意。

「妳且等一下。」趙瀧接過王總管遞過來的茶杯，抿了一口溫茶，揉了揉眉眼，道：「妳們夫人又積食了？」

彩蝶原本憂心不已，結果聽到趙瀧這話，突然就紅了臉頰。

上次夫人積食的時候，就是被趙瀧治好的，這會兒又是，也只有那家貧的人，才會這般毫無節制地吃，夫人這般……確實是有些丟臉。

「夫人一直都在節食，許多山珍海味都沒法享用，時間久了就成了執念，這會兒放開了，就有些沒有節制，其實我們夫人平時不這樣的……」彩蝶努力想要為李清珮解釋。「還請趙爺幫一幫我們夫人，以後彩蝶自當結草銜環，報答趙爺的恩情。」

趙瀧卻意外好說話，點頭道：「起來吧，我過去瞧瞧。」

且說李清珮被挪到另外的屋子，換上乾淨的衣裳，只是臉頰蒼白，停歇片刻就要嘔吐，反反覆覆的，黃水也都吐乾淨了，這時候才是最難受的，想要吐卻沒有任何東西可吐，每一次的乾嘔就像是把腸胃攪成一團，絞痛難忍不已。

趙瀧跟著彩蝶進來的時候，就看到李清珮扶著圓桌半靠在上面，一雙盈盈美目含著淚珠，蒼白的臉色襯托著她不點而紅的嘴唇越發美得驚人。

不得不說，美人什麼時候都是美的。即使這般狼狽不堪，也別有一番惹人憐惜的羸弱之美。

趙瀧目光裡毫無波瀾，走了過去，問道：「夫人是哪裡難受？可還能說話？」

李清珮原本強忍著疼痛，聲音微弱，道：「趙爺，妾身實在是疼得不行了。」

趙瀧叫彩蝶把李清珮挪到靠窗的炕上，讓她躺好，拿了針灸包出來，道：「我已經許久沒有用過，不知道這針還能不能扎得準。」

李清珮差點沒跳起來，道：「趙爺，您有幾分把握？」那銀針半尺多長，在朦朧的燈光下越發顯得冰冷尖銳。「要不，我們吃藥？」

趙瀧的手壓在李清珮的腹部上，雖說是陌生男子，但是隔著衣裳，倒也沒有想像中尷尬，他把銀針放在火上烤了烤，道：「妳要是能吃得下藥，又何必來找我？想必是吃什麼吐什麼了。」隨即那手指像是找到穴位，用力一摁。「是不是這裡？」

李清珮疼得叫了一聲，道：「就是這裡。」結果那話還沒說完就感覺到一絲灼熱的溫度，她急道：「趙爺，您先等等，我緩緩……」

趙瀧卻收回手，拔出另一個銀針，道：「已經扎進去了。」

李清珮沒有想到趙瀧竟然這般迅速，除了一開始有些灼熱，竟然沒有一點痛感，忍不住驚奇地說道：「怎麼不痛？」

「只有那庸醫才會讓患者痛。」趙瀧難得自傲地說了一句，接著又扎一針，不過這會兒李清珮已經不怕了，儘量讓自己放鬆，方便趙瀧扎針。

等扎完三針，趙瀧才停下來，又道：「最多半個時辰便不會再痛了。」

趙瀧被請到旁邊的廳堂，畢竟是女子的寢室，總是不好一直待著，彩蝶又沏了新茶過來，擺上茶果，道：「多謝趙爺，這份恩情當真不知道如何報答，還請趙爺受我一拜。」說完，便跪了下來。

「不過舉手之勞，起來吧。」趙瀧不急不緩地端了茶水，吹了吹上面的浮沫。

等一杯茶喝完，趙瀧估算時間差不多了，就隨著彩蝶進了寢室，結果看到原本應該大好的李清珮依然慘白著臉，一副疼痛難忍的樣子。

趙瀧頗有些納悶，重新診脈，道：「已經無礙了，怎麼還會疼？」

李清珮已經被磨得沒了脾氣，無力地道：「趙爺，妾身是不是快死了？」

「胡說什麼，妳身子骨兒好得很。」趙瀧被氣笑了，無奈搖頭，道：「且跟我說說，妳今天吃了什麼，又是什麼時候痛起來的？」

重新診脈又扎針，但是無論如何，李清珮依然沒有減輕一分病情，趙瀧目光深沈，想起李昌榮談起醫治時的話來。

「有時候這病也並非是病，而是因為心裡頭不痛快，鬱結而生……治病容易，但是最難治的卻是心病。」

趙瀧想起當初自己要離宮，穿著玄色四爪蟒袍、頭戴翼善冠、還沒登基為帝的趙健幾乎是跪在他前面哀求，道：「你這般走了，父皇要如何自處？」

但他還是義無反顧走了，就如同李昌榮說的那般，這世上最難醫治的就是心病，幾乎無解，只能用時間來慢慢淡忘掉。

趙瀧想起關於李清珮的身世，出身於書香世家，從小聰目被父親寄予厚望，親自教導，想著以後參加科舉，光宗耀祖，誰知道八歲便喪父，家中生計艱難，後來十五歲委身給秦王做妾，不久前因為秦王大婚又被趕出來。

當時初見，顯然是秦王大婚的前一天，那時候就積食了。然後今天秦王路過通州，曾給他遞了拜帖，想要攜新王妃給他行禮，自然是被他婉拒了。

兩次積食皆是因為同一個人，這病情顯而易見了。

趙瀧坐在李清珮的旁邊，想著自己是不是該直接離開，畢竟人其實已經無礙了，而她的心病，也只有自己才能醫治。

只是想起兩人之間的淵源，他和李清珮的父親是舊識，又想到自己也曾為此困擾，終是生出幾分憐惜之情來。

「夫人，如果很是難忍，妳且哭出來。」趙瀧說道。

「哭出來？」李清珮虛弱地說著話，神態有些奇怪，道：「這一點疼，妾身還忍得住，趙爺能否再次施針？委實太難受了。」

「夫人是積食，哭一哭，把腹中的濁氣吐出來，倒比施針更快些，也是一種治法，夫人暫且試一試。」趙瀧說道。

李清珮見趙瀧說得一本正經，又實在是疼痛難忍，便扭過頭去試著哭一哭，其實也不用試，她是真的特別難受，不過片刻，那眼淚就像是斷了線的珍珠，落了下來，但還是克制著，哭得小聲。

趙瀧道：「夫人要哭得大聲一些。」

李清珮覺得有點丟人，猶猶豫豫，哽咽地道：「妾身……已經很大聲了。」

「不夠。」趙瀧冷聲說道。

李清珮想著已經打擾趙瀧多時，很是愧疚，聽他聲音發冷，內疚加上不安，一下子就激起內心深處的難過，很快就大聲哭了起來。

其實哭聲哪會好聽，聽多了就會叫人心煩，只是李清珮聲音如玉石般悅耳，又是這般樣貌，就算哭著也有一股別樣的美麗，倒是比旁人強上許多。

彩蝶嚇了一跳，不知所措地道：「夫人……」

趙瀧難得嘆了一口氣，道：「妳讓妳家夫人哭一哭。」

李嬤嬤和彩蝶坐立難安，要不是熟知趙瀧，還當是街頭上來騙錢的江湖郎中，說是哭能治病，這還是頭一遭。

兩個人不知如何是好，連手腳都不知道放在哪裡合適。

一開始不過就是哭，但是到了後面，李清珮的哭聲裡卻帶出其他的東西來，那種怨恨的情緒，委屈的發洩，倒叫旁邊的人跟著感染這種情緒，彩蝶第一個跟著落下淚來，李嬤嬤也是紅了眼圈擦淚。

李清珮不記得自己後面是如何睡著的，印象中哭到睏了，然後又覺得難受，來來回回的反覆，最後聽到旁邊有個男子溫聲說道：「一切都過去了，好日子都在後頭。」

那聲音不算是溫柔，還帶著冰冷玉石一般的冷清，但是不知道為什麼一下子就擊中她的心脈，讓她覺得心裡酸酸軟軟的。

像是能感覺到她的心境一般，有隻手壓在她的髮鬢邊，輕柔地撫了撫，帶著不經意的溫柔，一直延伸，能暖到心口去。

早上清晨的陽光照拂在身上，不見白天的炙熱，暖洋洋的，李清珮睜開眼睛，只覺得身心輕鬆自在，就如同長出翅膀的小鳥兒一般，輕快得可以飛上碧藍的天空，這是幾年來她從來沒有過的心情。

彩蝶俯身在床邊睡著，聽到動靜馬上就醒了過來，道：「夫人，您還難受嗎？要不要奴婢去喊郎中過來？」

雖然起得有些晚，但是李嬤嬤叫人去鎮上請的郎中，昨天就住在府邸，這會兒正好可以喊過來診脈。

李清珮道：「不用了。」

李嬤嬤覺得昨天的事情還歷歷在目，勸慰道：「夫人，還是瞧一瞧吧。昨天我們幾個人可嚇壞了，就是隔壁的趙爺也是待到亥時才回去。」

李清珮臉倏地就紅了，覺得這次可真是丟人，想著又欠下隔壁那位趙爺的人情，這世上銀錢能還清的債務都不算是債，最怕的就是這種人情債，實在是不知道如何報答。

淨面漱洗後，李清珮換了衣裳，重新梳了髮髻。

彩蝶卻是露出驚異的模樣來，道：「夫人……」

李清珮只當有什麼不妥，問道：「怎麼了？」

李清珮愛美，家中備著三面大鏡子，可以照出全身來。

等她起身看到鏡中的人，李清珮有些呆住了。

她以前就知道自己生得美，可是這會兒她的美已經不能用言語形容的了，遠山黛眉，秋水為眸，如同脫胎換骨一般，洗去鉛華，一舉一動皆是仙女的風姿。

早上，自然不能多吃，不過用了半碗魚片粥，一旁彩蝶小心翼翼地盯著，一副她要是多吃一勺就不會罷休的模樣，弄得李清珮感到好笑。

吃過飯，重新讓郎中診脈，開了補養的方子，那郎中還當是什麼大病，大汗淋漓地趕過來，誰知道不過就是有些積食而已，想著一個大美人竟然這般嗜吃，覺得真是無奇不有，收下豐厚的禮金就離去了。

李清珮想著自己無論如何都要去謝過趙瀧，於是在庫房找了半天，最後找到一本孤本，叫《脈經》的醫書，她高興了半天。當初在秦王府，想著早晚要被分出來，因此對賞賜幾乎沒什麼挑剔，旁邊有人為了親近秦王而委婉地送禮給她，在無傷大雅的情況下她也都是收了。

如此一來，她的庫房裡除了珠寶首飾、珍玩字畫，也有這些名貴難尋的孤本。

李清珮找了一只楠木匣子把書放好，就準備去隔壁道謝，誰知道還沒出門，就看到李嬤嬤臉色焦急地走過來。

「夫人，老夫人來信了。」

第十章

炎炎夏日，陽光炙熱，可是李清珮卻有種腳底發涼的寒意。

一封家書，讓她陷入了曾經的過往。

李清珮的母親郭氏是個剛強而內斂的女子，自從丈夫逝世之後，便拒絕娘家讓她改嫁的主意，生下遺腹子李念，之後努力供養兩個孩子，雖然家境貧寒，卻依然堅持送李清珮去書院讀書。

李清珮還記得母親無數次夜裡哄她入睡，道：「妳爹爹說妳天生卓爾不群，總有一日會金榜題名，為我們李家光宗耀祖。」

古人寒窗苦讀十年並非虛言，且六年一次女科舉，卻只錄取三百名的進士，比起前世的高考還要艱難。

李清珮諸多心虛，她的聰慧，她的早熟，不過就是仗著多活一世的靈魂，她也經常懷疑，自己是否真的能負擔起這樣的期盼？

只是她不敢遲疑，面對厚重的母愛，雖然時常有沒辦法喘息的感覺，卻依然是她甜蜜的負擔。

直到她十五歲那一年，她第一次初試就得中廩生，喜得不能自已，連夜從書院回到家中想要告知母親，才發現病重的母親。

那時候母親和弟弟住在鄰居家的牛棚裡，因著父親之前的病，祖宅早就賣掉了，還欠下許多外債。

弟弟李念骨瘦如柴，卻還要幫著村人放牛，一天得半顆饅頭吃。母親則整日在外勞作，今日幫著這家漿洗衣裳，明日到那家除草耕地，晚上又藉著月光做針線活兒，常年勞作加上食不果腹，積勞成病，一發不可收拾。

母親郭氏一直都瞞著她，又因她吃住都在書院，甚至連中秋節都不讓她回去，她就一直被蒙在鼓裡。

李清珮不清楚當時是什麼滋味，那幾天晚上她幾乎難以入眠，哭得不能自已，最後別無他法，就委身給秦王當妾。

她還記得當初帶著二百兩的聘禮，其實跟賣身銀沒什麼區別，剛回到家中，左鄰右舍早就得了消息來恭喜，每個人都帶著喜悅的神色，唯獨母親目光空洞，就好像失去賴以生存的目標。

後來在御醫的醫治下，母親很快就治癒了，之後過沒多久母親就帶著弟弟遠赴蘇州投奔親戚——原本母親說就算餓死也不會依靠的舅家。

母親的意思就是，去求這個她曾經恨過的舅舅，也不願意留在京城看她委身給人做妾！

「夫人，您怎麼了？」

李清珮由彩蝶扶著，坐在一旁的太師椅上，道：「沒事。」

「老夫人的信上可是有什麼……」要是換作別人只當沒看見，不過彩蝶到底是留了幾分真性情，即使知道這些事自己不該過問，卻因為擔心李清珮，還是忍不住說出口。

李清珮搖頭，道：「沒事，我娘要帶著弟弟回來了。」

李清珮入王府五年，母親郭氏沒給她寫過一封信，說過一句話，她還以為郭氏會一直生氣，不肯理她，沒有想到，她出府不過半個月就接到母親的信，顯然在她決定出府告知母親的時候，母親就準備要來了。

李清珮不覺得自己做錯了，當時家裡有債，她都可以想辦法賺錢慢慢還掉，可是母親的病耽誤不得，唯一的辦法就是委身給秦王這樣的人，得到最快、最好的醫治，衝著這一點，不管秦王如何看輕她，她都一直恪守本分。

彩蝶跟了李清珮三年，從來沒聽李清珮說起娘家人，只知道她父親早逝，母親和弟弟在蘇州，每一年她都會替李清珮寄銀錢過去。

按道理，家人團聚應該是喜事才對，但是瞧著李清珮的樣子，卻像是有什麼內情。

「妳把東邊的如意居整理出來給老夫人住。」李清珮的猶豫不過是短暫的，很快就恢復精神，不管如何，能見到久違的母親和弟弟，都是一件高興的事情。

這邊把事情都安排妥當了，李清珮就向隔壁的趙老爺遞了拜帖，王總管卻回覆，趙老爺有事外出不便見客。

李清珮心裡頗有些失落，但還是讓人把醫書送過去。

之後，李清珮都在家裡養胃，不敢大吃大喝，很是循規蹈矩，加上又要布置母親和弟弟住的地方，很是忙碌了一番。

一轉眼就到七月底，天氣終於涼爽一些，清風裡已經有秋日的寒意。

從蘇州走水路過來，起碼要一個半月的時間，李清珮算了算，也就在這幾天了，結果比起母親，隔壁鄰居先有了動靜。

王總管上門送了兩條魚給李清珮，道：「我們老爺出遠門垂釣，回府時帶回來的，是金鯢魚。」

金鯢魚其實就是娃娃魚，在現代雖是保育類動物，但是第二代人工養殖的娃娃魚卻是可以販賣食用，而在這個時代，因為沒有人工養殖，野生的很是稀罕，尤其深受女子喜歡，據說可以養顏美容，令女子趨之若鶩，只是長在山間，很少被抓到，價格也極為昂貴。

「老爺說，很是喜歡夫人送的醫書，這魚雖不值幾個錢，卻是老爺親手釣上來的，還請夫人笑納。」王總管道。

李清珮前世的時候，只在魚市見過金鯢，頗有些好奇，便叫彩蝶打開蓋子，那魚像是感應到光線，竟然發出嬰兒一般的叫聲。

幾個人嘖嘖稱奇，倒是開了眼界，李嬤嬤來問要清蒸還是紅燒，李清珮卻是下不了口，便叫彩蝶放到湖裡，只是總不好白拿趙老爺的東西，於是，晚上她又叫彩蝶送了水煮魚過去。

李清珮想著，那趙老爺一看就是見多識廣的人，家中又闊綽，什麼好東西沒見過，與其買一些世面上的禮物，還不如送這些她覺得不錯的吃食，不讓人心裡有負擔，如果合胃口，還能吃一些。

其實這裡面很多菜餚都是李清珮改良的，水煮魚、麻辣小龍蝦，還有炸鮮奶這種零嘴。李清珮入府的第二天就叫人買了一頭奶牛回來，每日都要喝牛乳，剩下來的牛乳就做成乳酪之類的。

不過那位趙老爺是妙人，這邊李清珮送吃食過去，第二天那邊就會送一盆蘭花來，又或者趙老爺親自釣的魚，甚至後來還叫王總管送來一隻頂漂亮的鯉魚，嘟嘟高興不已，每天都會沿著水缸轉悠，只恨不得撈了吃掉。

兩家這樣一來一往越發親厚起來，只是兩人卻沒再見過面。

到了七月底，載著李清珮母親郭氏的客船抵達了通州碼頭。

第十一章

傍晚的江風帶著初秋的涼意，捲起李清珮薄如蟬翼的天青色綃紗廣袖，映著遠處夕陽染紅的遠山近水，如同九天玄女下凡，美若一幅畫。

許多來往的商賈小販或者漁夫水手，莫不是驚豔於此景，駐足於此。

李清珮對此全不在乎，她從小就容貌出眾，無論在哪裡都會得到旁人注目，要真是在意，自是連門都不敢出了。

此刻她滿腦子都是五年未見的母親和弟弟，想著小時候母親嚴厲但不失慈愛的關懷，就覺得心裡緊張，既是渴望早日見到，一家人團聚，又有些懼怕母親的嚴苛。

到底這五年，母親氣消了沒有？

雖然她認為自己沒做錯，但是面對母親的傷心，她還是沒有辦法平心靜氣或不在乎，畢竟血脈天性，難以超脫。

李嬤嬤道：「夫人莫要擔心，老夫人住的如意居早就收拾妥當，就連舅老爺的也都安置好了。」又道：「想著老夫人和舅老爺舟車勞頓，一早就讓婆子燉好人參雞湯，最是補元氣了，又在井水裡冰了西瓜、葡萄、李子……」

李嬤嬤嘮嘮叨叨的，彩蝶不時在一旁補一句，倒是讓李清珮少了一些緊張。

等了約莫半個時辰，終於有那高大的樓船進港口來，許多接船的人一擁而上，等船停靠，陸陸續續有人從樓船下來。

李嬤嬤和彩蝶沒有見過郭氏和李念，只能眼巴巴瞧著來往的賓客，偶爾看到母子模樣的人便問道：「夫人，那邊是老夫人和舅老爺嗎？奴婢瞧著跟夫人有幾分相似。」

李清珮搖頭，道：「都說女兒肖父，我其實和母親並不相像。」

就在這時，從船上走下來一名中年婦人，穿著一件半舊的丁香色素面杭綢褙子，瓜子臉，白淨的皮膚雖然稱不上美貌，但也是十分秀氣的樣貌，唯獨那一雙濃墨的長眉十分醒目，如同鋒銳的尖刀一般，生出不輸於男子的果敢來。旁邊領著十一、二歲的少年，樣貌和那夫人有七、八分相似，面目卻是柔和許多。

那婦人下了船就在人群尋找，其實也不用她費心尋覓，她的女兒李清珮十足像是早逝的夫婿，要知道她夫婿李唐當年可是號稱陽朔第一美男子，可見李清珮的樣貌該是如何出眾，無論在哪裡都是人群注目的人物。

果然在岸邊就看到被幾個僕婦簇擁著的李清珮。

五年未見，想來日子過得不差，遠山黛眉，膚白如玉，沒有一丁點被歲月蹉跎的風霜。

郭氏見了，腳上一頓，竟然恍惚覺得似乎見到早逝的夫君。

都說亡夫生的模樣好，卻是男生女相，以後必然波折不斷，果然之後就英年早逝，而這樣貌到女子身上卻是極好，一輩子順風順水。

李清珮見郭氏走近，怯生生喊了一聲娘，郭氏不冷不熱地應了一聲，推了推旁邊的少年，道：「這是你姊姊。」

此人正是李清珮的弟弟李念，他和郭氏的冷淡不同，顯得極為激動，目光亮晶晶，道：「姊姊。」

李念離開的時候還是個孩子，這會兒已經頗有些小大人模樣，李清珮被這一聲姊姊喊得內心澎湃，終於有家人團聚的感覺，上前就摟住李念，道：「念兒，你竟然這般大了，我險些認不出來了。」又道：「路上累不累？午飯是什麼時候用的，現在可是餓了？喜歡吃什麼，我叫人去做。」

李念顯然很激動，但到底五年未見，顯得有些生疏，他羞澀地退開，隨後恭恭敬敬地道：「姊姊，念兒不累。」偷偷瞄了眼郭氏道：「我什麼都吃，不挑嘴，只不過……因為天氣炎熱，又是在船上，娘親這幾日幾乎沒吃什麼，姊姊能否請個郎中來瞧一瞧？咱娘喜歡吃河蝦、河鮮，像是龍井蝦仁、清蒸桂魚都是娘喜歡吃的。」

郭氏卻冷聲說道：「看什麼郎中？我好得很。」

「娘……」李念有些尷尬。

只是話還沒說完，郭氏就瞪了他一眼，訓斥道：「剛見面，臉還沒看熟呢，就要吃要喝的，讀了這麼多年的聖賢書，一點都沒長進。」

想來平日裡，郭氏十分嚴苛，李念立刻耷拉下腦袋來。

場面頓時有些壓抑。

一旁的李嬤嬤笑著說道：「老夫人您可真是有福了，我們家那個渾小子跟舅老爺一般大，可是整天就知道吃喝玩樂，哪裡知道我的喜好？還是舅老爺這般好，知曉老夫人喜歡吃什麼！」又道：「我是府裡的管事，我夫婿叫李三，您喊我一聲李嬤嬤就行。

「老夫人您回來，我們夫人不知道有多高興，一接到信就開始整理老夫人住的如意居，裡面的擺設都是親自去挑的。至於老夫人喜歡吃河鮮，我們夫人還記得呢，前幾日就讓莊上送了許多過來，這幾天養在缸裡，您來了正好可以吃。今天一早就讓灶上婆子燉了人參雞湯，怕是老夫人舟車勞頓，傷了元氣。」

李嬤嬤笑容爽朗，語氣幽默，又和郭氏一般年紀，倒是讓郭氏神色緩和一些。

正好李三趕了馬車過來，李念扶著郭氏上了馬車後，一路無話。

到了府邸，李清珮陪著郭氏去如意居，寬闊的正房，兩邊修了耳房，院子裡種著一棵老槐樹，穿堂上擺著兩盆金桔，結著橙色的小果子，迎著晚上的夕陽越發顯得喜氣洋洋。

郭氏進了院子，站在老槐樹前，忽然間就停下腳步，神情恍惚，道：「妳這丫頭，居然都還記得……」

原來這邊的布置竟然和以前祖宅一般，分毫不差。無論是這棵老槐樹的樣子，又或者擺著的那兩盆金桔。

李清珮第一次見郭氏正眼瞧自己，道：「娘……」

「到底不枉我費心養妳一場。」
李清珮聽了這話，頓時鼻子一酸，眼淚就這樣無聲落了下來。
這些年來所有的委屈，所有的不甘，母親不過輕輕一句話，就能化解掉。

趙瀧去了五臺山，還順道垂釣一番，一趟下來，整個人黑了也瘦了，鬍子長了，卻是不肯剪，道：「我瞧那五臺山上的道士留了山羊鬍，很是仙風道骨，我也留著吧。」
王總管嚇得不輕，想著老爺這般隱姓埋名地過日子也就算了，竟然還說要學道士留鬍子，難道說老爺已經打算出家了？
這麼一想，王總管越發覺得有些害怕，滿腦子都是如何阻攔的想法，隨即想到最近自家老爺和隔壁李清珮之間的來往，雖不見得有什麼想法，但只要有一絲可能，他總要推一把。
隨著時間的流逝，王總管這種決心越發堅定了。
「老爺，晚上用點什麼？」隨後見趙瀧一副猶豫的模樣，王總管裝作不經意地道：「小的瞧您上次吃隔壁李夫人送來的麻辣小龍蝦，倒是多吃了一碗飯，要不要廚房做一盤來？」
趙瀧聽了這話，想起李清珮，道：「剛才我路過碼頭，似乎瞧見她們也從那邊回來，是不是來了什麼客人？」
「是接了李夫人的母親和弟弟。」王總管說道。
「闔家團圓，算是大喜事。」趙瀧沈吟了下，道：「你去把西域運過來的瑪瑙葡萄和梨子幾樣瓜果，還有剛上市的秋蟹，選十對肥碩的公蟹一道送過去。」

「小的知曉了。」王總管恭敬地應了一聲，轉過身去吩咐身後的小丫鬟，稍晚回來又道：「最近門口經常有人鬼鬼祟祟的，侍衛抓了來問，才曉得那人原是想要一睹隔壁李夫人的芳容，卻是找錯地方了。您說這件事好笑吧？興許是小的過於杞人憂天了，像李夫人這般樣貌，家裡又沒有養那會拳腳功夫的護院，要是有人心存不軌，當真就遭殃了。」

趙瀧站起來，走到用青花瓷養著的蘭花旁邊察看，王總管馬上拿一旁的小鏟子遞過去，趙瀧接過，幫著蘭花鬆土。

「我竟是不知，我們王總管也開始留意起女子來。」

王總管頭皮發麻，正要解釋，又聽趙瀧問道：「你想如何？」

「老爺，您這話可是折煞小的了。」王總管恐慌地說道。

趙瀧起身，回到案桌旁喝了一口茶，隨意坐下來，鬆口道：「那就派兩個暗衛過去護著，說起來也是故人之女，竟然做了鄰居，也是她和我有緣分。」

王總管自然查過李清珮的家世，知道她父親叫李唐，陽朔李家子寫了一手好字，後來還因此聲名遠播，只不過他不知道兩人是舊識。

所以……這才是他們老爺對隔壁格外照顧的原因？

心裡雖然有些失望，但是王總管想了想，還是覺得自己伺候他許久，這次總是有些不同，再說，如今已經沒了旁的辦法，只能死馬當活馬醫，難道真的眼睜睜看著老爺出家不成？

別說隔壁住著秦王曾經的寵妾，就算是個公的，只要能讓他們老爺有一點動心，那就值得試一試。

這般一想，王總管就覺得自己做得沒錯。

不過老爺竟然認識李夫人的父親？這又是怎麼回事？

王總管決定要探查一番裡面的內情。

第十二章

隔壁的李府充滿喜氣，李清珮叫人拿炮竹來，道：「今日娘和弟弟回來，第一次入住，新宅子就要放炮竹，去去晦氣。」

正好是夜幕降臨，噼哩啪啦的炮竹聲閃出紅色花火來，映出李清珮滿是笑容的臉，恍若盛開的桃花，豔冠群芳，這種愉悅的氣氛感染了旁人，就連一直都嚴肅的郭氏也舒展眉眼，露出笑容來。

李嬤嬤擺好宴席，道：「老夫人，舅老爺，都請入座吧！」

飯菜很是豐盛，且許多都是郭氏和李念喜歡的菜餚，可見這許多年來，雖然家人們分開，但是李清珮心裡一直記掛著他們。

郭氏吃著被丫鬟細心挑刺之後的魚肉，再剛硬的心，也抵擋不住女兒這般貼心，這麼一想，神色就越發溫和起來。

郭氏指著桌上的麻辣兔肉說道：「小時候就嗜辣，別人家的姑娘，四、五歲的時候還是吃不得一點辣，清清已經開始用麻油辣椒拌著白米吃，小臉吃得紅撲撲的，倒像是年畫裡的童女一般可愛。」

李清珮記得這些往事，由於她前世就嗜辣，一日都離不開辣，小時候還做不得主，自然忍著。直到四歲那年，趁著郭氏出門，她偷偷跑到廚房，用麻油燙了辣椒醬，拌著白米飯吃，一口氣吃了兩碗飯，卻不敢讓郭氏知道，怕是嚇到她，只是不過七、八日，還是被郭氏察覺到了，郭氏見她這般吃飯，還當她餓了找不到吃食，胡亂找東西填肚子。

郭氏自責許久，後來在李清珮的解釋下，才明白她就是喜歡這般吃而已。之後家裡的廚房裡就一直備著麻油辣醬，只是不敢讓李清珮多吃，每次都是一小勺。

郭氏說著話，替李清珮挾兔肉，又讓丫鬟幫李念也挾一塊。「一道吃吧！」

李清珮許久沒有享受過這般親情，很是受用，眉開眼笑地吃了兔肉，又親自給郭氏剝蝦，給弟弟李念添飯，一家子雖然還有些生疏，但是血脈天性，不過片刻就相處得其樂融融，顯得很是溫馨。

等用過了飯，李清珮陪著母親郭氏一道收拾行囊，其實也沒什麼東西，包袱裡不過就是幾件半新不舊的衣裳，兩套裡衣，洗得發白的布鞋，顯然日子過得很清貧。

李清珮本想問有沒有收到自己寄的銀子，但是又怕郭氏生氣，不敢提及。

郭氏換了一身乾淨的白綾裡衣，躺在架子床上，蓋著一層妃色素面杭綢薄毯，上好的蠶絲織成的綢緞，摸上去涼絲絲的，為還沒完全褪去暑氣的夏末帶來幾分涼意，她舒服地喟嘆了聲，溫和地道：「忙了一天，清清回去歇著吧，念兒也是。」

兩個孩子齊齊點頭，郭氏瞧著這一對姊弟，皆是十分出眾，不由生出滿足的自豪感來，又道：「明天我有話要說，你們早些過來。」

「娘，何事？」李清珮頗有些草木皆兵，怕是郭氏又發難，其實她心裡隱隱有種感覺，母親是個很執著的人，說白了就是非常固執，只要覺得自己對的事情，不會輕易改變想法，也不會輕易原諒她。

而今日這般和睦相處，對李清珮來說，頗有些鏡花水月一般不真實。

郭氏並不言明，只道：「且去歇著吧！」

李清珮和李念一前一後走出如意居，月上樹梢，院子裡覆蓋著一層淺淺的銀光，拉出兩個長長的影子來。

李清珮道：「姊姊送你回去吧。」

李念頗有些羞澀，道：「姊姊，我已經是大人了。」

「我曉得你已經長大了，不過今日是第一天，那房間又是我親手布置的，帶著你去瞧一瞧，要是覺得不妥的地方就跟我說，或者跟李嬤嬤說也行。」李清珮到底忍不住摸了摸李念的頭，笑盈盈說道。

李念高興地應了一聲，兩個人一道去挨著如意居旁邊的小院子。

李念的東西要比郭氏多，好幾個箱籠的書，已經被人整整齊齊擺放到書架上，李清珮不過掃了一眼，卻是有些疑惑，她也是讀過書的人，從三歲就開始坐在父親膝上讀三字經，即使父親日後早逝，她一點也不敢耽誤，也沒空去讀其他雜書，但是李念的書架上卻出現許多關於算術的書、雜記，和一些話本。

思。

「你跟先生請了幾個月的探親假？」李清珮坐在靠窗的書案上問道。

因為知道弟弟還在讀書，李清珮特意給李念準備了上好楠木做的案桌，很是費了一番心思。

李念跟著坐了下來，聽了這話卻是露出幾分猶豫的神色來，好一會兒才道：「姊姊，我應該不會再去了。」

「怎麼？你老實跟我說，你們在蘇州那邊是不是遇到什麼事情了？被人欺侮了又或者是被人騙了？」

李清珮的母親郭氏最是看重孩子讀書，如今希望全部寄託在李念的身上，又怎麼會讓他不讀書？

一連好幾個問題，李念被問得臉色通紅，趕忙起身，搖頭道：「姊姊，妳莫要著急，無事，就是我可能……」說到這裡一頓，他臉色憋得通紅，顯然是覺得難以言說，道：「明天早上，娘肯定是要說的，姊姊還是等著聽娘講吧。」

李清珮心神不安地回了屋子，一夜無眠。

早上，李清珮到了如意居，李念已經坐在屋內圓桌旁，一見到她便羞澀地笑了笑，道：「姊，多謝妳，那床真軟和，帳幔還熏了香，怪好聞的，我還是第一次睡在這般好的地方，跟作夢一般。」

李清珮猜出郭氏和李念過得並不好，從他們穿著就能看出來，但是被弟弟這般道謝，她心裡卻是莫名有些難過。

她忍不住想要問母親，到底有沒有收到她寄過去的銀子，為何把日子過成這樣？只是那話到嘴邊，卻是怎樣都開不了口，她有種預感，一旦起了頭，後面會帶出更多不堪的東西。

兩人一時無話，一個是滿腹心事不知道如何言說，另一個則是不敢去詢問，就在這時候，穿戴整齊的郭氏從內室走了出來。

她穿的還是一件舊衣，聯珠圖案花紋的艾綠色素面褙子，綰了個圓髻，卻沒有任何首飾，但是她目光鋒利，眉目冷硬，顯出不輸男子的果決來。

「娘，您餓不餓？我叫人擺飯吧。」李清珮笑著問道。

郭氏坐在李清珮的旁邊，聽了這話，搖頭道：「先不急，我有話跟你們講。」

「娘，您說。」

郭氏掃了眼自己的一雙兒女，那目光最後停留在李清珮的臉上，說道：「清清，娘要妳重新參加科舉。」

屋內落針可聞，寂靜得有些可怕，李清珮不用抬頭也能感受到來自母親郭氏的威壓凝視，她心裡頭就好像是堵著一塊石頭，憋得喘不過氣來。

李清珮深吸一口氣，道：「娘，我朝言明，參加科舉之人必要三代家世清白，更不能作奸犯科，心術不正，須得潔身自好，品性優良。我曾經委身給人做妾，您覺得我還合適嗎？」

「清清現在不就是自由身？」郭氏冷靜地說道：「那許多規矩裡，卻是沒有一項說曾經為人妾者不能科考。」

「是，只是無論如何，也抹不掉我曾經為人妾的事情。」李清珮道：「雖說沒有言明，一旦被人揪出過往，先不說我已經五年沒看過書，就算是文曲星投胎，本事通天，考上狀元，也會被人同僚嗤笑，不得重用，說不定還會成為笑柄。」

「清清，妳忘了妳父親對妳的期望嗎？」

「我自是不敢忘！」

父親雖說在她八歲那年去世，但因著她身體裝著成熟的靈魂，自然是記得一切。父親李唐性情溫和，氣質斐然，如同珠玉在側一般，是個十分出眾的美男子，她這好相貌七、八分是隨了父親，直到現在，她想起父親的早逝都覺得難以接受，在她心中就如同男神一般，誰都無法僭越。

「那妳怎麼這般輕言放棄？」

李清珮心中憋悶。「娘，您想我成旁人的笑柄？是我對不起父親的期盼！這件事不用再提及了！」說完就起身，又道：「娘，我身體不適，就先退下了。」

等著李清珮走後，李念有些坐立難安，看著如同石像般一動也不動的郭氏，他想要離開又怕郭氏發怒，但是這般待著又覺得渾身不舒服，好一會兒才道：「娘，時候不早了，您餓了沒有，要不要先用早膳？」

郭氏臉上終於有了表情，開了口，卻是答非所問地說道：「你覺得娘的做法不妥嗎？」

李念在郭氏前面是一個「不」字都不敢說，但是讓他違心否認又做不到，只好低著頭不敢言語。

郭氏想起李念小時候的聰明機靈，又對比如今這般膽小懦弱的樣子，她嘆了一口氣，卻堅定無比地道：「你姊姊和你不一樣，她天生就是讀書的料子，娘一定會讓她完成你父親的遺願。」

「可是姊姊她……」

「這件事由不得她。」

李念頭低得更加厲害，滿臉沮喪。

第十三章

李清珮怒氣沖沖地出了屋子，好一會兒才鎮定下來，她是真的沒有想過母親來的目的，竟然是想讓她重新參加科舉。

其實，當她第一次知道這個封建的大趙竟然有女子科舉、有女官的時候很是震驚，後來知曉是聖尊皇后大力推行，就猜想這女子恐怕是穿越過來的前輩，用自己的力量改變這個世界的規矩。

她心裡感激之餘，只當是另一種高考，很是認真地苦讀。當然父親李唐的付出也功不可沒，她的啟蒙都是父親手把手地教她。

她到現在還記得父親慈愛的笑，摸她的頭，道：「我們清清最是聰慧了，以後必然會考個狀元回來。」

李家是世代的書香門第，只是到祖父這輩就沒落下來，族中已經無人考中進士，對李唐來說，振興家族是他作為長房嫡子的重任，只可惜他自己從小體弱，沒有辦法刻苦研讀，只好把希望寄託在大女兒李清珮身上。

清晨的陽光沒有白天那般炙熱，很是燦爛明媚，李清珮抬頭，被這明媚的陽光照得瞇起了眼睛，想起父親如同這陽光一般的溫柔。

那一年，她因為在課堂上睡覺被先生處罰，用戒尺打掌心，腫得跟饅頭一樣，卻是不敢說，只能偷偷地回家，父親那時候正好躺在病床上用藥，臉頰消瘦而發黃，她很怕父親會生氣，更怕這樣讓他病情加重。

結果父親什麼話也沒說，起身拿了藥水，輕柔地給她抹上，只當不知道她在課堂上偷懶的事情，還幫她找藉口擋去母親的詢問。

想到這些，李清珮就覺得鼻子發酸。

如果父親還健在，他會說什麼？會說「妳讓我失望了」這樣的話嗎？

「夫人，您小心一些。」身旁傳來彩蝶猶豫的聲音，李清珮這才發覺自己走到後花園裡，站在湖邊，而身後的彩蝶卻是一直默默跟著。

「夫人，您餓不餓？」彩蝶見李清珮終於回了神，鬆了一口氣，剛才那神情真的有些嚇人，她伺候李清珮這麼久只見過兩次，第一次是在王府裡，紅蓮試圖說服李清珮留在秦王身邊的時候，另一次就是這回了。

彩蝶一直在外面，自然聽見郭氏的話，她覺得頗有些不可思議，老夫人竟然叫夫人去參加科舉。

她這樣一個不懂科舉的門外漢聽著都覺得有些荒誕，怎麼老夫人會那般堅持？再說夫人現在這樣不是挺好的嗎？

她跟夫人去過庫房，光是看到那些珍玩、金銀就有好幾箱籠，足夠讓日子過得富足，現在應該給夫人尋個如意郎君才是？

彩蝶心裡雖然有諸多疑問，卻不敢問出來，扶著李清珮坐在湖邊亭子裡，道：「夫人，我瞧著您還沒用早膳，要不今日就在這邊吃？賞著這湖景用膳，倒也別致。」

李清珮哪裡還有胃口，但是看彩蝶這般體貼，也不好拒絕，點頭道：「那就在這裡用吧。」

李清珮喝了一小碗的蝦仁粥就吃不下去了，讓人把剩下的粥撤下去，重新上瓜果、茶點，她就靠在亭子內的大迎枕上閒閒地翻書，倒也慢慢消了氣，認真看起來。

亭子的四周用白色的綃紗圍著，隨著初秋的風輕輕飄揚，湖水碧波蕩漾，在陽光下閃耀出珍珠般的光彩。

王總管來的時候就看到這樣的場景，美人如玉，卻是最醉人的景致。

「王總管，可是有事？」彩蝶一邊領著王總管往亭子裡面走，一邊問道：「我們夫人剛剛用過早膳，正好這邊清靜，就乾脆在這邊歇著了。」

等入了亭子，李清珮見到王總管，笑道：「真是稀客，昨天讓人送來的秋蟹和瓜果都收到了，我正想著如何道謝，王總管就親自過來了。」

王總管不卑不亢地說道：「跟夫人送來的吃食相比，不足為道。」說到這裡，他停頓了下，露出幾分猶豫的神色來。「我今日來是有一件事求夫人，只是……」

李清珮笑著說道：「王總管，你只管說就是。」

雖然兩人接觸不多，但每次出事的時候，王總管就在旁邊，李清珮對這位可算十分熟悉了。

「實在是有些難以啟齒……」

這下輪到李清珮有些詫異了，王總管一看就是那種非常老道的人，做事自然也是井井有條，不會出錯，竟然有事求她卻不直說，還顯得很是不安，她越發好奇到底是什麼事情。

「王管事，你不說，我又如何知曉？」

王總管這才說道：「我們老爺喜歡垂釣，前幾日在深山裡熬了夜，就有些著涼了，不肯吃藥，這幾日更是一點胃口也無，昨兒個一整天就吃了半碗米粥，但是那東西如何頂用？好不容易今天氣色好了點，早上說要吃夫人上次送過來的奶豆腐。膳房的廚子費心做了端過去，老爺卻說不是這個味道。小的實在是沒辦法了，只好厚著臉皮求到夫人這邊。」

到了這會兒，李清珮還有什麼不明白的，爽快地說道：「不過是小事一樁，只是奶豆腐頗費工夫，就怕王管事等不得。」

「自然等得。」

說起這奶豆腐，不過是因為牛乳喝不完，她這才想著拿牛乳做花樣，有時候做了炸鮮奶，又想起前世吃過的奶豆腐，琢磨了幾次，好不容易最後一次成形，自己吃了一些覺得味道尚佳，就盛了一小碗送到隔壁去。

李清珮下了廚，索性好人做到底，不僅做了奶豆腐，又熬了一碗鮮奶蘑菇湯。

那位趙老爺既然喜歡吃奶豆腐，應該也會喜歡鮮奶蘑菇湯，再說，感冒了多喝一些湯水，發了汗，就會好多了。

王總管很是高興，道：「多謝夫人費心了。」又道：「夫人還是跟我一道過去吧，讓我們老爺當面謝謝夫人。」

「客氣什麼，不過就是一些吃食而已。」

李清珮本不想過去，卻被王興勸了許久，主要是想讓她跟廚子說明怎麼做這一道菜，最後盛情難卻，便跟了過去。

第十四章

這是她第二次過來，已經熟門熟路了。

還是那個湖心亭，李清珮看到趙瀧穿著一件細棉布的道袍，正在給花澆水，只是和上次不同，他留了些鬍鬚，看起來老了十幾歲。

這模樣倒真如他上次所說，兩人像是叔叔與姪女。

只是李清珮不知道怎地，想起上次看到的肌肉來，蜜色的肌肉，充滿力道的線條，讓她無端紅了臉，又怕叫人看見，越發低著頭。

兩個人見了禮，李清珮道：「這湯還是要趁熱喝才好。」後面跟著的彩蝶端了鮮奶蘑菇湯來。

趙瀧先是喝了一口，道：「鮮美至極，夫人真是巧手。」

「多謝謬讚。」

兩個人說了一會兒客套話，就見王總管手裡提著一個陶甕過來，道：「老爺，您夏天釀的桃花醉已然好了，要不要給李夫人帶回去一些？」

趙瀧總覺得今日事情太過湊巧一些，王總管也過於主動，但是當著李清珮的面自然不好多說，道：「也不知道味道如何。」

王總管將酒甕開封，倒出兩碗桃花醉，琥珀色的酒水用甜白瓷的小碗盛著，看著就令人很有胃口。

王總管笑著說道：「這是我們老爺親手釀的，當時還是小的幫著提竹籃，跟老爺一起收集花瓣。」

李清珮覺得這位趙老爺當真是一個妙人，種花、養魚、垂釣，還自釀桃花醉，當真是活得比她還灑脫自在，她憧憬過出王府以後的日子，不就是如趙老爺一般嗎？

她舉著碗，桃花的香味撲鼻而來，夾著酒的醇厚氣息，沒有吃到嘴裡，就已經有些醉了。

「妾身不善飲酒，自是談不上鑒賞，在妾身眼裡，酒只分兩種，能吃得下去，又或者吃不下去。」李清珮笑著說道：「趙爺的酒到妾身這裡，就是牛嚼牡丹，暴殄天物了。」

趙瀧聽了忍不住哈哈大笑，覺得眼前這位李夫人倒也有趣，道：「夫人謬讚，不過就是粗糙的自釀酒，如何和珍品相比？」

兩個人幾句話談得很是投機，王總管又幫忙斟好了酒，自是要喝一杯。

笑著碰杯後，李清珮用袖子擋住，微微側身，一舉一動之間很是清雅，又是難得的美人，如畫一般賞心悅目。

李清珮喝了那麼一小口，跟預感的一樣，應該是桃花瓣加了果酒，入口綿軟，酸酸甜甜的。

喝了一碗下去，王總管道：「夫人再來一碗？」又給李清珮添酒。

秋風徐徐從窗口吹進來，二層高的湖心亭，可以俯瞰周邊所有景致；遠處的群山層疊，近處的亭臺樓閣，如一幅畫般鋪展開來，湖水裡的蓮花已經謝掉了，綠色的蓮蓬遍布在碩大的荷葉邊，隨著湖邊的風輕輕搖擺，遠處有幾隻白色的鳥兒在覓食，一切都顯得悠閒自在。

李清珮竟覺得在這裡要比家中放鬆，或許是因為早上和郭氏不愉快的談話讓她倍感壓力。

就這樣吃著奶豆腐，和幾樣王總管送過來的配菜，李清珮一口氣喝了三、四碗，雖然這喝酒的碗也不過酒盅大小，容量並不多，但這酒後勁不小，不知不覺還是喝得有些多了。

一開始李清珮還是拘謹的，但或許是喝了酒的緣故，又或者是趙老爺無論何時都待她和顏悅色，讓她心生好感，不知不覺話就多了起來。

兩個人正說著話，就見彩蝶走過來，悄聲說道：「夫人，老夫人正到處找您，您看是不是要……」

李清珮心中鬱結，知道自己現在就應該回去，可是一想到要面對郭氏的咄咄逼人，就滿心無奈，道：「就說我在外面，一會兒回去。」

「奴婢曉得了。」

等彩蝶走後，李清珮的情緒明顯有些低落，按照趙瀧以往的性情，原該當作沒有瞧見，畢竟交淺不可言深，只是今日多喝了兩杯桃花醉，讓他心思發散起來，冷硬的心也變得柔軟不少。

李家和他也有些淵源，又是這般三番四次的結緣，想著緣分不淺，趙瀧斟酌了下，問道：「可是家中有事？」

李清珮是真的不知道找誰訴苦了，聽了趙瀧的話，道：「說起來慚愧，家母和妾身五年未見……」

一開始說的時候還覺得有些艱澀，她留意趙瀧的表情，見他雖然目光深邃，讓人生出幾分深不可測的想法，但是他神態和藹還會時不時地點頭，令她越說越投入，一股腦兒地就把自己的事情都說出來了。

「讓趙爺見笑了，我實是不知道該如何是好。」

趙瀧卻道：「夫人是真的不知道該如何，還是不願意去做？」

「趙爺此話是何意？」李清珮驚道。

趙瀧見李清珮神色驚訝，一雙盈盈秋眸注視著自己，那模樣既是美得驚人，又帶著幾分毫無遮掩的純粹，想著她到底年輕，經歷過的事情太少，就算十分聰慧，也時常有看不清自己的時候，他的語氣就越發柔和。「我和夫人雖不過幾面之緣，但還是瞧出夫人的幾分性情來，夫人是個外柔內剛、十分有主意的人。」

有些話趙瀧不好直說，比如那般痛快地放棄秦王寵妾的身分，又那樣深明大義地成全對方，並不是每一個女子都做得到的。

權勢、身分、金錢，更甚者秦王這樣一個美男子，等擁有過之後，誰又能輕易地放手？可是眼前這個女子就做到了。

英雄不問出處，趙瀧並非十分看重出身，他更在意一個人的品性，而李清珮雖然是女子，曾經委身給秦王做妾，但是她的所做所為，卻是比男子還要大氣灑脫。

李清珮並不知道趙瀧真正的想法，她對於自己給人做妾的事情說得很模糊，也沒提及對方是誰。

趙瀧往後靠在椅子上的軟枕，望著窗外，道：「恐怕夫人也是有幾分心動的，不然按照夫人的性情，根本就不會這般煩惱。」

李清珮道：「趙爺，您說的是什麼？」

「夫人，妳且好好想想。」趙瀧說完就不再開口，自己斟了桃花醉，配著奶豆腐，慢慢品味起來。

李清珮卻是有種被人看透的感覺，可是她並不覺得尷尬，反而有種和趙瀧很貼近的心情，好像兩個人變得十分親密一般。

趙瀧說得很對，她就是心動了，原本她以為自己就是如今這般清閒地生活，也過得很愜意，可是那天在莊子遇到秦王的時候，她忽然就生出幾分不甘來。後來母親提議重新參加科舉的事情，她雖然知道這件事不可行，但還是起心動念了。

李清珮好一會兒才道：「妾身想又怎麼樣呢？像妾身這般身上有污點的人，是如何也參加不了科舉，即使參加了也會被人嗤笑，成為笑柄。」她嘲諷地笑了笑。「讓趙爺看笑話了，我實是有些癡心妄想。」

「如果有人推舉妳呢？」趙瀧目光柔和，含笑說道。

第十五章

四周靜謐，李清珮似乎聽到胸口怦怦的心跳聲。

趙瀧閒散地坐在鑲嵌雲石透雕荷花紋的太師椅上，一舉一動之間說不出的灑脫自在，就好像對他來說，這天大地大，沒有什麼事可以難住他。

湖邊的風吹在窗櫺旁的天青色紗帳上，鼓起漂亮的波紋來，就如同李清珮此刻的心情，怎麼樣也沒辦法平靜下來。

「趙爺……」李清珮艱澀地開口，一抬頭，便看到趙瀧露出鼓勵的神色，含笑地看著她，如同一個久未見面的老友，又或者包容小輩的長者，可以成為你溫暖而厚實的後盾，安撫你焦躁且不安的心。

「您要給妾身寫推舉函嗎？所以妾身還能參加科舉？」李清珮終於還是問了出來。

趙瀧聲音不高，但是充滿堅定的沈穩。「不是我寫的，是前禮部尚書沈從澤的推舉函，足矣了吧？」

禮部原本就管著科舉事宜，能做到尚書的人本就不同凡響，更不要說這個人還是大名鼎鼎的大儒沈從澤，若能得到他的推舉函，別說禮部，就是士林裡也會給她保留幾分體面，她以後的路會順暢很多。

參加科舉之人都需要得到推舉函，她以前在書院時，都是由書院的老學儒來寫，除了這些，能得到德高望重之人的推舉函，那自然是不同，而沈從澤早就不管朝廷之事，又是有名的清流大儒，能讓他寫一份推舉函，顯然不是一件容易的事情。

莫名地，李清珮就是覺得趙瀧並非虛言。

李清珮低下頭來，心裡脹滿不知名的情緒，她從來沒有因為自己委身給人做妾而自卑過，如果時間倒流，她還是會這般選擇，但是……這不等於她可以無視旁人的眼光，可以無視這個朝廷的規矩。

因為逆流而上，實在是太艱辛了。

她不像那位聖尊皇后，勇於改變這個世界的規矩，她自認沒有那樣的魄力，可是現在眼前這個不過幾面之緣的陌生人，卻給了她從來沒有過的期盼。

趙瀧又道：「想就去做，當年聖尊皇后不知道提拔了多少女官，其中身世不如妳者大有人在，妳可見後世有人因此對那些女官非議？

「妳這般年紀，如此樣貌，正是大好年華之時，何必要躲在這偏僻的鄉下蹉跎歲月。難道妳還想要把下半生委身給男子，渾渾噩噩的過一生？妳曾經在十五歲時得中過廩生，這可不是旁人可以做得到的。」

趙瀧好像天生就知道如何掌控旁人的情緒，一句接著一句，激起李清珮少女時期的熱血來。

「趙爺，您和妾身不過幾面之緣，為何要幫妾身？」李清珮雖然熱血沸騰，但是並沒有失去理智，反而越發冷靜。

趙瀧暗道，真是個機智的姑娘，要是旁人這時候早就忘記一切了，她竟然還會問緣由。

趙瀧猶豫了下，還是決定坦白道：「見了夫人，我瞧著有些眼熟，問了王總管才知道是故人之女，我曾經跟李唐先生學過字。」又道：「今日之事，妳且回去想想，沈從澤沈老先生和我家有些淵源，請他寫個推舉函不過舉手之勞而已。」

李清珮記得很清楚，父親李唐因為體弱沒辦法研習苦讀參加科舉，卻不肯放棄，倒是練就一手好字，從小不知道多少人來拜見他，只為求字，像趙瀧這種世家子慕名來學也是常理之中。

來的時候心事重重，走的時候卻是不同的心情。

李清珮被王總管送到趙府門口。

「夫人，今日真是多虧您了，老爺總算吃了些東西。」王總管說著，命人遞了個瓷罐給李清珮。「這是今日喝的桃花醉，老爺讓小的給夫人帶些回去。」

李清珮沒有推辭，叫一旁的彩蝶收了瓷罐，斟酌下，道：「妾身瞧著你們老爺喜歡妾身做的吃食，要不明日妾身再做一些送過來好了。」

趙瀧讓她回去好好想一想，但是李清珮知道，她其實早就做好決定，只是那時候條件不合適，現在有人為她推平路上的屏障，她又為什麼要退縮？就像趙瀧說的那般，靠著男人過活一次就夠了，難道還要繼續依賴下去？

這世上總有人想要捧高踩低，卻鮮少有人這般雪中送炭，因此她想為趙瀧做點什麼，表達自己的感激之情。

王總管笑得眉開眼笑，顯得十分開心。「那敢情好，小的瞧著就算是同樣的法子，廚房也做不出夫人那般的味道來。既然夫人先開了口，那小的就不推辭了。」然後認認真真地鞠躬，道：「多謝夫人了。」

王總管心裡很高興，雖然今日做得有些明顯，但是看老爺和李夫人那般愉悅的相談，他就覺得十分值得，正想著如何找藉口繼續讓兩人來往，沒想到她主動提及，他自然是萬分高興，決定繼續推波助瀾。

何況他剛才聽說這位李夫人居然在十五歲得中過廩生，雖然有天生卓爾不群的神童十一、二歲就能考中，但那畢竟是少數，大多數人都是規規矩矩地寒窗苦讀，而在這些人當中，十五歲就得中算是佼佼者了。

興許從支持這位李夫人讀書，延伸到關心國事，那他們老爺是不是就會改變心意，回到宮中了？

王總管不敢想，他只能盡力而為，以前覺得這位夫人多事，現在卻是希望越多事越好，不然哪裡能勾起他們老爺的心緒來。

出了趙府的門，李清珮沒有馬上回府，而是去旁邊農戶家中。按理說，家中常用的蔬菜、瓜果應該從莊上拿來吃，只是因為她的府邸離莊子有些遠，所以更多時候就在旁邊農戶家中購買。

那農戶見到李清珮親自過來，很是有些受寵若驚，因著往常都是他早上趕騾車送過去，他只在第一天給李清珮這位主家磕過頭，後面自然不曾見過，這會兒見她走來，款款如仙子下凡，他就算低著頭不敢直視，也是能感受到她的美貌出眾，無怪乎這附近都傳遍了，說來了一位天仙般的美人，許多人藉故到這邊來走走，想著能不能遇到她，一睹芳容。

李清珮選了一隻老鴨，讓那農戶送到府裡去。

之後她起身去通州鎮上，因是下午，幾乎沒什麼客人，李清珮一進去書鋪就引得夥計頻頻注目。

「這位客官，您要點什麼？」

李清珮買了筆墨的紙張、許多科舉需要的書籍，之後讓彩蝶裝到馬車上，那夥計嘖嘖稱奇，因為李清珮買的書，從小孩子讀的三字經，到大人看的策論，一應俱全，一看就是沒讀過書的樣子。

夥計對著一旁的同僚小聲嘀咕道：「明年就是六年一次的科舉，這生意又好做了。不過也多了夫人這般的人，總以為買了許多書就能裝到腦子裡去，人倒是挺美，就是這腦子恐怕不太頂用……」

李清珮正轉身，聽到這話頗有些哭笑不得，一旁的彩蝶來了脾氣，道：「瞎說什麼呢！

我們夫人可是廩生，曉得不？」

彩蝶也是在路上，聽李清珮提起來才知道此事，心裡諸多佩服就不說了，正愁著不知道跟誰講才好，這會兒正是逮到了機會。

那夥計嚇得臉色發白，這可是一個大主顧，還是一位秀才，別是給氣走了，忙點頭哈腰地賠不是，道：「小人有眼不識泰山，居然沒有認出秀才娘子來，真是該死。」又道：「主要是秀才娘子實在太過美貌，讓小的難以相信，居然有人可以這般才貌雙全，這才誤會了！」

秀才分為三等，這廩生就是優等的學子。

夥計這話說得油腔滑調，但也有幾分真心在。

好在李清珮今日心情好，這是五年來從來沒有過的暢快，就好像插上翅膀可以飛起來一般，她笑著擺了擺手。「常言道『禍從口出』，以後不可這般背著人嚼舌根了。」一付完銀錢，就上了馬車。

回去的路上見有間綢緞莊，李清珮想起母親和弟弟身穿半舊的衣裳，家中雖有不少料子，不過多是適合她的鮮亮布頭，沒辦法給弟弟和母親做衣裳，於是，她們下了馬車，又買了許多布疋到車上。

第十六章

一路滿載而歸，到府邸已經是傍晚。

李清珮剛走到門口就看到弟弟李念正東張西望。

李念一瞧見她後，眼睛一亮，道：「姊，妳去哪裡了？」

李清珮叫人把買的東西卸下來，道：「怎麼，可是有事？」

李念急道：「娘從中午開始就沒用過飯了。」

兩個人正說話，李清珮一抬頭，就看到郭氏冷著臉不知道何時已經站在門口。

郭氏看著丫鬟搬下來的幾疋尺頭，臉色鐵青道：「是誰叫妳去買這些的？不過才五年，妳就忘記妳父親的諄諄教導，正經的科舉不去考，偏偏學會了搔首弄姿，煙視媚行！」

「煙視媚行？」李清珮突然間笑了笑，只是那笑容沒有愉悅，反而全是心酸的嘲弄。「娘，您的女兒給人做了五年的妾，可不就是煙視媚行，學會了如何討好男人，要不然，哪來的銀子寄給你們。」

「不成器的東西，妳就是這樣報答娘的養育之恩？」郭氏眼中暴風雨一般的怒意，又痛又是難過，抬手朝著李清珮打過去。

李清珮卻是不躲，直挺挺站著，一副要挨打的模樣。

到底是自己的女兒，如珠如寶地養大，又如何真的下得去手，郭氏的手到李清珮的臉頰邊就停了下來。

李念一開始目瞪口呆的，這會兒終於反應過來，及時上前拉住郭氏的手，請求道：「娘，您怎麼要打人呀！這是姊姊呀！您在蘇州心心念念地想了許久的姊姊！」

李清珮見弟弟李念紅了眼圈，彎腰去扶李念道：「念兒，你起來，娘要責罰我，你擋著做什麼？」

「你這逆子，還不給我走開！」郭氏氣得上前去拽李念。

「姊姊有什麼錯！」李念第一次這般大聲喊道，說完就像是害怕般瑟縮了下身子，但是看到李清珮眼角掛著的淚珠，他忽然間就又鼓起勇氣，小小的身子擋在李清珮的前面，道：「娘，您要打就打我，都是我資質愚鈍，朽木不可雕也，讀不成書，沒有辦法給娘爭氣，只得讓娘又要逼姊姊去重拾書本。如果我有姊姊一半的聰慧……娘，您怎麼這般狠心！」

李念到底是孩子，說完就委屈地嗚嗚哭了起來。

「你們如今真是大了，一個個的，知道忤逆娘了。」郭氏顫抖著身子，指著兩個孩子罵道：「好好，以後我就當作沒生過你們這兩個孽畜。」

郭氏說完就扭過頭走了，那步子又急又快，顯得很不平靜。

李清珮原本想告訴母親，自己準備參加科舉的消息，想著母親一定會十分高興，可誰知道，當母親說她搔首弄姿的時候，她只覺得前所未有的委屈，那種傷心簡直無法言說。

晚上，李清珮躺在床上翻來覆去的，怎麼樣也沒辦法入睡，原以為自己會生氣，惱怒郭氏的口不擇言，可是腦子裡卻是一遍又一遍地想起小時候郭氏對自己的疼愛。家中雖然有僕婦，但是她和父親李唐的衣服鞋襪，都是郭氏一針一線縫出來的。

後來家道中落，宅子也賣了，郭氏起早貪黑地做活兒，可是無論怎麼樣，她從來沒有喊過一次累，不像有些父母，覺得自己太辛勞，有時候會拿孩子出氣。

郭氏或許不夠溫柔，感情內斂，但絕對是一個好母親。

李清珮又想起自己得中稟生之後，回到家看到被病魔折磨得骨瘦如柴的郭氏，那時候的心情就好像是天要塌了一樣，別說是給人做妾，估計只要能救活母親，賣了她自己也是甘願。

而如今，兩個人都好好的，她也得了自由身，何必為了一點事情爭吵？

李清珮決定明天就跟郭氏好好溝通，把這些年來的心裡話都跟郭氏說。她決定委身給秦王做妾之後，母親就沒跟她說過一句話，兩個人到現在還沒敞開心胸說過話。

當她在這邊想事情的時候，彩蝶躡手躡腳地走進來，靠在帳幔上，悄聲說道：「夫人，舅老爺在外面呢。」

李清珮聽完，坐了起來，披上外衣，攏了攏髮鬢，道：「叫他進來吧。」

李念垂著腦袋，無精打采地跟著彩蝶，坐在架子床旁邊的紅漆楠木交椅上，只有彩蝶替他上茶水的時候，他點頭示意了下，就全無話了。

等屋內只剩下兩個人，李清珮摸了摸他的頭，道：「可是身子不舒服，怎麼還不睡？」

「沒。」李念低低應了一聲，也不說話。

李清珮靜靜等著，她猶記李念以前是個十分活潑的孩子，不知道什麼時候開始變得這般沈默寡言。

「姊。」李念終於抬頭看了眼李清珮，見她含笑地看著自己，立時就有了勇氣。「我今日忤逆了娘，是不是太不孝了？」

對於一個習慣性聽從母親的孩子，李念今日的舉動確實有些超出尋常，李清珮不是不感動，雖然她覺得母親過於苛刻，可是有人願意護著自己，讓她倍感欣慰，只是她忽略李念還小，又是第一次頂撞母親，心裡是何等的恐慌和害怕。

李清珮道：「姊覺得你並非忤逆母親。」

「什麼？」

「並不是為人父母者就全是對的。」

這話可謂大逆不道，又或者太過驚世駭俗，李念滿臉震驚地看著她。「姊，妳這話可是……」

李清珮安撫地朝著李念笑了笑，道：「那你覺得姊姊就是母親說的那般不堪嗎？」

「自然不是！」李念大聲反駁道：「姊姊是最好的。」

「你看，你也知道娘說的並非是對的。」

李念一時語塞，又或者用他如今的思維，根本不知道如何應對，一邊是他敬重的母親，另一邊是他極為敬佩的姊姊。

「我且再問你，如今你知道母親說得不對，那你以後就不敬重她了嗎？」李清珮又問道。

「不會，娘永遠都是念兒要孝順且敬重的人。」

「如此就是了。」李清珮道：「人非聖賢，孰能無過？父母也不一定都是對的，我們為人子女，這時候就需要幫父母去糾正，這並非說我們不敬重他們。」

李念腦筋轉不過彎來，靜默了片刻道：「姊姊的意思是……姊姊現在不生娘的氣了？」然後，他目光亮晶晶地看著李清珮。

李清珮一時無語，頓時啼笑皆非，道：「好傢伙，原來念兒這是在給姊姊下套呢！」

李念倏地就臉紅了，無措地搔了搔頭，歉然道：「姊姊，念兒不是故意的，念兒其實想說……」

李清珮見他實在慌張，忍不住笑著摸了摸他的頭，道：「姊姊原本有些生氣，只是有念兒護著姊姊，姊姊就不覺得難受了。」

李念還是紅著臉，剛才是覺得慌亂、不知所措，這會兒則是害羞，道：「姊姊，其實娘她一直都掛念著妳。

「娘說的是不對，可是娘真的……好幾次夜裡，娘看著北邊默默不語，我知道那是娘想妳了。妳寄來的銀子，娘分文未動，一直都存著。」

「那你們在那邊怎麼過活的？」李清珮猜出郭氏可能沒有用她寄過去的銀子，不然也不會瞧著這般寒酸。

「娘的繡活很好，進了一個針線班子，每日都有活兒做。」李念說道：「我平日裡幫著人抄書，也能賺一些筆墨的銀子。」

李念說到這裡，眼睛都亮了起來，道：「念兒一開始按照書鋪裡的要求抄寫，後來念兒發現許多人看完又折舊賣給書鋪，念兒就想著，能不能租借書籍買賣。」他小心翼翼瞧了眼李清珮，見她並無生氣的樣子，實在是憋不住，又繼續說道：「念兒給書鋪抄書的時候多抄幾本，然後租借給書院裡的人看。那次，一個月賺了一兩的銀子！

「不過很快就被娘發現了。」李念沮喪地說道：「娘責罰了我一頓，一個月都沒有跟念兒說話。」

三百六十行，行行出狀元，李念不適合唸書，不等於做不好別的事情。

「念兒，你算術學得如何？十六加八是多少？」

這時候九九乘法還不是每個孩子都會的東西，尋常人要是能會兩位數的算法就已經很了不起了。

李念幾乎是馬上就回答道：「是二十四。」

李清珮這下對李念有些刮目相看，驚喜地說道：「念兒真是了不起，這都是誰教你的？

竟然能想出這種法子賺錢。」

「姊，妳沒覺得念兒不學無術？」

「怎麼會？」李清珮道：「姊姊覺得念兒做得很好。」

李念長期壓抑自己，按照郭氏要求的路子認真讀書，但是每次看到枯燥的內容，都會覺得索然無味，不過要是換成算術、打算盤，他就興致勃勃，覺得有趣極了，可是他不敢對郭氏講。

郭氏唯一的期盼，就是他能像姊姊那般，十五歲得中廩生，然後考中狀元，得以延續父親的遺志。

李念沒有想到，這會兒誇獎他的人，竟然是考中秀才的姊姊，一時覺得有些五味雜陳。

姊弟倆一時說了許多話，半夜各自睡去，卻是從來沒有過的親密。

第十七章

第二天一早，李清珮起個大早，去了如意居，卻看到李嬤嬤匆匆地過來說道：「夫人，老夫人怕是病了。」

李清珮讓李嬤嬤去喊郎中來，自己則進了屋子，見屋內窗門緊閉，顯得有些暗沈。她皺了皺眉頭，起身去開窗，清晨裹著晨露的秋風就這樣吹了進來，一掃屋內的沈悶氣息。

郭氏躺在床上，顯是一夜未睡，面目憔悴，更讓李清珮心驚的是她眼角的皺紋，就好像突然間老去十歲。

「娘，您哪裡不舒服？」李清珮坐在床沿，柔聲問道。

郭氏低垂著眼瞼，答非所問地說道：「妳出生的時候，娘和妳爹已經成親三年了，之前有人說妳爹體弱，沒辦法生育，也有人說娘福薄，進門前剋死了妳祖母。」

「娘……」

「娘有孕，妳爹不知道多歡喜，光是想妳的名字就用了許久，反反覆覆去改。妳出生之後，都是妳爹給妳換尿布，後來又手把手教妳寫字，如珠如寶地養大，捧在手心裡，就是為了讓妳去給人做妾的？」郭氏最後的聲音拔高，很是尖銳。「我們李家世代書香門第，清清白白的，卻是毀在妳的手裡！

「我知道妳怎麼想的，覺得自己並非做錯，可是妳當時有沒有問過娘，願不願意拿自己女兒的清白去換一條命？娘不願意！娘死了又如何？只要我們清清可以堂堂正正活著，不受人指點，娘死也瞑目了。」郭氏那麼剛強的一個人，這時候也禁不住淚流滿面。

李清珮瞧著，眼淚倏然流了下來。

「娘，那您有沒有想過女兒？」李清珮哽咽道：「難道女兒能眼睜睜看著娘去死？「您走了，女兒和弟弟怎麼辦？您就沒想過我心裡多難受？就是再來一次，女兒也不後悔！死容易，活著才是最難的。您光想著成全您的清白，好堂堂正正地去見爹，難道就沒有想過苟活下去，為了女兒和弟弟？您就是受不了一點委屈嗎？」

郭氏震驚地看著李清珮，似乎第一次認識女兒一般。「娘是為了成全自己？」

一時間屋內寂靜無聲，恰好李嬤嬤帶著郎中過來，在門口進退兩難。

還是李清珮看到人，轉過身去，擦了擦眼淚，又收拾了一番，對著外面道：「李嬤嬤，妳請郎中進來吧。」

李清珮一開始頗有些擔心，怕郭氏不願意診脈，畢竟剛才兩個人談得不太愉快，甚至可以用決裂來形容，意外的是，郭氏一句話都沒說，旁人叫她做什麼就做什麼。

郎中只說是鬱結於心，開完方子就走了。

之後郭氏一直不說話，給藥就吃，飯也不會落下，但就是不肯理人。

李清珮一開始有些著急，後來見郭氏氣色漸好，便把提著的一顆心放了下來。

李清珮不後悔自己說了這番話，兩個人早晚要敞開心扉，一件事總有好的一面和壞的一面：在郭氏的立場，自然是寧可死也不願意用女兒的賣身錢來救命，更何況郭氏對她期望甚高，心中承載了太多的東西；在李清珮的立場，母親就要病故，她就算賣了自己也要救母親。

兩個人不過立場不同而已。

不過李清珮這幾天也沒閒著，想要重新參加科舉，有許多事情要做，首要就是必須拿到推舉函。

趙瀧倒是痛快，說讓她等等，最多不過半個月就送來給她。

李清珮算了算科考還有多久，重新排了個學習計劃，每天都按表作息，嚴格執行。

當然即使這樣，她都不忘兩件事：第一件事就是每天去看郭氏，見郭氏依然不跟她講話，但是慢慢地開始吩咐李念去做一些事情，也就放下一顆心；第二件事就是抽空給隔壁趙爺做一些力所能及的吃食。

其實李清珮做菜一般，靠的不過就是前世各種吃貨經驗，博的就是一個驚奇，有時候發揮好了就美味，有時候發揮不好了就有些怪誕。

趙爺雖然年歲比她大八歲，又是古人，性格卻極為豁達，很能接受新鮮事物，有時候讓王總管送碗回來，還會夾著紙條，寫一寫自己的吃後感。

李清珮每次看到那挺秀又剛毅的字體，寫的卻是「今日奶豆腐有些甜了」之類的話，就莫名喜感。

當然，伴隨著這種來往，更多是一種說不清的情愫，就好像那天第一次相見看到的誘人腹肌，勾起她內心深處的渴望來。

只是如今，她連睡覺的時間都覺得不足，只恨不得一口氣把這些年落下的進度補上，根本沒閒工夫去整理這情愫。

沈從澤的宅子在京城東邊，不過三進的宅子，卻有個和宅子一般大的花園。自從告老之後，他就在家裡養花、寫字畫、含飴弄孫，日子過得十分愜意，說是不管事了，還真的就是不理睬了，甚至有人上門來求推舉函都謝絕了。

這一日，沈從澤正在結了葡萄的木架下面，與四歲的孫子沈松下棋。

見沈從澤下了幾步就要悔棋，沈松急道：「祖父，您怎麼悔棋呀！這都第三次了！」

沈從澤瞪眼，耍賴道：「當年，老夫陪著先帝下棋，先帝還讓我五個子呢。」又道：「你多讓幾次又如何？」

沈松道：「祖父，棋品如人品，這話可是您說的，現在您又這般耍賴，孫子當真無法奉陪了！」

「欸，你這小兔崽子……」沈從澤氣得站起來，不過見到沈松一副要走的模樣，忙道：「不過跟你開玩笑，你竟當真了？行了，祖父就退回來。」說完，不捨地把吃掉的黑子重新擺放上去，道：「你看這總行了吧？」

沈松這才眉開眼笑，搖著小腦袋瓜，道：「知錯能改，善莫大焉。」

「你這小兔崽子，當真是順杆爬呀。祖父這次可是一定要贏了你，讓你總是到你祖母那邊告狀。」

沈松用肉嘟嘟的小手抓著黑棋，放在棋盤上，自信滿滿地道：「誰贏誰輸還不一定呢！」

一旁的老僕徐忠哭笑不得，看著沈從澤跟才四歲的孫子較真，想著老爺當真是越活越回去了，旁人要是見了這模樣，誰會相信這位就是曾經的禮部尚書、文淵閣大學士沈從澤呢？

就在這時候，有個小丫鬟過來，對著徐忠悄聲說了幾句。

徐忠沈吟了下道：「老爺……」

「說，什麼事？」沈從澤鎖著眉頭想著棋盤上的局，心不在焉地問道。

「是秦王那邊又派人來問，那推舉函……」徐忠彎著腰，很是恭敬的樣子，其實心裡卻是翻騰開了。

秦王已經是第二次派人來了，要是再回絕，是不是有些太不給秦王府面子？在徐忠看來，沈從澤畢竟已經致仕了，沒必要為了一個推舉函跟秦王結下梁子。

沈從澤卻說道：「當真是好笑，這一個個都要老夫寫推舉函，好像是得了老夫的推舉函就可以平步青雲，能中了狀元一般，沒有個真材實料，就是拿了老夫的推舉函又如何？呵呵……」想到這裡，他顯然有些火大，棋盤一推，站了起來，道：「若是那秦王世子求，老夫自然痛快給了，不過是新王妃的妹妹想參加科舉，就想借用老夫的名聲！」

「老爺……那是魏國公的次女。」

「魏國公怎麼了？當年還不是把兩個女兒送入宮裡，這才得以封侯？」沈從澤不齒地說道：「給我轟出去，不寫！」

徐忠很是無奈，正要起身，卻看到門子領著一個穿褐色湖綢短褐的中年男子走進來。

那男子看到徐忠微微一笑，道：「徐老弟，許久未見呀！」

「王總管？」徐忠瞠目結舌。

氣得吹鬍子瞪眼的沈從澤聽了徐忠的話，露出十分震驚的神色來，待看清來人，禁不住有些激動，道：「你真是王總管？」

王總管向沈從澤行禮，道：「我們家老爺讓小的來給您送一封信。」

沈從澤這才露出慎重的神色，接過信拆開來，讀完後，嘆了一口氣，道：「你們老爺可好？想一想已經是幾年未見了。」

「我們老爺一切安好，前陣子還去五臺山垂釣呢！」王總管笑著說道：「說今年還要去一趟長白山瞧瞧，要在天池裡釣魚。」

「胡鬧！這要是有個萬一……」沈從澤忽然停下來，搖頭，難過地道：「你們老爺那脾氣，看似和氣，一旦倔起來，九頭牛都拉不回來，只是這麼多年了，難道還未想通嗎？」

王總管不敢接話，有些話他能說，有些話他不能講。

好在沈從澤馬上就想明白這一點，痛快地說道：「老夫這就寫了，你且等一下。」

徐忠叫人拿來筆墨紙硯，沈從澤寫完後，吹乾墨汁，摺起來就放入信封裡。

「拿著，有什麼事儘管來找老夫，老夫這一生雖然庸庸碌碌，無所成就，到底教了幾個好學生，如今都在朝廷任職，也能說得上話……」沈從澤說到這裡，停頓了下來，嘆氣道：「你們老爺身分貴重，何曾需要老夫來？罷了，且去吧！」

給王總管趕車的車伕李涼才十三歲，是趙瀧從五臺山撿回來的孤兒，因著年輕氣盛，王總管進去沈府沒多久，他就跟另一個車伕吵了起來。

那車伕態度傲慢，死活不肯讓出位置來，讓李涼很是鬱結，這會兒又嘲笑道：「說出來嚇死你，我們是秦王府的人！」

「我瞧你那模樣，還當是秦王殿下親臨，原來不過就是秦王府的一條狗。」李涼那嘴很是能說，從來不認輸，又道：「聽說過狐假虎威，今日算是開眼了。」

「你小子找死！」

第十八章

馮婉貞坐在廳堂的交椅上，正跟廚房的婆子商量晚上的菜單。

「王爺這幾日火氣有些大，這些羊肉羹、鹿肉煲都去掉，換成杏仁苦菊、魚丸藕片湯。」馮婉貞猶豫了片刻又道：「我瞧著昨兒個王爺多吃了幾口鵝掌，別忘記上了。」

那廚房的婆子滿臉堆笑，奉承地說道：「還是王妃您想得周到。以前奴婢也是管著廚房，可是誰又會在乎王爺吃什麼、喝什麼？不過就是按照規矩上菜而已，如今真是不同了，王妃您來了，曉得王爺喜好，用心照料，以後王爺也有個知冷知熱的人，當真是王爺的福氣。」

雖然知道這是奉承，但誰不喜歡聽好話，更何況馮婉貞確實是在秦王身上花了不少心思，愛吃什麼、厭煩什麼、喜好穿什麼料子款式的衣裳，又或者幾更睡醒，都記得清清楚楚的。

一瞬間，馮婉貞竟然就想起那天在莊子上遇到的李清珮，那模樣宛若仙女下凡，就是自詡美貌的自己也覺得差了許多，那還是秦王第一次對她發火。

馮婉貞忍不住酸溜溜地道：「我進門前不是還有幾個伺候王爺的人？難道她們就沒有用心服侍？」

那廚房的婆子心想，新王妃是魏國公的嫡女，怎麼跟一般侍妾吃醋拈酸，不見一點主母的大氣，面上卻是不顯，笑著說道：「那些不過就是上不得檯面的貨色，纏著王爺就是想著榮華富貴，有誰會對王爺真心？說到底，對王爺真心實意的只有王妃您一個，以後要寫進皇家族譜，您才是正經主母。」

馮婉貞這才覺得舒服了點，道：「妳且好好當差，本王妃不會虧待妳的。」

「多謝王妃賞識。」廚房的婆子歡天喜地的說道。

兩個人正說著話，就看到外面急急忙忙走進來一個人，後面跟著幾個丫鬟，其中有個人快急哭了，道：「馮小姐，您不能硬闖呀！」

馮婉貞還沒看清，就看到一個人撲了過來，把臉埋在她的膝上，哭道：「姊姊，妹妹不要活了！」

來者不是別人，正是馮婉貞的妹妹馮婉賢。

「妳別哭，這像什麼樣子，有什麼話不能好好說？」馮婉貞扶起馮婉賢，然後看向一同跟進來的丫鬟以及授命去沈府催推舉函的管事，皺眉問道：「這是怎麼回事？」

那管事姓崔，撲通跪了下來，道：「王妃，小的奉命陪著馮小姐去沈府催推舉函，那沈大人又婉拒了，小的原想回來稟告王妃，誰知道旁邊又來了一輛馬車，小的瞧著應該也是來求推舉函的，就想問問是誰家，可是有什麼別的法子，畢竟這般空手回來實在沒法交差。沒承想那趕馬車的車伕是個渾人，對小的辱罵起來，小的就說我們是秦王府的人，他就說小的是秦王府的一條……」

「一條什麼？」

「說小的是秦王府的一條狗！俗話說，打狗也要看主人，他們太過分了！小的原本就是做牛做馬伺候王妃和王爺，被人罵成是狗，小的也沒什麼在意，誰知道他們竟然就拿到了推舉函。」

馮婉貞一聽到沈從澤又拒絕了，她就一肚子火，誰知道一轉眼不知名的旁人卻是拿到了推舉函，這不是明晃晃地在打她的臉？

雖知道士林裡有一大半人都瞧不上馮家，嫌棄先祖是靠著女人封侯，但是她嫁入秦王府了，今時不同往日，不看僧面看佛面，總要給秦王府留一些臉面，誰知道竟然當眾被羞辱。

馮婉賢哭道：「姊姊，那沈從澤欺人太甚，推舉函輕易給了旁邊不知名的人，怎麼樣也不肯幫妹妹寫，難道他連姊姊和姊夫都沒放在眼裡嗎？」

「豈有此理！」馮婉貞氣得臉色鐵青，道：「你們且等著，待我去找王爺。」說完便起身，朝著書房而去。

廳堂內只剩下馮婉賢和崔管事幾個人。

伺候馮婉賢的小丫鬟叫春兒，見王妃發怒，有些心虛地拽了拽馮婉賢悄聲說道：「小姐，這樣好嗎？」

其實說起來明明就是他們車伕挑釁在前，再說那個沈從澤，據說是當世大儒，門下學生故交遍布朝野。

馮婉賢知道春兒的意思，道：「妳怕什麼，這皇城下，除了聖上，誰比秦王勢大？」

春兒一聽，立時就安穩了些，道：「小姐，您說得是。」

另一邊馮婉貞到了書房外，整了整衣裳，這才叫人通報。

此時，秦王穿著一件玄色蟒袍，脫了翼善冠，正在丫鬟的伺候下淨手，顯然是剛從外面回來，一見到馮婉貞，道：「臨時去了趟五城兵馬司，因想著不耽誤晚膳就沒跟妳說一聲。」

馮婉貞上前接過丫鬟手裡的巾子，細心溫柔地給秦王擦拭，笑著說道：「瞧您說的，您不過出趟門，還要跟妾身事無鉅細地報備不成？」

等擦完後，把巾子遞給丫鬟，秦王攬住馮婉貞坐在案桌前。

「不過今日不是休沐，可是那邊出了什麼事？」馮婉貞問道。

秦王暗道，果然是忍不住問了。想起皇后娘娘對皇帝的關注，帝后之間的鶼鰈情深，心中是說不出的豔羨，想著是不是只有喜歡一個人才會這般？

他又想起李清珮來，不管他寵幸她也好，又或是離府多日，回來的時候永遠都是一副歡欣的模樣，全無半點牽掛。

瞧了眼馮婉貞，顯然是費了一番心思打扮才來見自己，她身穿一身象牙白的素面杭綢褙子，插了一根碧玉簪子，相比王妃的身分確實是有些寒酸，卻是他喜歡的裝扮，他本就不喜歡太過華麗的女子。

又想起李清珮那一身耀眼的銀紅色寬袖外衣，像是萬花叢中的牡丹花，嬌豔奪目，火紅耀眼至極。他竟然記到了現在。

「王爺？」馮婉貞道：「您可是不舒服？」

秦王回過神來，道：「無事。」隨後想起什麼一般，又道：「婉賢妹妹是不是明年參加科舉？」

「正是，妾身正要和您說……」

秦王卻直接打斷了馮婉貞的話。「沈從澤沈大人的推舉函已經給了旁人，妳莫要再去討了。」

「這……又不是只能寫一份推舉函。」

「是聖上的意思，說這幾日沈大人被求推舉函的人煩得不行，連門都出不去。」秦王道：「本王讓翰林院的蘇大人寫一份推舉函，妳就把這份給她吧。」

「聖上怎麼會知曉？」馮婉貞震驚道。

「妳莫要小瞧了沈大人，他曾經教導過聖上，雖沒有正經的拜師，卻是聖上最敬重之人。」秦王最後那目光帶著幾分鋒利，刺得人不敢直視。

馮婉貞低下頭來，吶吶道：「妾身曉得了，倒是差點給王爺惹了禍事。」

從書房出來後，馮婉貞臉色很不好，沒有回廳堂而是直接回了臥室，連喝了兩杯茶水，這才覺得心裡舒服一些。

等馮婉賢被叫進來，馮婉貞開口道：「王爺說要讓蘇大人替妳寫推舉函。」

馮婉賢呆住，道：「姊姊，怎麼不是沈大人的推舉函？」

「這件事以後莫要再提起了，推舉函不過就是讓考官多看顧一些，但也需要真才實學，說起來並非關鍵。」

「姊姊……」

馮婉貞道：「妹妹，妳要爭氣，一定考到狀元郎，讓那些總說我們家靠著女人發家的人瞧一瞧，咱們馮家也是能出狀元的。」

到了這會兒，馮婉賢要是不知道姊姊在秦王那邊碰了軟釘子，那她就真是傻了，心裡為馮婉貞感到委屈，又是覺得悲憤，道：「姊姊，妳放心，明年的女子科舉，狀元郎非我莫屬！」

秦王送走馮婉貞後，進了旁邊的側間。

有一管事模樣的中年男子正坐在太師椅上喝茶，見了秦王，起身說道：「叨擾王爺了。」

秦王卻很親切地說道：「坐下吧。」

「不曉得王妃也去求了沈大人，不然小的就告知老爺換了旁人。」這說話的人正是王總管。

當時車伕和秦王府的人起衝突，他當機立斷就決定來秦王府說一聲。有時候一點小事也能成為燎原之火，須得謹慎。

「不過是小事一樁，推舉函找誰寫不是寫？」秦王無所謂地擺手，端茶抿了一口，這才問道：「你們老爺可是安好？」

「老爺好得很。王爺差人送來的鯉魚都收到了，我們老爺極為喜歡，說是要找機會謝過王爺。」

兩個人客氣了一番，王總管就準備起身告辭了。

秦王並沒有端茶送客，反而問道：「你們老爺沒說什麼時候回來？」嘆了一口氣，又道：「這話原不是本王該說的，只是聖上的病情反反覆覆的，每次病重都叫來太子，又拉著本王的手說想要見一見你們老爺。」

王總管低下頭來，這種事他不敢言語，更何況關係到多年前的宮中秘辛，就更不敢說了。

秦王知道王總管說不出個什麼來，道：「你只把本王的話帶給你們老爺就是了。」

之後，秦王親自送王總管出門，這還是旁人沒有過的待遇。

第十九章

李清珮拿到了推舉函，不過一張紙，卻像是免死金牌一樣，對她至關重要。

李清珮難掩激動地對王總管說道：「妾身實在是……不知道如何報答趙爺的恩情了。」

趙瀧說因為她是故交之女，但是曾經和她父親相熟的人多得是，怎麼只有趙瀧幫了她？

王總管正等著這句話，露出憂愁的神色來，道：「還真有個事情想請夫人幫忙。」

「什麼事？王總管儘管說。」

「醫者不能自醫，我們老爺每次生病就會拖很久……」王總管說到這裡很是鬱結，他們老爺什麼都好，就是這一點讓他操碎了心。

「這都過了十幾天，趙爺還沒好？」李清珮按過往經驗，感冒頂多七天就會痊癒。

「原本好些了，但是我們老爺又去山上垂釣，一天一夜不吃不喝，山裡風大露水重，回來的時候竟然發燒了。」王總管本是想找個機會讓兩個人親近，只是說起自家老爺的病，真的十分煩惱，好不容易找個人傾吐，話就不自覺多了起來。「夫人，您見過這麼大的人不吃藥嗎？我們老爺就是，燒成那樣也不吃退燒的藥丸子，硬生生扛了過去。」

「你們老爺不吃藥？」

李清珮想起趙瀧精瘦的身材，和藹地對著她說「她跟他姪女一般大」時，竟然就有點想笑。

「可不是，自己還做藥丸子呢，偏就是不吃。」王總管又道：「我就是想請夫人幫個忙，能不能做個藥膳？好歹比藥丸子好些，說不定老爺就吃了。」

李清珮其實不擅長做菜，她擅長吃，但這是王總管的請求，又關係著趙瀧的身體，她推辭不了，道：「妾身試試，不過這還是頭一遭，不一定能做出來。」

「煩勞夫人了。」王總管見李清珮答應，甚是高興，道：「夫人您只管試，小的這就回去給您送一些藥材來。」

王總管做事倒是爽利，不過半個時辰就親自送了藥材過來，還很體貼地附帶做藥膳的書籍和一位會做藥膳的幫廚，弄得李清珮簡直哭笑不得。

面對李清珮疑惑的目光，王總管顯得很從容，一本正經地解釋道：「府裡也有能做藥膳的廚子，只是太過中規中矩，老爺實在不愛吃。小的看過夫人許多奇思妙想的吃食，想著興許夫人能做出別的樣式來。」

這話倒說得過去，李清珮滿心思想要回報趙瀧，雖覺得王總管過於熱絡，卻正合她的意，也就不再說什麼了。

李清珮選了味道最清淡的藥材，結果做出來還是帶著濃重的藥味，試了好幾次都不行。

李清珮乾脆不做了，坐在外頭樹下的長條木凳上，喝著金桔茶。

彩蝶在一旁幫了許久，問道：「夫人，奴婢瞧著剛才那銀翹藥糕就不錯，還是不行？」

「無論怎麼樣都是藥味，但放少了藥效又不好。」

「夫人，奴婢還是第一次聽說有人居然不吃藥。」彩蝶覺得這件事實在有些匪夷所思。

「隔壁趙老爺不像是不吃藥的人啊。」

李清珮笑道：「有些事說不準。」

「奴婢小時候倒是喜歡吃藥，因著每次我娘都會給奴婢吃一顆飴糖。」彩蝶想起小時候的事情。「家裡只有逢年過節才能吃上糖，所以奴婢小時候就很是期待。」

李清珮突然站了起來，一副恍然大悟的表情，道：「彩蝶，妳倒是提醒我了，這藥丸子難以下嚥，不就是太苦了，如果加了糖呢？」

「可是夫人，加了糖不會影響藥效嗎？而且還是會有苦味的。」

「不是那樣。」李清珮想起現代許多人吃裹了糖皮的藥，為什麼就不能給藥丸子裹糖皮呢？

猶記趙爺也很喜歡吃甜食，也甚是喜愛她用牛奶做的布丁，每次送過去都會吃光。

李清珮叫人熬了一碗糖稀，把藥丸子丟進去，又撈上來，卻是不好裹住，幸好廚房裡有個張廚子曾經製過糖販賣，有些手藝在，重新調了糖稀黏稠度，又看著火候，終於做出裹糖皮的藥丸子來。

「成了，多謝張師傅。」李清珮笑著說道。

張廚子笑著說道：「夫人真是好主意，我家小子每次病了不願意喝藥，我就想著藥丸子好吞嚥一些，結果買來了，連藥丸子都不肯吃，要是都這麼裹著糖，以後就不愁給孩子吃藥了。」

李清珮聽了這話，忽然間一頓，想著如果用這法子賣藥不知道生意如何？

不過她現在實在忙，就連幫趙瀧做藥膳，也是硬擠出時間，哪裡有空做買賣，但心裡到底是不捨放棄這個不錯的營生，又想起弟弟李念，他算術那般好且做過買賣，她決定晚上找李念詢問這件事。

藥丸子一般都不小，自然不能這般直接裹糖，之前只是試試效果，如今已經確定可以了，李清珮把治感冒的銀翹丸子分成許多小顆粒，然後重新裹上糖稀，那大小就跟小糖丸一樣，煞是可愛。

等上面的糖皮乾了，李清珮就裝到一個白瓷的小瓶子裡，數了數約莫二十小粒才是以前一粒大藥丸的分量，拿了小紙條，寫在上頭。

王總管剛好過來，瞧見了高興不已，連連說道：「小的就說夫人有急智，果然是這般，以後小的就不愁我們老爺不吃藥了。」

李清珮原本想要親自送藥過去，正好乘機道謝，誰知道卻是被李嬤嬤喊住。「夫人，老夫人喊您過去呢！」

王總管見了有什麼不明白的，雖然覺得惋惜，想著正是兩個人親近的時候，卻也知道不可操之過急，笑著說道：「夫人且去忙吧，小的拿了藥回去就是。」

李清珮道：「王總管哪裡的話，是趙爺幫了妾身許多，改日我一定登門拜謝。」兩個人客套一番，王總管就回去了。

李清珮跟著李嬤嬤來到如意居，這會兒已經是九月，養在盆子裡的月季花已經開始凋零，被換成了菊花，一時院子裡滿是菊花的馥郁香味，倒顯不出秋季的蕭索來。

李清珮走進去，見郭氏穿著一件半新不舊的天青色素面棉褂子，頭髮梳得整整齊齊，盯著放在旁邊長几上的東西發呆，聽到腳步聲這才抬頭，見到來人是李清珮，目光閃動，道：「這是哪裡得來的？」

李清珮拿到推舉函就叫人送到郭氏這裡，見郭氏問起，她就把認識趙瀧的過程都說了出來，又說起他和父親是舊識的事情，道：「娘，您可記得有這樣一個人嗎？」

郭氏像是陷入深思，好一會兒才回過神來，道：「確實是有那麼一個姓趙的少年，有一年找上門來，想要讓妳父親指點書法，妳父親向來不收徒弟，自然是不肯，只是那少年也是了得，不知道跟妳父親說了什麼，竟然就同意了，且沒有行拜師禮，日日就這般上門來。」

「女兒怎麼不記得了？」

「妳那時候在書院讀書，回來的時候那人已經走了。」郭氏問道：「妳可知道那位趙老爺的全名？」

李清珮搖頭。「只知道叫趙瀧，其他出身之類卻是一概不知，曾經打聽過，就是不曉得，神神秘秘的。」

「是他，當時也是這般遮遮掩掩的，我還擔心是不是作奸犯科之人，提醒過妳父親，當時妳父親只笑，卻是讓我安心，至於到底是什麼人，到後面也沒跟我說過。」郭氏說到這裡，露出懷念之色，嘆了一口氣，道：「既然是妳父親信任之人，想來也不是歹人，不過母親總要見一見，改日妳登門道謝，隨母親一道去吧！」

李清珮道：「女兒知曉了。」

李清珮抬頭去看郭氏，正好郭氏也望了過來，兩個人目光撞在一處，郭氏見女兒這般謹小慎微，心裡那一點氣也消了。

「既然決定參加科舉，就要好好讀書，不可偷懶耍滑。」

李清珮應了一聲，之後兩個人一時無話，場面有些沈悶。

郭氏見李清珮放在膝上的手握緊又放開，放開又握緊，忽然就心軟了起來，上前握住她的手。

「娘……」

「真是不孝女！」郭氏不輕不重地罵道。

李清珮只覺得鼻子一酸，感到委屈，眼淚就這樣倏然流了下來。

「妳當真是個不孝的，竟然敢指著娘的鼻子罵。」郭氏用因為操勞顯得十分粗糙的手去擦李清珮的眼淚，嘴裡卻是狠話。「娘想著一輩子辛辛苦苦，竟然就養了妳這麼一個玩意兒，真想就一輩子不認妳了，只當沒有生過妳這樣的女兒……」

「娘……」

郭氏語氣裡無限唏噓。「可是，日子一天天地過，娘早上醒來，看到妳和念兒坐在一起吃飯，忽然就覺得能活下來其實也好。」

第二十章

清晨陽光從半開的窗櫺照進來，將屋內灑上細碎的金，象牙白的綃紗帳隨著秋風輕輕搖擺，恍若夢境一般。

李清珮翻了個身，臉上露出明媚的笑容，昨天不僅拿到推舉函，還和母親和好了。

郭氏那般固執，李清珮正是頭疼，又想著那天說得那般決裂，不知何時母親才肯跟自己說話，誰知道她率先示弱送了推舉函過去，母親就心軟了。

母女沒有隔夜仇，恐怕說的就是這種情況吧！

母親那些話，也算是委婉認同了她的做法。

李清珮想起來就忍不住要笑，只是她的笑容很快就維持不下去，門外傳來急促的腳步聲，彩蝶急忙過來，後面跟著一臉嚴肅的郭氏，連同幾個在母親身邊服侍的下人。

「太陽都曬屁股了，還在這裡賴床？」郭氏說著話，把她從帳子內拉起來，又指著屋內的衣櫃道：「把裡面這些衣服都拿走。」

「娘，您這是要做什麼？」

李嬤嬤打開衣櫃，拿出幾件顏色鮮豔的緙絲、綃紗的裙裳，有些為難地說道：「老夫人，這衣服也要拿走？」

郭氏道：「都拿走，還有叫什麼老夫人，以後喊我夫人。」然後指著李清珮道：「稱呼她小姐，妳們都要改口。」

「娘！」李清珮喊道。

「妳娘尚在，還沒給妳披上嫁衣送妳出門，不過就是給人做了幾天的妾，又不是正經娘子，喊什麼夫人？」郭氏凜然說道：「就這樣定了。」

李嬤嬤也好，彩蝶也好，都偷偷瞧了眼李清珮，見她敢怒不敢言，也就低下頭來。

家裡原本是李清珮做主，只不過如今郭氏來了，自然是要聽郭氏的。

在郭氏的指使下，李清珮所有鮮亮的衣服都被收走，首飾、胭脂水粉也被拿走大半，屋內空空盪盪的。

郭氏按住李清珮的肩膀，溫柔而堅定地說道：「清清，等妳考中，妳想穿什麼、吃什麼，娘都沒意見，唯獨現在……妳應該把心思放在科舉上，不該被這些東西絆住心神。」

李清珮簡直哭笑不得，不過她正準備閉門苦讀，郭氏這做法也是合了她的意，便無奈地說道：「娘，我曉得，都聽您的，我今日開始就大門不出、二門不邁，在家裡讀書。」

郭氏這才露出笑臉來，道：「光是苦讀也不行，進了考場就要待個三天，沒有好的身子骨兒也撐不住，明早開始，娘喊妳去後花園走走。」

兩個人這般說定，李清珮就想起弟弟李念來，道：「娘，念兒以後要如何？他年歲也不小了，如果不讀書，總要做點旁的事情。」

說完，她小心翼翼看了眼郭氏，怕郭氏生氣，畢竟郭氏一直期盼孩子們好好讀書，考上功名。

郭氏瞪了眼李清珮。「在妳眼裡，妳娘是不是一點都不知變通？」

李清珮心虛道：「怎麼會呢？」

「哼，妳是娘肚子裡蹦出來的，娘能不知道妳想什麼？」郭氏罵道，只是想到李念又嘆了一口氣，道：「也不知道這性子像誰，妳爹爹和娘家也沒出過這樣性子的孩子，妳說他木訥吧，讓他去做個買賣，倒是十分能言善道，知道看人下菜碟；可是妳說他機靈吧，那些書都背了許久，連娘都可以倒背如流，他竟是還不大會。」

李清珮覺得李念如果分科，應該是屬於理科生，對文字不敏感而已，特別是科舉中的文章都非常艱澀難懂，就連她這個學了兩輩子的人都覺得很難，不過李念的數學卻很好，只可惜科舉大方向是文科，李念這種理科生，在古代是沒有機會了，與其這樣，還不如另謀出路。

「娘，要不讓念兒去學點手藝？又或者咱們給他出本錢做買賣？」李清珮想起昨天給藥丸子裹糖皮的方法，因為太晚了，還沒機會跟弟弟說，這會兒要是母親同意了，直接過了明路，弟弟做起來應該會更順手。「我聽念兒說過，他以前還在蘇州租借過書籍，也是賺了不少銀子。」

郭氏沈著臉不說話。

「科舉的事情就讓我來，至於弟弟……就讓他去做他想做的事情吧。」李清珮見郭氏不講話，撒嬌地拽著郭氏的衣袖，道：「這科舉可是花費銀子的事情，就算是我考中了，也要四處打點，沒有銀子可是寸步難行，就讓弟弟去試試。」

郭氏的臉色緩和了些。

「娘，我們不能坐吃山空，總要有人管起家裡的庶務不是？」說到這裡，李清珮露出一本正經的表情。「爹爹說過，當官不為民做主，不如回家賣紅薯。女兒可不準備收受賄賂，要做個清官，您也知道朝廷那點俸祿，真是塞牙縫都不夠，那以後日子可就越發艱難了……」

郭氏聽到女兒說當官的事情，笑罵道：「死丫頭，還沒考上就什麼都敢說了。行了，娘知道了。」

「您這是同意了？」

郭氏卻露出悵然的神色來，道：「你們都大了，娘以前一直都覺得你們還小，誰知道都已經有了自己的主意，還學會頂嘴了。」

「娘……」李清珮知道郭氏想起母女吵架的事情，便上前抱住郭氏，像小時候那般把臉埋在她的懷裡，嬌聲嬌氣地說道：「可無論如何，我都是您的女兒呀！難道娘不要女兒了？」

郭氏心裡一軟，摸了摸李清珮的頭。

正好李念找來，李清珮就跟他說起自己的打算，道：「不過就是一個投機取巧的方式，也不知道能不能賺到銀子。」

李念聽到李清珮往藥丸上裹糖皮的時候，目光閃閃，顯得興趣濃厚，道：「怎麼不能賺銀子？姊姊，這可不是投機取巧，是頂了不起的想法，不說賺銀子的事情，許多孩童因為吞不下藥，輕者延誤病情，重者早夭，實在令人惋惜……」又道：「只是這賺錢的方式有些不尋常，咱家沒有藥鋪，不做那賣藥丸子的營生，最好不要插手，畢竟這是治病的東西，多一分藥量或者少一分藥量都是至關重要的事，別是害了人。」

「那你可是有其他的主意？」

「我們可以把這個方法賣給藥鋪呀。」李念興致勃勃地說道：「等拿到錢，就有本錢了，還可以做別的營生……」

李念說到這裡突然住了嘴，偷偷瞄了眼郭氏，想到平時郭氏罵他的話，沮喪地低著頭，道：「姊姊還是讓別人做吧，我要好好讀書。」

郭氏瞪了眼李念，罵道：「就你那個腦子還讀書？你姊姊一開始學三字經的時候，看一眼就會背了，你卻是背了快半年！」

李念就跟霜打的茄子一樣，耷拉著腦袋，一聲不吭。

郭氏想到這些就覺得氣不順，又見李念露出這般神態，跟逆來順受的小媳婦一樣，一點脾氣也無，無論氣勢還是胸襟，簡直沒辦法跟逝去的先夫比，越發火大，道：「既然不是這個料子，趁早別讀了。」

李念嚇了一跳，臉色煞白，差點跪下來，道：「娘……」

「傻弟弟，這是娘同意你不讀了。」李清珮心疼弟弟，上前攬住他的肩膀，柔聲哄道：「你告訴姊姊你想做什麼，要學那手藝，姊姊送你去學，要是想要做買賣，姊姊再給你一筆銀子，不管什麼都可以做做看。」

李念有些難以置信，瞧了李清珮，見她目光溫柔而鼓勵地看著自己，頓時就有了些勇氣，又扭過去看郭氏，見郭氏雖然還是冷著臉，卻也沒有反駁李清珮的話，心裡漸漸升起從沒有過的希望。

李念小聲說道：「可以不讀了？」

「嗯。」李清珮肯定地點頭，然後轉過去頭去看郭氏，希望她能說點什麼。

郭氏見一雙兒女直勾勾瞧著自己，嘆了一口氣，冷冷地說道：「別以為你不讀書了，就可以放下，咱們家可不能出目不識丁的人，平日裡還是要堅持每天寫一百個大字，手不釋卷。」

李念卻突然紅了眼圈，蹲在地上，失聲痛哭起來。

李清珮嚇了一跳，彎下腰去扶，卻見李念頭也不抬地擺手，哽咽道：「姊姊，別管弟弟了，實是太過高興了，覺得這不像是真的。」

李清珮聽了也跟著紅了眼圈，輕輕摸了摸李念的頭，想著郭氏嚴苛的性子，想也知道他受了多少委屈。

只是李清珮不好說郭氏什麼，就算在現代，也有對孩子十分嚴厲的父母，更不要說這個講究棍棒底下出孝子的古代。

如今郭氏願意讓步，是一個好的開頭，且許多事情只能徐徐圖之，不能操之過急。

「哭什麼哭？別人想要讀書還沒機會，你卻是這般不爭氣，還有臉哭，是不是心裡早就怨恨娘了？」郭氏雖然這般責罵，見兒子哭得厲害，到底也跟著紅了眼圈，心裡頭開始想著自己是不是對他太嚴厲了些。

要是過往，郭氏當然不會這般想，只是這一次和李清珮大吵一架，她忽然就像是看到一扇自己看不見的門，有些鬆動了。

「娘，念兒只是恨自己而已，為什麼這般愚笨，實是沒有怨恨過一分。」李念眼角掛著淚珠，用滿是愧疚的神色望著郭氏。

郭氏心一軟，破天荒地道：「起來吧，以後家裡的庶務就交給你了，別讓娘和你姊姊喝西北風就是。」

李念高興地跳起來，這才有了真實感，再用手背胡亂擦了擦眼淚，目光亮晶晶地道：「娘，您放心，以後我一定讓娘和姊姊過上錦衣玉食的好日子。」

李念對別的沒信心，卻是對做買賣很是喜歡，並且頗有自信。

郭氏見他這般愉悅，冷冷地道：「果真是娘耽誤你了。」又見這話讓李念臉色一白，剛才一點活力也盡散去，她嘆了一口氣。「時候不早了，去用早膳吧！早上娘親自下廚，做了清清最喜歡的蔥油餅，還備了念兒最喜歡的豆花。」

李念這才恢復笑顏，上前握住郭氏的手臂，喊道：「娘……」

一家人高高興興去吃了早飯，自此府中的事情自有母親郭氏，李清珮每日只要安心讀書就好。

涼爽的秋季過去，很快就迎來這個冬日的第一場雪。

第二十一章

下了第一場雪，庭院、簷沿、走廊，外面皆是一片白色。

李清珮早就換了暖炕，屋裡燒得暖烘烘，打開窗戶，只覺得一股寒氣裹著冬日清新的空氣吹了進來，雖有些冷，倒也讓睡眼矇矓的她立時清醒過來。

彩蝶見了喊道：「小姐，別是受寒了。」

自從郭氏發話之後，府裡的人都改了稱呼，李清珮從夫人變成大小姐，她一開始有些不適應，不過時間久了也就順耳了，反正對於她來說，夫人還是小姐不過就是一個稱謂而已。當然夫人一般是指嫁過的女子，應該要盤頭，可是她從來沒在乎過這些，梳頭全憑喜好，所以她的日子還是照常。

漱洗完畢就該用飯了，原本要到如意居跟郭氏一道，不過前幾日郭氏得了風寒，傳給李念，兩個人怕又讓李清珮染上，就不讓她過來。如此一來，就她一個人在自己的屋內用飯。

彩蝶往乳白色的豆花灑上碎花生，又添了半勺的麻油辣醬、蔥花和芫荽，這才遞給李清珮道：「小姐，您嚐嚐，奴婢配得對不對？」

李清珮笑著接過，道：「妳也坐下來一道吃。」

彩蝶虛坐在李清珮的對面，時不時給李清珮添菜，說著這幾天的八卦趣聞，道：「隔壁的趙爺又出去了，連著一個月都沒回來，前幾日在路上遇到王總管，奴婢瞧著他愁得頭髮都白了。」

李清珮聽了就說道：「這位趙爺也真是喜好到處走，上次說要去一趟長白山，該不會真的去那邊的天池垂釣吧？」

彩蝶聽了，眨了眨眼睛，道：「奴婢聽說那邊盛產山參，會不會挖一些回來？那山參可是很值錢。」

李清珮敲了敲彩蝶的頭，好笑地說道：「平日裡趙爺對咱們挺好的，得個什麼新鮮的瓜果、吃食，都會叫人送過來，妳也是嚐了不少，怎麼一點都不擔心人家安危。現在時至冬日，我們這邊都飄了雪，那邊肯定也少不了，雪深過腰也是有可能，這種時候去山上垂釣，真是叫人擔憂。」

李清珮覺得幸虧趙瀧沒什麼家人，要是父母健在，又或者有了妻女，估計得擔心死，這位趙爺當真是隨心所欲、無所顧忌。

彩蝶紅了臉，小聲道：「奴婢也是記得趙爺的好，原來這般危險，怪不得王總管憂心忡忡。」

「可不是。」李清珮吃完早膳，起身道：「啟程吧！」

李清珮今日準備去通州鎮上，除了採買紙張筆墨，還要添購一些書籍。原本差人去買就是，但是李清珮已經在家苦讀許久，想著正好出門散心。

門房已經備好馬車，簾子都換成厚的夾棉錦緞面料，李清珮捧著銅鏨花瓜暖爐就上了馬車，彩蝶跟著上來，把車門關好，又放下簾子，總算是比外面暖和一些。

因著昨天剛下雪，到處都是白茫茫一片，不過下得少，並未影響出行，一路順暢到了通州鎮上。

去了上次那一家書鋪，那夥計一眼就認出李清珮，除了上次那件事帶給他的印象太深之外，李清珮又是一個少見的美人，說傾國傾城也不過如此。

「您來了，這次可是買什麼？我們家可是通州最大的書鋪了，要什麼、有什麼。」夥計很是殷勤地笑著道。

這時候科舉也有參考書，比如會教如何寫詩文，李清珮因為經歷兩世，所見所聞自然和古人不同，所以寫的文章裡，自然就帶著和古人不太一樣的見解，時常被老師誇讚說她卓爾不群，文章內容新奇犀利，但她的弱項則是底子不夠深厚，今日就是來買一本武庫。

李清珮聽了這話道：「有本書叫《東萊先生武庫》。」

夥計聽了道：「您運氣可真好，如今剛好剩一本，小的這就去拿給您。」說完，就要去書架那邊，中途卻被旁邊另一人拿走了。

「這位客官，這書已經有人要了。」夥計想著上次沒表現好，這次一定要補回來，如此見有人拿書，忍不住急著湊上前說道。

「你這夥計有些意思，難道不是先到先得嗎？」說話者卻是一個女子，約莫二十多歲，穿著一身男裝，俐落地綰髮，並未戴冠，顯得十分簡樸，白淨的皮膚，濃眉大眼，很是精神。

那夥計見到女子的打扮就有些不敢講話了，因為能穿著男裝的女子一般都是有功名在身。

大趙官服不分男女皆是清一色的袍子，許多女子中舉之後就穿這種官服袍子，時間久了就覺得男裝行動方便，平日下朝也會換上男裝。當然也有別的說法，其實這是女進士用這種方式表達自己不輸於男子的地位。

「這位官爺，我這邊的客官也要這本武庫，您要不和她商量下？」那夥計害怕，只好把旁邊的李清珮拉出來。

李清珮簡直哭笑不得，心裡想著不知道這個夥計怎麼做到現在的，恐怕在別的地方，這般不懂察言觀色早就被人辭掉了。

「有什麼可說的，我先拿，自然就是我的。」女子說著話扭過身子來，結果看到後面的李清珮先是一驚，很快就露出驚喜的神色來。「清清？」

剛才因為背對著，李清珮自然也沒看到女子的樣貌，這會兒面對面就認出來，有些不敢置信地問道：「妳是鄭喜雲？」

鄭喜雲大笑，上前就摟住李清珮的肩膀，大力拍了兩下道：「真是狠心腸的丫頭，咱們同窗七、八載，又是同吃同住，最是親厚，妳走的時候卻一句話也沒說。」

鄭喜雲說到後面，竟然有些酸酸的，顯得很是難過。

李清珮被鄭喜雲掐得疼痛難忍，但是重逢的喜悅超過了一切，又聽到鄭喜雲這話，心下愧疚道：「並非是我不想跟妳道別，實在是家裡突然出了事。」

李清珮當時回家看到郭氏病重，就寫一封信到書院，直接辭了學。

「快跟我說說到底是怎麼回事？」鄭喜雲拉著李清珮問道。「我聽了許多傳聞，有人說家裡不同意讀書了，又有人說妳母親病重，妳沒辦法繼續讀了，更甚至有人說……」

李清珮自嘲一笑，道：「說什麼？」

鄭喜雲看出李清珮的不自在，拉著她往外走，道：「這裡不是說話的地方，我知道附近有個酒樓，雅間尚可，菜也做得可以。」

那夥計舉著那本書道：「哎，兩位，這書妳們不要了？」

鄭喜雲並非真的要買書，原本只是拿著瞧一瞧，聽夥計的話就來了脾氣，這才說要買的，道：「這本是遼記的印版，字體都模糊了，還賣得這般貴，不買了。」又對李清珮道：「我那邊有珍藏的杭州刻印版本，一會兒送給妳。」

「如此正好。」李清珮笑道。

那夥計眼睜睜看著兩個人一同離去，書卻是沒賣出一本，當場就傻了眼。

京城裡有一家望北樓，通州也有一家望北樓，不過京城那家是正宗的，通州這一家則是親戚開的分號，雖說做菜的廚子是京城主廚帶出來的徒弟，但是吃起來就沒有總店好，不過在通州這個小地方，也算是不錯的酒樓了。

李清珮跟著鄭喜雲進了望北樓，那小二看到鄭喜雲道：「鄭大人您來了，快請上面坐，還是老位置嗎？」

鄭喜雲笑著點頭，對李清珮道：「我常來，他們都認得我了。」

小二笑著說道：「咱們這裡誰不認識新來的府衙大人呢！」

等小二領著李清珮到了雅間，屋內只剩下兩個人，李清珮忍不住問道：「我記得這通州知府可是一位姓白的女狀元，當初本想去拜訪，送了拜帖，一開始因為人不在通州，再後來就沒有消息了，怎麼現在說是妳？」

「原本是她，但是……」鄭喜雲露出幾分猶豫的神色來。

李清珮馬上道：「要是為難就不必講了。」

鄭喜雲和李清珮交情不淺，這幾年來雖一直未見，卻是心裡牽掛萬分，這會兒重逢了，自然很是歡喜，更是覺得那些秘辛之外，沒有什麼不能對李清珮說的。

「其實也不是什麼秘聞，恐怕朝野都已經傳開了。」鄭喜雲露出幾分嘲諷的神色，道：「聖上一直龍體欠佳，據說打從娘胎裡就帶著病根，結果誕下太子，一年裡也有大半年在吃藥，過了許久的婚期，卻是左右都沒有合適的對象。」

李清珮挑眉。「怎麼會？」

鄭喜雲道：「太子殿下這身子骨兒，誰家敢把女兒嫁過去？一直拖到今年，陛下就想起白狀元來，五年前那一場科舉，我有幸得中甲等三十一名，和這位白狀元是同科，一同在瓊林宴上謝恩，陛下當時就看中白狀元，想要納給太子殿下。」

李清珮想起傳聞來。「不是納入後宮？」

鄭喜雲笑著搖頭。「那是傳聞，我朝聖尊皇后之後，便取消了選秀，更是鮮少有后妃，當今聖上和皇后鶼鰈情深，又怎麼會在朝堂上納個狀元？」

「可是這件事和白狀元有何關係？我上次聽聞白狀元可是已經成親了。」

鄭喜雲湊到李清珮的耳邊，悄聲說道：「到了今年，太子殿下越發不好了，聖上心急如焚，不知道聽了哪個欽天監的話，說白狀元乃是五重水命，而太子是金木的木命，這水最是滋養木了。

「陛下就下了聖旨，強行讓白狀元和離，要納了白狀元為太子妃。」鄭喜雲諷刺一笑。「我剛好離任，就被派遣到這邊來。」

李清珮只覺得匪夷所思。「這般荒唐……」

「噓……」鄭喜雲把食指放到嘴唇上。「妳知道就行了，以後別傳出去，別說是妳，好多人都覺得太不像話了，徐老尚書氣得在家裡躺了七、八天，還說要去找睿王來勸皇帝，只是睿王多年不見蹤影，又去哪裡尋？最後陛下還是下了這道聖旨。」

「這睿王又是誰？」

「妳不知道睿王？睿王是德宗皇帝的老來子，後來德宗皇帝賓天後，就由先帝來照顧撫養，睿王和先帝雖是親兄弟，年紀卻相差三十歲，被先帝當作親兒子來養。據說文德兼備，擅騎射，很是卓爾不群，朝廷中許多大臣都非常喜歡這位睿王，就是當今聖上也是多有敬重，只不過奇怪的是，聖上登基的時候，不知道怎麼回事，人就歸隱了，之後就不知行蹤。」

兩個人正說著話，小二敲了門送菜上來。

鄭喜雲道：「別說這些不高興的事情了，來吃菜。」

兩個人原本十分親厚，同窗幾乎是同吃同住，比親姊妹要好，久別重逢自然是萬分歡喜，又喝了酒助興。

鄭喜雲喝到臉紅不已，她捲著舌頭罵道：「妳到底有沒有把我當作朋友，這一走就是許多年，可知道我心裡多擔憂？」說著竟落下淚來。

李清珮也喝得臉蛋紅撲撲的，見鄭喜雲哭了，也跟著掉下淚來，道：「我是沒臉見妳。」李清珮想起那一段青春飛揚的日子，只覺得滿心懷念。「妳道我這些年過得好？」

「妳真的給秦王……」

「是。」李清珮道。

鄭喜雲聽了心酸不已，上前摟住李清珮道：「清清，苦了妳。」又痛快地說道：「過去的事情不值一提，妳明年不是要重新參加科舉？我雖不才，不過小小的知府，卻也是正經進士出身，要是不嫌棄，妳的推舉函由我來寫吧！」

李清珮聽了感動不已，越發落淚如雨，要知道推舉函相當於一種擔保，要是李清珮有什麼問題，有可能會牽連推薦的人，鄭喜雲這是一種誠意十足的表態。

到了下午又下起雪來，如同天女散花般輕揚地飄落下來，美不勝收，卻是帶來冰冷的酷寒。

李清珮這一日有些失態，和鄭喜雲一道在望北樓吃酒，直到傍晚才分開。

第二十二章

稍晚，鄭喜雲的相公史飛來尋人。

史飛在通州衛所任職把總，身材高大威猛，腰上佩戴一把長劍，看起來威風凜凜的，卻朝李清珮露出十分羞澀靦覥的笑容，道：「李小姐，時常聽娘子說起妳，今日有幸得見，幸會，幸會。」

李清珮沒想到，這位看起來威風凜凜的把總竟然這般好脾氣，頓時替鄭喜雲高興。她性子灑脫不羈，太過大剌剌了，還真需要這樣性情溫和的相公互補，這樣一想，就生出幾分調侃的心思來。

「說我什麼？是不是時常替她……」李清珮後面沒說的話是幫鄭喜雲寫情書，少年人扎堆的地方，少不得要生出愛慕之心，那時候鄭喜雲是個非常活潑的人，李清珮時常要替鄭喜雲代筆。

鄭喜雲聽了差點跳起來，道：「好哇，清清，妳居然在這裡給我下絆子。」上前就要擰李清珮的鼻子，卻是被她避開。

兩個人一頓笑鬧，史飛卻是好脾氣地笑看著。

等到天色漸晚，兩個人就此別過，鄭喜雲不捨地道：「真想邀妳到家裡坐一坐，只是天色已經晚了，再不回去就行路艱難了。」

李清珮也很是不捨，道：「來日方長。」

看著鄭喜雲漸行漸遠的背影，李清珮忽然覺得自己這一生當真是幸運，母親依然健在、安康喜樂，還有這麼一個至交好友可以暢談。

人生一世，也不過如此吧？

上了馬車，李清珮原本就有些醉酒，這一晃就迷迷糊糊地睡了過去。

正睡得香甜，忽然聽到旁邊的彩蝶說道：「小姐醒醒，不好了！出事了！」

李清珮嚇了一跳，一下子就清醒過來，見馬車內點著一盞瓜皮燈，燈光昏暗，將彩蝶面上的焦慮清晰地映出來，道：「何事？」

「小姐剛才睡過去，馬車一路到關河口，遇見路障，一棵大樹擋在路中央，好多行人被擋在那邊，好在前面有一輛馬車帶著十幾個護衛，像是有些功夫，又是壯年的漢子，齊心協力把那路障給移開了。」彩蝶又道：「只是前前後後拖了快半個時辰，雪原本就下得大，加上早上的積雪，差不多已經一尺來厚了。」

李清珮打開簾子往外瞧，外面漆黑一片，卻因為地上覆蓋著雪，顯出輕微的白光來，藉著這光線，李清珮可以看到雪花就像是傾盆倒下來一樣，實在有些壯觀。

彩蝶繼續說道：「原本也能走，但是這雪越下越大，三叔說還是找個地方借宿穩妥一點。」

李清珮點頭。「三叔做事向來穩妥，想來也該如此。」又道：「可是有合適的地方？」

李清珮知道李三既然這般說，那肯定就是找到住的地方了。

彩蝶道：「三叔說前面正好有個村子，三叔有個堂弟住在那邊，正好借宿在他們家，只是有些簡陋，怕是委屈小姐了。」

李清珮一邊笑著，一邊對著外面說道：「又不是沒吃過苦，哪裡就那般嬌貴了。」

於是，李三趕著馬車從官道下來，走了一條小路，不過一刻鐘就停下來，道：「小姐，到地方了。」

彩蝶先下馬車，之後扶著李清珮下來。

外面白茫茫一片，寒風刺骨，馬車停在一處宅院前，雖不及大戶人家的氣派，倒也白牆黑瓦乾淨整齊。

有個年約四旬的婦人聞聲跑出來，見面就直接開口道：「幾位是來借宿的吧？實在是對不住，今日暴雪，路上雪厚，許多人都湧到我們村上借宿，如今我們家已經沒有多餘的房間了。」

婦人說著話，剛巧看到李三，立時露出驚喜的神色，改口說道：「三爺？您怎麼來了？」之後馬上就反應過來，道：「三爺，您也是來借宿的？」

李三皺眉道：「正是，這是我們家小姐，家裡已經有人借宿了？」

婦人領著李清珮等人到屋裡，一個和李三長得頗為神似的中年男子走出來，看到李三，笑著喊道：「三哥，你怎麼來了？」上前不由分說就握住李三的手，顯得很是親厚的樣子。

「快進來，外面冷。」

等眾人落坐後，有婦人端茶來，李三的堂弟李凌說道：「要是早點知道你要來，說什麼也要給你們留下房間。現在真的沒有地方了，家裡一共五間房子，那位客人要去三間，就剩下兩間，是堂屋和東廂房，我和孩子他娘，今天準備窩在堂屋裡應付一晚，老大和老二還有幾個孩子、媳婦都窩在東邊的房間裡。

「三哥，你跟我們住在堂屋，隨便在地上弄個鋪蓋，倒也過得去，可是你們家小姐可是矜貴，受不得這個苦，我剛才叫孩子他娘去問問村裡還有誰家有空房間，要是找到了，就叫人過去收拾乾淨一些，委屈你們小姐住一晚，你看可行？」李凌說話時，那愧疚的目光卻是朝著李清珮而來。

李三鬆了一口氣，道：「小姐，您看這樣可行嗎？」

李清珮笑著道：「本就是叨擾了，還這般設想周到，還有什麼不滿意的。」

李凌這才露出如釋負重的笑容來。他們家人多，卻只有三畝地，平日裡沒少受過李三的救濟，就連現在住的大瓦房也是他資助一半的錢所蓋。早就聽說李三跟了一個好東家，吃穿皆是不愁，他還想著，等幾個孫女大了，看能不能在府裡找個活兒，如今正是獻殷勤的時候，卻遇到這種不湊巧的事情。

其實李凌也想過讓另外一個客人把房間讓出來，只是那人帶著十幾個護衛，個個膀大腰圓的，看著就嚇人，他又收了豐厚的房錢，自是不敢去說。

正說著話，一個穿著厚棉襖的中年婦人走進來，她撥了撥頭上的雪，冷得直搓手，道：「當家的，不行了，我去問過，今天來的路人特別多，我們村子也就十幾戶人家，實在是沒地方了。」

李凌心下一沈，屋內一時顯得有些壓抑。

李清珮見李凌這般為難，痛快地起身道：「多謝了，我且去別的地方找找看。」心裡卻是想著，實在不行就窩在馬車待一夜，給手爐重新換了炭，也不是挨不過去。

李三聽了嚇一跳，道：「不可，不可！」

李凌見李三這般恐慌，下了狠心，道：「李小姐，您且等等，我去找那位客人商量商量，看能不能讓出一間屋子來。」

雖然那些人看著很不好說話，但是這位李小姐，他也得罪不起。

李清珮想了想，悄聲吩咐彩蝶，道：「妳且跟著去，錢由我們出好了。」

因為聽說他們已經收了那些客人的錢，李清珮想著讓彩蝶補上。

第二十三章

彩蝶有些擔憂地跟過去，卻是歡天喜地回來，後面還跟著一個男子。

男子穿著一件石青色的夾棉袍子，戴著一頂灰色的狼皮帽子，見到李清珮微微一笑，道：「李小姐，許久未見，您可安好？」

「王總管！」李清珮沒想到竟然在這裡遇到熟人，很是詫異地問道：「您怎麼在這裡？」

「我是來接我們老爺的，結果半路遇到大雪，這才臨時找了借宿的地方。」王總管顯得很高興。「竟在這裡遇到了小姐，真是緣分。您和彩蝶就住我那間屋子好了，正好我們老爺不太舒服，需要人伺候，我不一定能住上。」

這時候再客氣就是矯情了，李清珮很是感激地道：「多謝王總管了。」又帶著幾分擔憂地說道：「趙爺是哪裡不舒服？我聽彩蝶說，趙爺要去那長白山垂釣，也不知道是不是真的，難道染了風寒？」

王總管聽了，愁眉苦臉地說：「上次風寒還沒好就上路，正是去了那天寒地凍的長白山。剛才我瞧著我們老爺……臉都被吹紅了，一咳嗽起來，地動山搖的，還不肯吃藥！」

王總管和李清珮已經頗為相熟，又加上王總管特意的親近，這些話讓李清珮聽來，居然沒有一點讓人覺得突兀。

「沒有帶裹了糖皮的藥丸子嗎？」

王總管領著李清珮和彩蝶去原本他要住的房間，是主屋右邊的耳房，並不大，但是屋子收拾得乾淨，地上鋪了青石板，牆壁粉刷一新，擺放清一色的黑漆松木的家具，靠窗砌了火炕。

屋內還開著窗，刺骨凜冽的風裹著雪花從窗口吹進來，王總管道：「這屋子剛粉刷過，有些味道，這才開了窗散一散，如今應是好了，可以關窗。」

彩蝶去關了窗，回來把包袱放在炕頭上，道：「小姐，奴婢只帶了一小瓶。」說著把一個甜白瓷的小瓶子拿出來。

王總管道：「一瓶就夠了，只要能挨過今晚，明日一早我們就走。」

原來趙瀧這一路上風寒一直未好，雖然帶著足夠的藥，恰好今日藥就斷了，本想著晚上可以回到家中，誰知道會遇到這般大的暴雪擋住去路。

王總管已經喊了輕功上好的護衛去最近的鎮上買藥。

雖然李念把裹糖的法子賣出去了，也小賺了一筆，但時日尚短，還沒傳播開來，裹糖皮的藥丸子並不好買，又加上暴雪，其實就算人出去了，也不一定能及時趕回來。

王總管覺得李清珮是他們老爺的福星，除了平時那些開胃的吃食小點，竟然還做出這種裹著糖皮的藥丸子，就像是專門為他們老爺而生的一般。越是這般想，他心裡越發覺得，李清珮實在是太適合他們老爺了。

王總管原本沒這般低姿態，只是日復一日、年復一年，所有的高傲都被歲月蹉跎掉了，就如同現代恨嫁的丈母娘一樣，只要對方是個男的，就恨不得把女兒嫁出去。

幾個人正在說話的時候，外面突然傳來喧譁聲。

李清珮和王總管皆是一愣，推門出去，見院子裡站著幾個護院模樣的壯年男子，簇擁著一個穿著石青色刻絲灰鼠斗篷、長相頗為俊俏的年輕男子，正在跟李凌等人吵架。

說是吵架，不如說是仗勢欺人更確切一點，因為全程沒有看到李凌說話，都是俊俏男子旁邊的一個侍從在惡狠狠地恐嚇人。

「知道我們公子是什麼人？是魏國公府的世子爺。」

李凌夫妻兩人面帶愁色說：「爺，不是我們不想把房間租借給你們，實在是人已經滿了，您就是殺了我們，也是沒有辦法呀！」

「你當真以為我們不敢殺你？」那侍從顯得很囂張，罵道：「你們這些下賤的人，弄死了都不用我們賠。」

李凌也來了脾氣，道：「您這話可是有些過了，殺人償命，欠債還錢，這是王法。」

「什麼王法？我們世子爺說的話就是王法！」侍從陰沈沈地笑著，對著後面的人說道：「給我狠狠地打，打到他們把房間讓出來為止。」

「住手！」說這話的是人李三，他剛才已經脫了衣裳要入睡，聽到外面的聲音又急急忙忙起身穿衣服，這才晚來一步。

「你又是什麼東西？」

李三畢竟在秦王府待過，自然和李凌這種從來沒見過世面的人不同，腰背挺直，很是有些氣勢，道：「我們家小姐是有功名在身的人，雖不及魏國公府尊貴，那也是拿著朝廷俸祿之人，你們隨意欺凌村民，這會兒還要殘害朝廷棟梁不成？」

那侍從一時被說得有些示弱，道：「你們小姐是？」

李清珮正和王總管走出來，恰好聽到這話，道：「是我。」

如大珠小珠落玉盤的悅耳聲音，眾人只覺得天寒地凍的雪夜裡，曼妙如雪仙般的女子輕移蓮步行來，待靠近只覺得眉目如畫，氣質清麗出塵。

這世間竟然有這般美貌的女子！

「這裡已經住滿了人，到別處瞧瞧吧。」李清珮從小貌美，不知道被多少人這般盯著瞧，早就習以為常，不卑不亢地說道：「這位是魏國公府的世子爺？」

馮安自從看到李清珮，目光就沒離開過，他自詡風流，身邊妻妾環繞，但就算是這般，也沒見過李清珮這般傾城的女子，一舉一動，皆是叫人心神蕩漾。

「我就是。原來這般美人竟然是位秀才。」馮安見對方只說功名在身，卻不報上官職，就猜出來應該只是個秀才。

「真是魏國公府的世子爺？」李清珮語氣一轉，道：「這般仗勢欺人，視人命如草芥，倒是讓我想起幾年前平涼侯府的慘案，怎麼？如今世子也打算跟那位平涼侯的大少爺學一學嗎？」

馮安聽了這話，臉色頓時就不好看了。

平涼侯的大爺看上一有夫之婦，強行擄來又侮辱致死，不巧那位婦人的親妹妹是一位秀才，悲憤至極，寫了血書，在皇帝出行的時候，不顧生死拚命喊冤。

那件事一時在朝野中引起轟動，原本朝中就女官勢微，只是一同擰成一股繩，也是不容忽視的勢力，那些女官見女秀才家人這般被踐踏，不免生出兔死狐悲的心情，一時求皇帝徹查此案的奏摺多如雪花。

後來平涼侯府被革去爵位，貶為平民，那位大少爺則被押入天牢，秋後問斬，這件事即使過了許多年，也常讓那些功勛之家引以為戒。

一時間正是僵持，王總管領著兩個身材高大的護衛走了過來。

剛才王總管見來人不善，就去稟了趙瀧，又折返過來，來得卻是剛好。

王總管冷笑，這種紈袴子弟他可是見多了，竟然欺辱到他們這裡來，當真是不要命了，道：「誰是魏國公府的世子？我勸你趕緊滾，不然到時候就是你爹都保不住你的小命。」

馮安正是猶豫，聽了這話，大怒道：「你是什麼狗東西，真當老子怕你不成！」說完對身後幾個護衛說道：「還愣住做什麼，主辱臣死！你們竟然任由此人欺凌於我？給我狠狠地打，打死算我的！」

那些護衛一擁而上，只是七、八個人不過幾招內就被王總管帶來的兩個護衛制服住，快得令人咂舌，不僅如此，還把嚇住的馮安也抓了起來。

「捆起來，放到馬廄裡，明天送回魏國公府去。」王總管已經得了吩咐，原本他們老爺就因為風寒多日未好，心氣不順，馮安正是撞到槍口上，剛好被他整治了。

只是這魏國公府的人怎麼這般厭煩，之前是秦王妃的妹妹，今日又碰到她的弟弟，當真是晦氣！

第二十四章

等兩個護衛收拾完畢，李清珮才跟著王總管到趙瀧的屋內。

之前李清珮想要探病，卻擔憂天晚有些不便，畢竟就算熟人相見也要打個照面，王總管就說來詢問趙瀧，這會兒顯然是得了趙瀧的首肯。

這個趙瀧到底是什麼出身？用的是太醫署李昌榮的藥丸子，又很輕易地幫她拿到沈從澤的推舉函，今日遇到魏國公世子馮安竟然敢直接把人綁起來，丟到半畝開的馬廄裡，這根本不像是一個御醫敢做的事情呀！

以前李清珮曾問過趙瀧是不是曾經做過御醫，趙瀧雖然沒有否認，她卻當真了。

王總管把李清珮給他的藥放在長几上，又道：「煩勞姑娘給我們老爺餵藥，雖說真的綁了那個馮安，但是天氣寒冷，真要凍出人命也是麻煩，我去安置下，找一些褥子送過去。」

「送什麼送！」趙瀧冷冷地說道，剛說完就劇烈咳嗽起來。

王總管趕忙湊過去，遞上旁邊的熱水，卻是被趙瀧推開。

「一股子怪味，不喝。」

王總管簡直叫苦連天，趙瀧平日裡很是通情達理，也好伺候，只是生病之後就完全變了個人，挑剔、易怒，不吃東西也不吃藥。

李清珮見狀，就把藥丸子倒在旁邊的銀勺上，然後說道：「趙爺，這是裹了糖皮的銀翹丸，您吃了就不會咳嗽了。」

趙瀧抬頭掃了眼李清珮，不知道是不是她的錯覺，趙瀧剛才因為劇烈咳嗽的臉有些發紅，但這會兒似乎更紅了。

四周靜謐，飄散著藥味，王總管緊張地嚥口水，生怕趙瀧又會拒絕吃藥。

結果趙瀧竟然低下頭來，一口吃掉銀勺裡的藥丸子。

王總管喜出望外，對李清珮說道：「李姑娘，求您幫我們老爺遞水。」

王總管耍了個心眼，剛才他要給趙瀧餵水，趙瀧不肯，這會兒換成李清珮，他就不好意思拒絕了吧？

果然，趙瀧見李清珮拿著一杯溫水過來，猶豫了下就順著杯沿喝了一口。

正在這時候，外面有人來喊道：「王總管，您在嗎？」

王總管見趙瀧吃了藥，這才放心下來，正不知道找什麼藉口離開給兩人留下單獨相處的機會，機會，聽了馬上就起身，道：「老爺，小的去外面看看。」又對著李清珮道：「李姑娘，煩勞您幫著照顧我們老爺，我去去就回。」之後生怕趙瀧不讓走一般，一溜煙就跑了。

如此一來，屋內就剩下李清珮和趙瀧兩個人。

這屋子顯然是李家最好的一間，一套黑漆松木的家具卻是鑲了螺鈿，那些漂亮的貝殼在微弱的燭火下散發著瑰麗的色彩。

趙瀧躺在萬字透雕的拱門架子床上，湖綠色的綢緞帳幔被一張五福鈎子壓在兩邊，帳幔上還能看到摺痕，顯然是李家為了招待趙瀧剛掛上去的。

床邊放著長几，藥瓶、藤壺、茶杯、勺子等都放在上面，李清珮則站在長几的旁邊。等王總管走後，剛才稍微活絡的氣氛又凝固下來。

李清珮不知道為什麼莫名有些緊張，其實說起來兩個人快二個月沒見面，收到王總管送來的推舉函之後，還沒等她登門道謝，趙瀧就又出門了。

正在這時候，趙瀧咳嗽起來，李清珮就坐在床沿，遞上溫水道：「趙爺，您要不要再喝一口水？」

待喝過水，趙瀧的神色緩和許多，只不過臉還是紅著。

李清珮到底忍不住伸手摸了摸，並不燙，顯然不是發燒，這才安下心來道：「趙爺，您這是病多久了？剛剛吃了藥，等藥效發揮，一會兒就會舒服些。」

「沒什麼大礙，睡一覺就無事了，妳且去歇著吧！」趙瀧怕李清珮擔心，又道：「至於那位世子的事情，妳不用憂心，這些事和妳無關，我自會讓王總管去處理。」

李清珮怎麼能拋下還在病中的趙瀧。「我就在這裡陪著您，一會兒等王總管來了再走。」之後說起馮安來，道：「那人也太仗勢欺人了些，開口閉口都是喊打喊殺的，實在是叫人生氣，只不過那人不僅是魏國公府的世子，秦王府還和他們家聯姻，雖然秦王殿下並非不明理之人，但是這般直接綁人送到府上……」

趙瀧滿不在乎地道：「我替魏國公教訓他兒子，應該感到榮幸才是。哼，小事一樁，不值得妳費心。」

李清珮本想問趙瀧到底是什麼出身，竟然這般大的口氣，但是又覺得這麼問有些失禮，趙瀧不說顯然是不想旁人知道，她想了想還是換了話題，道：「您真的去了長白山嗎？那邊是什麼模樣，據說那邊的雪很大，也有許多梅花鹿，還能採到山參。」

李清珮的聲音原本就十分悅耳，因著擔心趙瀧的病體更是溫柔，令人聽著十分舒服。

趙瀧道：「梅花鹿不少，但是也有黑熊，有次我在天池邊垂釣，來了一隻黑熊喝水，牠看了我許久，我還想著牠要是過來了，到底是要先跑，還是抽劍跟牠廝殺一把。」

李清珮覺得趙瀧真的太隨興了，道：「您怎麼這般不愛惜自己。」

趙瀧卻無所謂地笑了笑，道：「我孑然一身，無牽無掛，有什麼可顧忌的，如今過得這般灑脫，倒是比我小時候循規蹈矩的日子不知道強多少倍。」

他朝著李清珮笑了笑，因為臉色不佳，並沒有以往俊朗，但他的目光還是和以前一樣深邃，蘊含無數的星辰，漂亮得不可思議。

李清珮好像聽到自己心臟怦怦跳動的聲音，她其實早就發現自己對趙爺有了小心思。

要是沒有給秦王做妾之前，她還會有所顧慮，但是現在不一樣了，經過五年的侍妾生涯，很多東西都改變了，就好像束縛在她身上的帶子被剪掉了。

人生太短暫，而她還有許多事情沒去做。

喜歡就去親近，想要參加科舉就去努力，每一件事都可以按照她的意願來，即使做不到，又或者結局並沒有那麼完美，但是只要她努力過了，看過路途中的風景，這就足矣。

李清珮這麼一想，就覺得心口火熱起來，重新去看趙瀧的時候，那目光裡不自覺帶出幾分火花來。「後來呢？」

趙瀧道：「那黑熊不過喝了水就走，我卻是釣到一條大魚，想要烤著吃，只是長白山的雪就跟今日下的雪差不多，像是用盆子往下傾倒一般，根本就沒辦法起火，就片了魚膾吃。」

「好吃嗎？」

「很香。」趙瀧道：「天池的水藍得像是秋日的天空，四周白茫茫一片，一眼望不到盡頭，天地蒼茫之間就如同只剩下我一個人，魚肉吃到嘴裡軟軟的，還帶著一種說不出來的甜，簡直就是人間美味。」

李清珮開始嚮往起來，問道：「後來呢？」

「後來……」趙瀧有些好笑地道：「我凍暈過去，被護衛揹著下山，臉就被凍成這樣了。」

李清珮沒想過趙瀧竟然這般幽默，忍不住哈哈笑了起來，只是怕趙瀧惱怒，很快止住，道：「您還是很好看的。」

「小丫頭。」風寒弄得趙瀧有些暈暈沈沈的，或許是這次旅途太久，許久沒有和人好好說過話，又或者是寧靜的夜色讓人有傾吐的慾望，他今日顯得格外溫和。

李清珮湊過去，道：「真的，沒有騙您。」

兩個人近在咫尺，好像只要稍微往前一點就可以碰到對方，趙瀧看到李清珮目光閃動，有一種動人的光彩在裡面。

四周的溫度突然升高，李清珮只覺得心臟跳得越來越快，讓她幾乎以為要跳出胸口來，卻還是捨不得移開視線。

李清珮今日並沒有上妝，也沒有刻意打扮，但是她的皮膚天生光滑細膩，即使不搽粉也白如凝脂，眉毛濃密而纖長，如小扇子般的睫毛貼在眼上，一眨一眨的，露出如一汪清泉的清澈眼眸，動人至極。

上妝的李清珮如果說美得驚人，那麼現在的李清珮美得更純粹，趙瀧不得不承認，李清珮的容貌已經超出旁人太多了。

兩個人的呼吸不自覺濃重起來，李清珮終於把自己的唇壓在趙瀧的唇瓣上，這一剎那，腦袋裡炸開了什麼東西，恍惚沈醉，美妙得不可思議。

李清珮如同蜻蜓點水一般輕啄了下就起身，她的臉蛋紅紅的，就像是抹了上好的胭脂，美豔動人且蠱惑著人心，她目光亮晶晶地看著趙瀧，像是在期待他的反應。

趙瀧這輩子從來沒和一個女子這般親近過，這還是第一次被人吻住，一時有些心亂如麻，只覺得李清珮這個舉動太過草率，一時又覺得心裡有什麼東西被撬動，搖搖欲墜，馬上就傾倒，破掉他許多年的心防。

然後不知道是誰主動，兩個人又吻到了一處。

李清珮只覺得趙瀧的皮膚過於滾燙了，她覺得有些不對勁，起身用額頭碰了碰趙瀧的額頭，熱得像是能煎雞蛋。

「趙爺，您發燒了？」

趙瀧的回答是眼神迷離地看著她，然後暈過去了……

「趙爺，您醒醒！」

因為趙瀧突然發燒，眾人經過一番折騰，早就累壞了。

李清珮回到房間倒頭就睡，醒來的時候已經是第二天早上了，她剛起床，還迷迷糊糊的，昨天她怕自己也感染風寒，喝掉一大碗熱呼呼的薑湯，睡覺的時候還是覺得胃沈甸甸的，好在起了效用，雖然覺得困頓不已，倒沒有任何的不適。

李清珮一邊打著哈欠、一邊跟彩蝶出門，結果一開門就感覺寒意撲面而來，那冷風像是刀子一樣颳在臉上，冷得人直打哆嗦，她裹緊身上的銀狐輕裘披風，把帽子壓下來蓋住臉。

兩個人到隔壁的房間，見這般寒冷的天氣也有那護衛看守，他們穿著藏青色的夾棉短褐，臉凍得紅紅的，卻像是沒有知覺一般，威風凜凜地站著。

李清珮忽地想起秦王的近身侍衛，那都是百裡挑一，既武藝高強，又堅韌剛毅，身上帶著這種面對任何艱難都無所畏懼的精神——也只有皇家才能養出這種士兵來。

這一點讓李清珮越發納悶起趙瀧的身分，他到底是什麼人，竟然有這樣的手筆？

王總管來迎接李清珮，笑著說道：「來看我們老爺的嗎？已經沒什麼大礙了，昨天晚上出了一身的大汗，把被褥都弄濕了，我又去給老爺換了一床，到早上的時候，氣色已經是大好了，就是還有些虛弱。」

兩個人一邊說話、一邊進了屋，李清珮聽了王總管這話，道：「您這是熬了一個晚上沒睡？」

定睛這麼一瞧，王總管眼中布滿血絲，一看就是沒睡好的樣子。

李清珮卻道：「我那邊雖然沒有風寒的藥，卻還剩下幾粒牛黃清心丸，讓彩蝶拿來給您吃吧。」說完就扭過頭去吩咐彩蝶說道：「妳去拿藥丸子過來。」

王總管也沒拒絕，因為熬了夜，的確有些不舒服，而牛黃清心丸正是補氣養神，便高興地道謝道：「那就多謝李小姐了。」

王總管心裡卻是頗多感觸，他以前一直當自己善待李清珮，只是因為趙瀧先開始注意她，這會兒卻是清醒地認知到，雖然那些原因是重中之重，但李清珮實在是個討人喜歡的姑娘。

有情有義，且無論是對他，又或者對趙瀧，她皆是一副平心靜氣的神態，既沒有因為他是僕從而瞧不起人，也沒有因為趙瀧身分尊貴就想著趨炎附勢——當然，李清珮估計到現在也不知道他們老爺的身分，頂多推測來頭不簡單。要是旁人，又正是參加科舉之際，少不得要巴結獻媚，但她不是，自始至終都是用一顆平常心來對待。

趙瀧已經起床，換了一身鴉青色素面的夾棉直裰，頭髮梳得整整齊齊，插著一根黃楊木的簪子。

「趙爺，您身子如何了？」李清珮上前，笑著說道。

要是往常，趙瀧肯定笑著回應，只是這一次顯然有些顧忌，看了一眼李清珮，很快就別過臉去，道：「應是痊癒了。」

「那我也就放心了。」李清珮道。

之後兩個人一直無話，李清珮尋了個緣由起身，道：「剛起來，早飯還沒用過，妾身就先回去了。」

吃過飯，李清珮把東西收拾了下，就準備走了。

見李清珮往馬廄那邊看了兩眼，彩蝶見狀，悄聲說道：「那位世子爺一早就被人押著走了。」

李清珮道：「動作倒是快。」

路上的積雪已經被清理過，兩輛馬車一前一後過了鄉間小路，又上了官道，一路暢通無阻。

李清珮的馬車在前面，趙瀧的馬車在後面，還跟著幾名騎馬的護衛，看起來威風凜凜。

遠處的高山，近處的雪松，蜿蜒的官道，皆是白茫茫的一片，一眼望去說不出的遼闊廣袤，讓人心情跟著開闊起來。

李清珮撩開簾子往後看，正好看到從窗戶探出頭來的趙瀧，她一時有些意外，不過很快便朝著他甜甜一笑，那笑容襯著身後純淨的雪景，明媚燦爛至極。

趙瀧只覺得心口一陣縮緊，好一會兒才回了個淺淺的笑容。

第二十五章

京城，魏國公府。

因為世子爺馮安被人綁著丟到門口，魏國公府附近住著身分相當的勛貴，見到這種情況少不得要指指點點，鬧得馮安差點羞憤欲死，發誓一定要報仇雪恨。

魏國公府向來都是女兒多、兒子少，到了馮安這一輩，生了六個女兒就得這麼一個兒子，當作眼珠子來疼也不為過，養得就有些驕縱了。

要是換作以往，馮安還是知道分寸，不過最近他妹妹嫁入秦王府，下面幾個妹妹又接連定下不少好親事，其中一個妹妹還走上仕途，就有些輕狂起來。

要說這個魏國公府確實有那驕縱的資本，整個京城裡，魏國公府的女兒個個容貌出眾、精明能幹，隨便一個女兒都可以勝任宗婦的職責，且非常能生養，這是許多看重子嗣的婆婆最在意的事，就這樣幾代下來，當真是姻親故交遍布天下。

魏國公府還以此為榮，比起兒子更喜歡養女兒，看誰家興盛起來就把女兒嫁過去聯姻，然後扶持魏國公府，如此一來，在講究氣節的士林眼裡就等同賣女兒，這就是大儒沈從澤很是不屑給馮婉賢寫推舉函的原因。

魏國公氣得臉色鐵青，趕緊叫人解了馮安的繩子。「這到底是怎麼回事？」

「爹，您要替我做主呀！」馮安哭喪著臉說道。

「一個大男人哭哭啼啼做什麼？難道還嫌不夠丟人？」魏國公呵斥馮安，指著旁邊幾個侍從喊道：「還不扶世子爺進府？」

幾個侍從這才去扶馮安，不過剛剛碰到他的手臂，就看到他發出痛苦的呻吟。

「你們幾個沒長眼睛呀！痛死我了！」

魏國公這會兒也有些緊張起來，走過去問道：「我兒，這是怎麼了？」

馮安道：「爹，那些人不僅綁了我，還對我拳打腳踢狠揍了一頓，全不把我當人看，兒子當真是差點就死在那些人手裡了。」

魏國公勃然大怒，想著馮安好歹是魏國公府的世子爺，對方竟然一點顏面都不留，生氣道：「豈有此理！」

下人抬了肩輿過來，這才把馮安抬進府，等到了廳堂，少不得要換衣服，喊御醫來看傷勢。

稍晚，御醫到府檢查一番，恭敬地說道：「國公爺，世子都是外傷，沒有傷及根本，上藥之後休養幾日就可以了。」

馮安卻指著臉上青紫的一塊。「這只是外傷？你沒看見老子被打得人不人、鬼不鬼的？」

那御醫也是慣常在富貴人家行走，什麼人沒見過，知道這是魏國公府世子爺被人打了心裡氣不過，正要找事呢。他心中暗叫糟糕，能打馮安的人肯定來頭也不小，不然一般小老百姓誰吃了熊心豹子膽敢出手？

御醫心中後悔，應該把這件差事推脫給別人，若惹上了這種事，到時候讓他作證，他又該如何說？

魏國公見馮安的臉、脖子、半露的小腿上，皆是青紫一片，有些是凍傷的，但更多是打傷的，從這裡就可以想像全身上下到底有多少傷痕，而這麼多的傷痕竟然沒有傷及根本，對方根本就是有意羞辱，給予他一個警告。

「沒出息的東西，帶著一堆護衛出去，卻被人打成這樣，連自己都護不住，當真給我丟人！」話雖如此到底還是心疼，魏國公又道：「你且給爹爹說事情的來龍去脈。」

馮安目光一亮，知道這是魏國公要替他做主了，把事情添油加醋地說了一遍，道：「兒子不過就是想找個住的地方……」

魏國公瞪了眼馮安。「肯定是你盛氣凌人在前。」

「爹爹……」

魏國公喝了一口茶水，站了起來，道：「不過你到底是我的兒子，當是誰都可以欺凌的？這次爹爹替你做主，必會給你討個說法，不過……」

魏國公冷冷地掃了眼馮安。「你給我記好這次教訓，罰你閉門思過三個月！」

馮安才不害怕，他爹那麼疼他，最多也就關幾天，到時候他一哭一鬧，又心軟了，不過他知道現在不是說這件事的時候，乖巧地認錯道：「爹爹，兒子知道錯了，您務必要給兒子討回個公道，不然兒子以後可沒臉在京城裡待著了。」

魏國公點頭，道：「你且告訴我那人的姓名，住哪裡，府上是哪裡人。」

「好像是叫趙瀧……」馮安說到這裡，又想起屈辱的過往。「爹，您不知道，他們語氣很猖狂，就說他們家老爺叫趙瀧，讓我就這般告訴您，說您會知道。當真是可笑，他們算什麼東西，爹怎麼會認識他們！」

魏國公臉色卻是一沈，道：「你說他叫趙瀧？」

「對呀！爹，您怎麼了？」

「你跟爹說說那趙瀧長什麼模樣？」

「沒見到，是他們家管事指使的。爹，您不知道那些人有多可惡……」馮安的話還沒說完，就被魏國公打斷了。

「給我閉嘴！那管事是不是叫王興？中等的身材，長得……」

「我只聽到旁人喊他王總管，至於全名卻是不清楚，不過，爹您怎麼知道這人？」

魏國公突然乏力地坐在地上，不過頃刻，額頭上便冒出細密的汗珠子，深吸了好幾口氣才恢復正常，道：「來人，給我把世子爺關起來，沒有我的允許，誰都不許放他出來。」

馮安驚道：「爹，您這是怎麼了？那個叫趙瀧的人欺負我，您就當沒看見……」

結果馮安話還沒說完，就被怒氣沖沖的魏國公打了一個耳光。

「爹，您打我？」

「他的名諱也是你能叫的？當真是膽大包天了！給我把他的嘴給堵上！」魏國公氣得臉紅脖子粗，罵道。

馮安完全不知道怎麼回事，就這般被押下去。

屋內只剩下魏國公一個人，老僕槐安沏了新茶過來，道：「國公爺，您消消氣，這是六味安神茶。」

魏國公抿了一口，熱茶下肚，這才覺得乾澀的喉嚨能發出聲音了，道：「你還記得趙瀧這個名字嗎？」

槐安很是從容地道：「小的記得，這不是睿王殿下用的化名嗎？」

睿王年少的時候經常用這個化名外出，許多勛貴世家都知曉。

「只是小的有些看不明白，就算睿王殿下以前權勢滔天，現在他離開京城已經十多年了，早就沒有從前那般的影響力，您又何必如此憂心？」槐安心裡有句話，現在京城大家都只認得秦王，誰還記得睿王呢！

魏國公舒了一口氣，道：「你們這些人根本不知道當年發生的事情……更不知道睿王到底是怎麼樣可怕的一個人，還有當今聖上對他的看重。」

如果說，要在秦王和睿王之間選擇得罪誰，他寧可得罪秦王，畢竟惹怒秦王，不過就是整個國公府沒了，要是得罪了睿王，那就是……

「這件事你親自去辦，給我準備一對汝窯的梅瓶，還有上次閩南送來的珊瑚鑲百寶屏風……」魏國公道：「我要親自綁了馮安去賠罪。」

第二十六章

這一年冬天要比往日都寒冷，連著下了半月的鵝毛大雪，壓垮了不少人家的屋頂，街上被白雪覆蓋，行路艱難，米價上漲，路上甚至有凍死的乞丐。

皇帝憐惜，命順天府尹施粥救濟，許多富戶也跟著仿效。那些貧戶雖依舊寒冷，卻有飽腹之處，如此才稍解了百姓們的急。

早上，天剛破曉，秦王卻已經醒了。

等馮婉貞漱洗收拾妥當，就看到秦王穿著一件細棉布的天青色短褐走進來，應是出了許多汗，額頭上濕漉漉的，面色卻很紅潤，目光清透。

馮婉貞上前，笑著說道：「王爺，自妾身入王府開始，不曾見王爺休息一日，日日都要早起去練武房打拳，未免也太勤勉了些。」她一邊拿帕子給秦王拭汗，又道：「也不喊上妾身一起，讓妾身一睹王爺打拳的風姿。」

秦王神態溫和地瞧了眼馮婉貞的腹部，道：「妳腹中已經有了孩兒，該多休息才是，本王又如何忍心吵醒妳？」

馮婉貞露出羞澀的神態來，摸了摸肚子，才三個月還不顯，但是這個孩子來得太及時，本來她還因為秦王過於冷漠的神態而傷心，現今已安穩許多，而且男子都是看重子嗣，皇家又許多年沒有孩子誕生，不僅秦王十分高興，就連皇宮那邊也賞賜了許多東西。

秦王漱洗出來，換上一身玄色蟒袍，戴著翼善冠，旁邊有丫鬟替他披上金棕色的大氅，頓時就顯出王爺的威儀來，讓馮婉貞看得目不轉睛。

秦王道：「這幾日本王恐怕回不來。」

「這是為何？」

「天氣寒冷，陛下舊疾復發，又開始用藥了。」秦王顯得憂心忡忡。「原該是要太子殿下侍疾，只是妳曉得他素來體弱，一年裡大半年都在用藥，皇后娘娘又在操勞太子殿下大婚的事情，忙得不可開交，少不得我進去搭把手。」

馮婉貞知道皇家子嗣凋零，到了這一輩，就僅有她懷了身孕，卻沒有想過連皇帝陛下龍體欠安，也找不到合適的人侍疾。

馮婉貞很是恭敬地說道：「本該如此，要不妾身也隨王爺入宮吧？妾身別的沒有，倒可以幫著王爺跑跑腿。」

秦王顯然很是滿意馮婉貞的體貼，笑著道：「宮裡養了許多人，難道還需要堂堂的秦王妃來跑腿？」他走過去輕輕地把馮婉貞攬到懷裡，溫聲說道：「妳只管在家裡好好安胎，能繁衍子嗣，這就是最大的功勞了。」

馮婉貞見秦王難得露出這般溫情的模樣，頓時面如桃花，嬌羞不已。

兩個人又說了些話，馮婉貞依依不捨地送秦王出門，等回到屋內，見到丫鬟來稟。「王妃，剛才魏國公府送了信來。」

「什麼？」

馮婉貞見丫鬟遞了一封信上來，迫不及待地拆開，待看完了立時皺眉，道：「好糊塗！給我備車。」

「王妃娘娘，您現在可是雙身子了，這會兒又是寒冷……」

「過了三個月，御醫說很是穩當，讓車伕趕得慢一些就行。」馮婉貞像下了決心一般說道：「再不回去就要出大事了。」

半個時辰之後，馮婉貞到了魏國公府，待入府，一見到魏國公，開口就說道：「爹，到底是出了什麼事，您要把大哥關起來，還不給吃飯，這要是餓出個好歹來該如何？」

魏國公素來看重這個女兒，卻是沈著臉道：「定是妳娘給遞信了，妳且進來，我給妳細說來龍去脈。」

聽完好一會兒，馮婉貞沈默下來，猶豫地說道：「是該管束哥哥了，竟然這般混帳！」說到這裡又道：「只是這般不吃不喝的，真要是傷了根基就養不回來了。爹，您真要廢了哥哥？」

魏國公這一次卻是鐵了心，道：「他要是招惹了旁人，爹爹又如何狠得下心？這一次卻是睿王殿下，旁人不知道睿王，妳應該聽秦王殿下說起過，不是嗎？」

馮婉貞想起那一日去通州，秦王說要給一個長輩磕頭，她還問過是誰，秦王回道是睿王殿下。

可惜因為睿王不在府中沒有見面，回來的路上卻是遇到了李清珮……

那之後她總是想到秦王和李清珮的關係，秦王真的捨得放棄她？雖知道不應該，卻總是忍不住想到這些。

馮婉貞把手放在肚子上，道：「爹，我還是回去問問王爺吧。」

兩天後，馮婉貞才見到面容憔悴但是精神奕奕的秦王，她很是歡喜，原本想要親手服侍漱洗，卻是被秦王攔住。

秦王目光溫柔地看著馮婉貞的肚子，溫聲說道：「妳是雙身子的人了，這些事就交給丫鬟。」

等漱洗出來，秦王換了一身白綾中衣，坐在靠窗的大迎枕上，朝著馮婉貞伸手，道：「這幾日我不在，小傢伙可是乖？」

馮婉貞自是嬌羞，卻還是上前握住秦王的手，倒在他的懷裡，道：「倒是沒有鬧，妾身吃得好，睡得也好。」

兩個人說了一番話，馮婉貞見秦王今日看起來心情不錯，就委婉地把馮安得罪睿王的事情說了，很是愧疚地道：「爹爹氣得把哥哥關起來，這都快半個月了，卻是不給吃喝。」然後她瞄了眼秦王，見他並沒什麼表態，大了膽子又道：「我見了哥哥一面，面黃肌瘦的，只剩下皮包骨，倒是我娘心疼他，背著我爹每日給一碗粥，多的也不敢給了，只為了留著一口氣而已。

「王爺，我爹還說要親自押著哥哥去睿王殿下門前負荊請罪。」馮婉貞說到這裡小心翼翼地打量了眼秦王。

秦王卻是沈了臉，握緊馮婉貞的手說道：「竟然有這樣的事。既然做錯了，上門賠罪不是應當？」

「正是這個理。」馮婉貞心中一沈，卻不敢表露，勉強笑了笑。「我去跟爹爹好好說說，讓他盡快去。」

晚上又下雪了，馮婉貞心裡如同這雪般有些冰涼。

過了幾日，鄭喜雲命人送了許多書籍到李清珮的府邸，很多都是她當初考科舉時候用的書，又叫僕婦帶了話，這幾日雪下得大，府衙要施粥救濟，忙得走不開，待過幾日空閒了再來看她。

那僕婦來時，有兩個衙役騎馬陪同，很是威風凜凜，倒是讓左鄰右舍瞧了個遍。

李清珮見對方這般浩浩蕩蕩地過來，知道這是鄭喜雲怕有人欺辱她，故意讓旁人看到，要給她撐腰的，心中很是感動。

正好暖房收穫一些豆子，李清珮拿了一小袋給那僕婦，說道：「不是什麼好東西，只不過冬季難以見到，讓你們大人嚐嚐鮮。」

那僕婦驚喜萬分道：「整日裡吃那榨菜，當真是吃夠了。這可真是好東西，我們大人一定很喜歡。」

李清珮得了那些書就如同魚兒游到河裡，每日就沈浸在書籍中，歡快不已，如此過了大半個月，郭氏瞧著再這般讀下去，人就傻了，硬是趕她出門，派她出去採買一些菜回來。

李清珮無法拒絕，只好穿戴齊整上馬車，結果坐著馬車剛出門，就看到隔壁趙府門口跪著一個男子，旁邊有幾個耕農對著他指指點點。

經過冬日圈養生活，已經變得胖嘟嘟的彩蝶道：「小姐，那個人昨天開始就跪在這邊，說是來負荊請罪，只是趙爺好像根本就沒看到一般，就這般讓人跪著不聞不問的。」語氣裡是很明顯的奚落。

李清珮不過掃了眼，認出這個人就是叫馮安的魏國公府世子爺。

往日裡趾高氣揚的馮安，這會兒被抽掉所有的傲氣，灰頭土臉地跪著，也不知道地上有沒有鋪墊子，這幾天下雪，外面可是極冷。

不過李清珮一點都不同情他，反而很是解氣！

只是見到馮安，很自然就想到趙瀧，說起來兩個人可是許久沒見……

她暗暗算了算好像是二十天？

時間過得可真快，好像不過一眨眼就過去了，也不知道他最近在做什麼？剛剛大病初癮，該不會又跑出去垂釣了吧？

至於趙瀧的身分，李清珮其實好奇不已，竟然可以讓馮安做到這個地步。

既然趙瀧不主動說明，那就是刻意隱瞞，不願意告知，她也沒必要追問，這是一種對他的尊重。

而且對她來說，還有太多的事情要做，太多的人生要去享受，她還沒做好心理準備進入新的婚姻生活，所以趙瀧到底是什麼身分並不重要，她只要知道趙瀧是幫助過自己的恩人就夠了。

話雖如此，想到那夜兩個人的吻，她還是覺得心口一陣火熱，那樣美好的觸感，其實會上癮。

李清珮想著趙瀧青澀的回應，忍不住捂著臉，她是不是單身太久了，竟然就這樣衝上去了。

說是採買，其實不過就是去農戶家裡拿一些鑿冰捕捉的魚，原不用李清珮自己過去，但郭氏覺得她該出去散心，這才派她過去。

那農戶上次見過李清珮，只記得是個美貌的女子，這一次見面還是被驚豔到，連話都說不流暢，根本不敢直視李清珮，結結巴巴地把家裡抓的魚都拿出來讓她挑。

有鯉魚、胖頭魚，還有一種很小的綠皮小魚，那些魚因為冷，游得跟慢動作一樣，李清珮看著覺得有趣，想著許久沒有吃酸菜魚，多買了幾條回去，正好送給趙瀧。

回到家裡，李清珮叫廚子把魚處理過，去除鱗和內臟，切成魚片，反覆清洗去腥後，然後醃製，這時候還沒有四川泡菜，卻有白菜醃製成的酸菜，雖然味道差一些，但是也可以代替了。

那廚子跟著李清珮，別的沒有，倒是學會做不少菜，按照李清珮的話做了一碗酸菜魚出來。

李清珮吃了一口，覺得魚肉有些老。

兩個人反反覆覆，做了許多次，終於改成李清珮覺得滿意的味道。

李清珮叫人把一碗酸菜魚裝到食盒裡，想了想還是去換一身衣裳，卻也只是素淨的淺黃色杭綢褙子，外面罩著一件滾邊的白狐裘蓮蓬衣，她照了照鏡子，雖不如以前盛裝時美豔驚人，但也是乾淨清爽，這才出門。

第二十七章

王總管見到李清珮，笑得眉眼彎彎，道：「李姑娘，許久沒有見到您了，您這些日子都在做什麼？」

李清珮很喜歡王總管，一開始只是客套，後面真的像是對待長輩的態度，笑著說道：「明年就要參加科舉了，每日起來就是研習苦讀，今日要不是母親讓我出去散心，我還在家裡懸梁刺股呢！」

王總管微笑道：「真是刻苦，別是熬壞了身子。」又道：「上次我們老爺讓人送過去的凍梨可是吃過了？」

北方水果不易保存，所以會把梨子凍起來運輸，解凍後也別有味道。

「好吃，我一口氣吃了四個，牙都快凍掉了。」剛剛解凍的梨很寒涼，李清珮又道：「這不是吃人嘴短，我實在沒什麼好東西，恰好今日買的魚還新鮮，做了酸菜魚過來給趙爺嚐嚐鮮。」

李清珮如今在王總管面前很放得開，有時候就像小輩開玩笑，王總管聽了哈哈笑，領著她往花園走。

「趙爺最近都在做些什麼？」

王總管聽到李清珮提起趙瀧，就露出生無可戀的樣子，很是無奈地說道：「最近有人送他一把龍泉寶劍，說是前朝一位將軍用過的，老爺就想把武藝撿起來，整日不是在院子裡舞劍，就是在湖心亭裡看劍譜。」

「趙爺還會舞劍？」

王總管來了精神，道：「我們老爺會的東西可多著呢！不僅會舞劍、騎馬，箭術也很精湛，能百步穿楊，更是琴棋書畫樣樣都涉及，還寫了一手好字，李姑娘哪天瞧一瞧就知道了。」

李清珮一聽就知道，這種全才不僅需要自己聰慧，還要家裡的長輩用心培養，不然不可能會這麼多才能，越發好奇他的身分，只是很快就被她壓下去。

待到了花園，李清珮忽然就頓住了，目光直勾勾看著前面。

遠處的湖水已經結冰，附近的柳樹蓋上白色的雪，美輪美奐的，而趙瀧則穿著一件輕薄的象牙白杭綢短褐在湖邊舞劍，興許是舞了許久，那衣裳早就濕透，貼在身上，肌理均勻的胸膛顯露無遺。

寬肩窄腰，筆直有力的大長腿，還有誘人的蜜色胸肌……

李清珮不用看就能知道裡面的「風景」，不自覺地吞嚥了下口水。

一陣冷風吹來，像是刀子般颳在臉上，李清珮打了一個哆嗦，馬上就恢復神智，道：「王總管，這般大冷天的，趙爺這般……」

有些人底子好，倒是不畏寒，可是衣服都濕透了，寒風一吹不就著涼了？

王總管自然知道李清珮的意思，聽了苦笑道：「小的也勸過，說在室內闢出個練武房來，但是老爺說練武之人如何畏寒？這些日子天天這般，還說是荒廢了武藝，才那麼容易得了風寒。」又道：「李姑娘，我們老爺素來聽姑娘的，您去幫小的勸一勸，這樣下去，小的真是要愁得頭髮都白了。」

李清珮心想，你們老爺什麼時候聽我的了？

王總管提起前陣子在村子上幫忙餵藥的事情。「旁人怎麼勸都不聽，偏偏李姑娘餵了就吃。」又怕李清珮感到窘迫，補了一句。「我們老爺說，看李姑娘就像是看到自己姪女一般，姑娘不要往旁的地方想。」

李清珮握著食盒的手不穩，差點掉到地上。

趙瀧舞了一套劍法，終於找回以前的感覺，雖然疲憊，但也有說不出來的暢快，之前覺得刺骨的寒風，這會兒吹在身上也無礙，正想著再舞一套，就聽到腳步聲，一抬頭就看到王總管領著許久未見的李清珮走了過來。

襯著雪白的銀狐領毛，李清珮倒像是雪中仙子一般，裊裊婷婷的。

白天的時候這般端莊清麗，但是到了晚上……

趙瀧想起李清珮柔軟如花瓣的嘴唇，他的心口一緊，別過臉去，把思緒集中到手上那柄劍，又開始認真練起劍來。

「老爺，隔壁李姑娘給您送來酸菜魚。」王總管說菜名的時候，扭過頭去看李清珮，見她點頭，這才繼續說道：「您都練了好幾個時辰，是不是該歇一歇了？正好嚐一嚐這道菜的味道。小的雖然還沒看到，但是已經聞到味兒，一定很好吃。」

趙瀧冷淡應了一聲，認真地練完一套劍法，這才停下來，見李清珮和王總管陪著他站了許久，特別是李清珮，被冷風吹得臉蛋紅紅的，正所謂面若桃李，也不過如此。

兩個人目光相遇，李清珮朝著趙瀧笑了笑，那笑容溫暖如冬日的暖陽，既不過於炙熱，又讓人感到舒服。

趙瀧只覺得心口一緊，想著自己以前怎麼沒發現李清珮這般美貌？

他微微頷首，道：「外面冷，進屋去喝一杯暖茶吧。」

李清珮可是凍壞了，但是剛才看到趙瀧練劍的樣子，實在是太過養眼，每個動作都充滿力與美的平衡，又有說不出的灑脫自如，一時看得入迷，也就沒說要回去，這會兒聽到趙瀧的邀請，自然不好拒絕，道：「又要叨擾趙爺了。」

這一次沒有去湖心亭，而是去了廳堂，趙瀧指了指紅漆楠木，鋪著灑金緙絲墊子的交椅說道：「妳且坐著吧。」

之後，趙瀧就進屋漱洗去了，再出來的時候，已經換了一身石青色的聯珠小團花的杭綢直裰，又重新束了髮，戴著一頂正中央鑲嵌著拇指大小祖母綠的金冠，身上原本就帶著不同於常人的氣勢，這會兒更顯得華貴不凡。

李清珮雖驚豔了一把，但是趙瀧這種氣質，竟讓她想起秦王來。

太像了！難道……他也是皇室中人？

趙瀧一直都穿得十分隨意，只管自己舒服就好，如金冠這種瞧著美觀，但是頂沈的東西，是絕對不會穿戴上身，但是今日沐浴更衣之後，侍從問他要怎麼束髮的時候，竟然鬼使神差地指了指金冠。

因著在宮裡，每次這般打扮，宮女的目光就會黏在他身上，當他走出來後又有些後悔，覺得自己這舉動有些莫名。

李清珮笑盈盈地道：「趙爺原是這般風姿。」

趙瀧有些不自在，正是尷尬，看到王總管已經把酸菜魚換到青花瓷的湯碗裡，又配了其他的菜餚過來，還有一罈桂花釀。

「這會兒正是飯點，李姑娘也在這裡一道用膳吧！這是桂花釀，小的瞧著李姑娘喜歡吃桃花醉，估計也會喜歡這個，如此便拿一小罈來給姑娘嚐一嚐。」

王總管都這般說了，自然沒有推脫的道理。

李清珮頗為愧疚，道：「原本是來還禮的，卻每次來都蹭吃蹭喝。」

王總管微笑，越發覺得李清珮坦誠得可愛，道：「李姑娘只管來吃，我們老爺雖然不說富有四海，卻也不至於被李姑娘一口飯給吃窮了。」

這時候趙瀧才注意到，王總管似乎很喜歡李清珮。說起來王總管伺候他二十幾年了，以前在宮裡也是個人物，想要討好他的人不知凡幾，是個難以親近的人，但是他對李清珮似乎極為縱容，總是睜一隻眼、閉一隻眼給予方便。

是不是年紀大了，就會喜歡這樣的年輕小輩？

這般一想，他就忍不住去打量李清珮，雖然曾為人妾，經了人事，又是雙十年華，不算小了，但是她皮膚水光剔透，目光清澈如泉，笑起來坦率明媚，倒真像是十六、七歲一般。

這樣一對比，如今已經把鬍子蓄成山羊鬚的自己，倒顯得十分老成，這會兒兩個人站在一起，說是姪女和叔叔，也不會讓旁人起疑。

只是為什麼以前覺得理所當然的事情，這會兒想起來卻有些不舒服？

等王總管出去，屋內只剩下李清珮和趙瀧兩個人，一左一右坐在窗下炕頭上。

黃花梨的炕桌上擺了許多菜餚，王總管還細心地端來許多李清珮喜歡吃的菜，倒不是說大魚大肉，反而都是很清爽的素菜，但是在大冬天，這些素菜才是真的難得，切成小條的胡瓜蘸醬，用溫水泡過，吃起來暖暖的，剛好入口。

雖然自家蓋了暖房，但產量還是少，李清珮隔三差五能吃上一些菜就不錯了，如今看見滿桌子的素菜，就覺得食指大動。

李清珮見趙瀧動筷子，就迫不及待地挾了一塊胡瓜蘸醬吃起來，之後又去吃牛肉菘菜煨豆腐、玫瑰乳莧菜、百合蝦仁、韭菜雞蛋餡的餃子。

趙瀧不過吃了一片魚肉，李清珮就把這幾樣都給吃一遍了。

「讀書倒是一件苦差事，又費腦子。」趙瀧拿了個小碟子，把李清珮搆不到的豆豉鱸魚挾了半隻，又剔掉刺，再遞到她的面前。「今早我到湖邊垂釣上來的魚，不大，卻還算新鮮。」

李清珮有些赧然，接過，卻還是大大方方地道謝。「多謝趙爺。」

趙瀧微笑，指了指裡面的魚眼珠。「吃什麼、補什麼，看書不僅費腦子，還傷眼睛，都吃了吧！」

李清珮沒想過趙瀧還有這般溫情的一面，只是轉念一想，好像每次遇到他都是這般有耐心，不管是替她放血治積食，又或者前些日子主動要給她推舉函。

趙瀧就是這樣一個外表冷漠，但其實是個非常溫柔的人。

這般一想，李清珮就主動去斟酒，琥珀色的桂花釀倒入幾乎輕薄到透明的青玉杯裡，有種誘人色澤，道：「妾身自從搬來就一直叨擾趙爺，也幸虧趙爺心胸寬廣，有那容人之量，不然要是旁人，哪裡還有妾身的容身之地？」

這話說得過於誇張，可是李清珮帶著幽默的自嘲，還有極度想要捧著趙瀧的真誠，讓趙瀧聽得十分妥帖。

兩個人喝了一杯，李清珮終於有機會介紹自己的酸菜魚。「酸酸辣辣的，肉片爽滑柔嫩，既鮮又開胃。」

趙瀧這幾年，五湖四海皆去了一遍，還坐船去過一趟南洋，見識可不是一般人可以比擬，對於各種吃食都能坦然接受，更不要說他還喜歡吃辣，他吃了一口，點了點頭，算是表示好吃了。

李清珮學著趙瀧，拿了個小碟子挾了許多魚片，遞給趙瀧。

這般一來二去的，菜餚漸漸地見了底，那一罈桂花釀也喝光了。

李清珮的臉上浮現兩朵彩霞，原就清麗動人，這會兒更是讓人心驚的美麗了。

或許是喝了酒，或許是火炕燒得太熱了，李清珮拉了拉衣襟，要不是覺得失禮，真想把外面的褙子脫下來。

趙瀧看在眼裡，道：「有些悶熱，我開了窗，透透氣。」說完便俯身要開窗。

「別。」李清珮可是怕得風寒，不像趙瀧那般，前陣子風寒發燒，一轉眼就可以穿著單衣在外面頂著寒風舞劍，結果伸出的手卻碰到趙瀧的胸口。

綢緞柔軟的觸感帶出趙瀧胸肌的硬度，李清珮的臉一下子就紅了。

趙瀧也一驚，只覺得被李清珮觸摸過的地方竟是說不出來的酥麻，立時就停下動作。

兩個人彼此對視，有種看不見的暗火在燃燒。

也不知道是誰開的頭，等著李清珮有知覺的時候，兩個人已經吻到一處。

頓時，好像有什麼東西在腦中炸開一樣，絢爛得猶如慶典時的煙花，漫天璀璨耀眼，令人心神恍惚沈醉。

原本想淺嘗輒止，可是就好像磁鐵一般，一旦黏合住根本難以分開，好像冥冥中就該是這個人，是這樣的味道，是自己一直在尋求的。

直到好一會兒，兩個人才氣喘吁吁地分開。

四周瀰漫著火熱的氣息，趙瀧胸口強烈起伏，一雙深邃的眼睛裡好像有一層水光，迷濛中帶著些許茫然，突然間像一個孩子似的。

李清珮嚥了下口水，覺得這一刻的趙瀧竟然有些可愛，抑制不住，又湊了過去。

這一次李清珮吻得更加激烈，連帶趙瀧也跟著激動起來，跟隨她的香舌在口中攪動彼此……

第二十八章

激情過後，李清珮有那麼一剎那的恍惚，很快的有一些問題浮現在腦中：兩人要說點什麼？以後要如何相處？

李清珮發現自己全無頭緒，很明智的決定當作什麼都沒有發生，她悄悄起身，披上衣服，靜靜地退下去。

等走到外面，冷風一吹，李清珮就覺得迷糊的腦子清醒了一些，她忍不住舒了一口氣，決定回家閉門讀書，到明年科舉之前都不要出來了。

李清珮還擔心路上遇到王總管該如何說，結果除了幾個僕婦，倒是一路暢通地出了趙府。到了家門口，就看到彩蝶伸長脖子在等她。

「小姐，您怎麼現在才回來？剛才夫人來尋您好幾次了。」

李清珮看了眼天色，發現已經是傍晚了，心想：果然是男色誤人，竟然這般長時間了，她就是沒發現。

「就說我有些累了。」李清珮回房倒在炕上，拉被褥蓋住自己的頭，甕聲甕氣地說道：「想睡了，妳就跟娘這般說。」

吃得飽又喝了酒，還經歷一番那麼刺激的事情，李清珮身心疲憊，很快就睡了過去。

只是她不知道自己靜悄悄地走了，卻是把另一個人的心攪得翻天覆地。

趙瀧回過神來的時候，李清珮已經走了，他有些懶洋洋地躺在炕上，也不知道是在回味剛才的美好，還是不知道如何應對。

王總管毫無聲息地走進來，道：「老爺，小的已經備好洗澡水，要扶著您去嗎？」想了想又補了一句。「李小姐剛走，要不要小的請她回來？」

屋內瀰漫著情愛的味道，炕桌上殘羹冷炙一片狼藉，趙瀧赤條條地躺在炕頭上，在冬日有些昏暗的夕陽下，顯得有些黯然。

趙瀧搖頭，道：「何必叫她回來，想來她也是尷尬。」然後忽然問道：「王總管，我長得有那般嚇人嗎？」

王總管還當趙瀧不在乎，本有些失落，只當趙瀧的心還是十年如一日的毫無波瀾，卻沒想到他竟然問出這話來，不由心花怒放，道：「老爺這鬍子委實是有些……畢竟李小姐要比老爺小上許多。」

趙瀧摸了摸自己的鬍鬚，顯得有些若有所思。

「明天備車，我要出一趟遠門。」趙瀧想了想還是說道。

「老爺……」

「你忘了嗎？快到臘月了。」

李清珮睡得很沈，主要是那酒起了作用，半夜似乎感覺有人給她掖被子，她實在是太睏，嘀咕了一聲，就感覺到一雙溫柔的手摸了摸她的額頭。

郭氏道：「這麼大了，怎麼還是喜歡踢被子。」

李清珮下意識露出笑容來，朝著那手掌蹭了蹭。

郭氏溫聲道：「睡吧，娘陪著妳。」

李清珮又沈沈地睡了過去，等醒來的時候天已經大亮了。

彩蝶打了洗臉水進來，笑著說道：「小姐，您醒了。」

「嗯，現在是什麼時辰了？」李清珮起身伸了伸懶腰，洗了臉，這才坐到梳妝檯前面，卻震驚了，她的膚色瑩潤，目光帶著幾分春色。她想起自己昨天對趙瀧的挑逗，那樣的熱辣刺激，立時就用手擋住了臉。

李清珮暗暗對自己說，什麼事也沒有發生，只當是喝酒的一個錯誤。

正在這時候，郭氏走進來，李清珮見了竟然莫名有些心虛。

「娘，您怎麼來了？」李清珮上前撒嬌道：「昨天娘是不是來過？」

「嗯，本來只想看看妳，妳卻抓著娘的手不放。喝得爛醉，難道不知道妳即將要參加科舉？時間也所剩無幾了，還有心吃酒。」郭氏瞪了李清珮一眼，然後讓李嬤嬤打開食盒。

「這是解酒湯，妳喝了能好一些。」

李清珮原本不覺得難受，聽了郭氏的話，這才覺得胃裡有些火辣辣，便乖乖地喝了解酒湯，那清爽溫熱的葛根湯下肚，只覺得渾身都舒服了起來。

李清珮又去撒嬌道：「娘，這解酒湯肯定是您親手熬的，女兒一喝就不覺得難受了。」雖知道是奉承自己，但郭氏還是忍不住笑了出來，道：「當真是越來越知道怎麼哄娘開心了。」

李清珮道：「女兒說的可是真話。」

自從兩個人談開了之後，李清珮就覺得和母親越發親近，向來堅持己見的郭氏能為了她低頭，還委婉地表示認同她的做法，或許對別人說來，這是一件容易的事情，但是對於向來我行我素的郭氏來講，改變主意幾乎是不可能的。

說來說去，到底還是郭氏心疼她的緣故。

兩個人又說了一會兒閒話，郭氏見李清珮無礙就準備回去，只是走之前，意味深長地說道：「清清，娘以前只當妳還是孩子，可是上次妳對娘說出妳心裡話的時候，娘才發現，妳已經大了，是個有主意的孩子，娘不該像以前那般管著妳。」說到這裡，語氣又變得很嚴肅。「只是，妳永遠記得一個人只有自己立起來，才能讓旁人瞧得起。妳還有幾個六年可以蹉跎？聽娘的話，把心思放在課業上，早日考上才是正經。」

等郭氏離開之後，李清珮就知道郭氏恐怕是看出點端倪來，只是礙於她的顏面，這才沒有把事情說破。

那意思很簡單，想做什麼事，先考完科舉再說。

李清珮把那些旖旎的心思收起來，就像是郭氏說的那般，她還有多少時間蹉跎呢？如此又去補了一覺，下午才起床，吃過午飯，就開始認真研讀起來。

時間一晃而過，很快就到了臘月。

郭氏很早之前就開始帶著人把整個府邸清掃一遍，又親手給李念和李清珮做衣裳、納新鞋，備年貨，很是忙碌，不過這些事跟李清珮無關，郭氏不讓人去擾她，只讓她靜靜讀書。

趙瀧在臘月的時候，終於到了目的地「齊州府」。

原不該費這許多時間，只是今年的雪下得實在有些大，水路不通，旱路又都被積雪堵上，繞了許多路，走走停停的，這才在年前趕過來。

馬車風塵僕僕地抵達，剛過城門，就看到齊州知府楊志急急忙忙趕來，只穿了一件夾棉的官袍，連一件厚斗篷都沒有披。

「見過王爺。」楊志也顧不得地上積雪一片，就要激動地跪下來。

只是還沒等他下跪，趙瀧就把人扶起來，道：「起來，不必這般。」

有那家僕跑來，手上拿著一件鑲銀灑金的纏枝柳紋大毛斗篷，對楊志道：「老爺，這是夫人給老爺送來的。」

趙瀧見了，笑著從那僕從手裡接過斗篷，親手替楊志披上，道：「你這幾日又在城門口等本王？何必這般，去年的時候就說過了，本王辦完事情，自會來看你。」

楊志見趙瀧這般可親，相當感動，道：「王爺來了，下官卻毫不知情，還要等王爺來看下官，這是什麼道理？」

趙瀧知道說不過楊志，道：「好，我都曉得了。外面冷，我們上馬車。」

等馬車上路後，趙瀧問道：「你夫人可好？聽說又添了個女兒？」

楊志很是恭敬，一一作答，很快就到了趙瀧的別院。

趙瀧漱洗一番，換了一件玄色的蟒袍，戴著王爺的翼善冠，頓時就生出不凡的氣勢來，他起身叫王總管披上大氅，這才出了門。

楊志早就等著，騎馬親自護送趙瀧出城門，又行了七、八里，來到一處山腳下，看似風水極好的地方，依山傍水，很是瑰麗。

趙瀧下了馬車，往山上行了半刻鐘，就看到一處墳地，想來常有人打掃，四周乾乾淨淨的沒有一根雜草，中間有一塊雲石的墓碑，用燙金的字體寫著「大趙睿王妃穆氏之墓」。

王總管把祭拜用的香燭、紙錢、供品等東西都拿出來。

天空下起雪，不過一會兒就把趙瀧覆住，頭髮、衣袖，甚至眼簾上，都是落下來的雪花。

趙瀧卻無意撥去，筆直地站著，任由白雪覆蓋。

王總管擺好祭品，拿青玉杯出來，倒滿桃花醉，恭敬地遞給趙瀧，趙瀧接住杯子微微彎下腰朝著墓碑倒下去。

琥珀色的液體倒在漢白玉石上，像一條彎彎的河水，流入不知名的方向，莫名讓人覺得有些壓抑。

趙瀧低低地說道：「我來看妳了。」

第二十九章

王總管悄然退下，走到旁邊小路的樹下，楊志和幾個下屬也都在這邊靜默等候。

楊志見到王總管過來，細心地遞了一個手爐過去，悄聲說道：「怪冷的，王總管暖暖手吧！」

「多謝楊大人。」王總管也不客氣，山上本就風大，這幾日又是格外寒冷，他實在是有些受不了。「年紀大了，往年的時候，只穿一件夾棉的袍子也能扛過去，這會兒披著大氅，卻覺得手腳都有些凍僵了。」

楊志道：「王總管辛勞了。」又很是愧疚地說道：「我等也想隨行服侍王爺左右，無奈王爺不喜，下官有時想起就愧疚難安。」

王總管見楊志十年如一日，還是這般一板一眼，他當然知道楊志對王爺忠心不二，但是這種時候還這般嚴肅，頓時就沒言語的興致，把目光調回趙瀧那邊。

趙瀧已經蹲下身子，慢慢地摩挲著墓碑在說著什麼。

王總管嘆了一口氣，想起十年前還年少的睿王，意氣風發，被先帝當作親兒子疼愛，也是當時太子最看重的小叔叔，父慈子孝，兄友弟恭，似乎這世間就沒有什麼事情可以難倒他。

誰知道一轉眼，就這般物是人非。

「這是王爺的先夫人嗎？」一個中等身材、膚色白皙的年輕將領，忍不住好奇地問道，又見王總管瞧了自己一眼，顯然有些害怕，馬上道：「王總管，我不是對王爺不敬，只是聽家人講過，王爺未曾婚配，所以有些好奇。」

「你爹爹是不是叫莊厚？」

「王總管您認得我爹？」

「誰不認識莊將軍？愛喝酒，還喜歡唱小曲兒，人挺好，就是嘴裡沒有個把門的。」王總管雖然諷刺了幾句，卻不見得是真的生氣，語氣裡反而帶著說不出的親暱。「跟你一模一樣。」

莊田的臉頓時就紅了，嚇得差點跪下來。

王總管哈哈一笑，拍了拍莊田的肩膀，道：「別怕，我跟你爹好著呢！其實也沒什麼不能說的，這件事稍微打聽下就都知道了。那裡面葬著穆家三小姐，原跟王爺訂親了，旁邊幾個無名墓都是他們家裡人，十年前被判了通敵叛國，一家子滿門抄斬，真是慘呢！」

王總管嘆了一口氣，似乎還記得跟睿王一同去法場救人，結果看到滿地屍首的場景。

「這通敵叛國是重罪，死了之後屍首也留不得，王爺為了保住全屍，這才以王妃的格局給穆家三小姐下葬，又強行留下穆家人的屍首，埋在這裡。」

「想來王爺是很喜歡這位穆小姐吧？」莊田畢竟還小，正是對男女情愛憧憬的時候，聽王總管這話忍不住問道。

這門親是由先帝賜婚的，王爺和這位穆小姐未曾見過面，王總管可不覺得王爺對這位未過門的夫人多麼情有獨鍾。只是那之後，王爺就好像是被人收走七情六慾之中的男女之愛，對女子全無關心。

王總管猜想，多半是穆家滿門斬首這件事和王爺有關，只是到底當年發生了什麼，他這個近身伺候的人到現在也無從得知。

趙瀧舉起那一罈桃花醉，一下子就傾倒下去。「妳放心，你們穆家沈冤昭雪的日子……就快到了。珍重。」

待下了山，已經是傍晚了。

楊志卻沒有離開的意思，反而道：「王爺，將士們都等著您去訓話呢！」

趙瀧曉得楊志的脾性，恐怕從他入齊州府開始，那些齊州營的兵士就已整裝完畢，只等他去了。

王總管頗為頭疼，道：「楊大人，王爺一路顛簸，甚是疲勞，剛入了齊州府又來祭拜，總要有個空檔喘口氣吧？」

「王爺恕罪，是下官安排不妥。」楊志聽了，立時就跪下來，很是懊惱的樣子，只恨不得馬上把自己剛才的話給嚥回去。

趙瀧卻彎腰把楊志扶起來，道：「何罪之有？你在這裡一守就是十三年，旁人都升職回了京城，唯獨你還在這邊，為的是什麼？不就是怕韃虎進犯，無人可以抵擋？」

楊志一下子就紅了眼圈，道：「下官，一日也不敢忘記王爺的囑託。」

「走！咱們去瞧瞧，看看那幾個老東西，是不是整天偷奸耍滑地為難你。」趙瀧攬著楊志的肩膀，很是親厚地說道。

楊志身子僵硬，顯然既無措於趙瀧的親近，又是欣喜萬分，那動作就跟木板在移動一樣，道：「軍規如山，他們犯了錯，下官自當按軍規責罰就是。」

趙瀧忍不住一笑，想著這些人還是老樣子呀，心中的傷感被這話弄得消散了一些。

王總管跟在後面，想起朝中官員在背後罵楊志的話，說楊志就是趙瀧養的一條狗，讓他往東絕對不敢往西。

王總管心中暗罵，那些人不就是眼紅楊志占著齊州府不回調，覺得這幾年開了邊境，許多行商跟韃子以布疋換馬，又或者是牛乳換糧食，光是那抽稅就賺得盆滿缽滿，只恨不得把人弄下來，頂替自己人上去。

只是他們怎麼就忘記了，當初是誰擋住韃虎的進犯？還不是他們王爺和楊志這些人！真要把楊志換掉，其他人誰能擋得住？

那些人不信邪，偏要寫奏摺撤去楊志的職位，楊志的職位既是齊州知府，又兼職守備，管著齊州兵營，權力甚大，有些人早就看不慣了，只是當今聖上對王爺多有疼愛，又十分信任，怎麼會為這麼一點事傷了和氣？

聖上大怒，處置了許多官員，一時間人人自危，那之後眾人就知曉聖上對王爺的維護，無人再敢提這件事，這才讓楊志穩坐在這裡不曾換過。

王總管想到這些事，忍不住露出冷笑。

馬車行到齊州兵營，人還未到，就聽見震天呼聲，齊州營一共十萬的兵力，是距離京城最近的九邊之一——其中的重要性可想而知，如果韃虎能跨過齊州府，就可以直入京城而去。

趙瀧下了馬車，看到幾個相熟的將軍皆在門口等著，見到趙瀧無不是露出驚喜的神色，道：「見過王爺。」

「莊厚，孫大人，王將軍……」趙瀧一一打了招呼。

晚上，兵營大堂裡擺了宴，幾個將軍和楊志都圍著趙瀧坐在一處。

等菜過三巡、酒過五味，莊厚捲著舌頭道：「那時候說京裡派了個新監軍過來，卻沒有說是王爺，我一瞧，哎喲，竟然還是奶娃娃。

「那時候王爺才十五歲吧？跟我們這些大老粗們相比，可不就是孩子？」莊厚中等身材，卻跟樹墩一樣厚實，皮膚黝黑，一雙濃眉飛揚，看起來就是桀驁不馴。

「我就是第一個不服，經常給王爺下絆子，王爺也不生氣，說咱們比試一下，看看誰厲害。

「我哪想過一個十五歲的孩子，箭術那般了得，就這樣當著全軍的面輸掉了！」話雖如此，但是莊厚眉飛色舞，好像輸給王爺是一件挺高興的事情。「雖然丟臉，但我莊厚從來都是信守承諾之人，那之後王爺叫我做什麼，我就做什麼。」

旁人聽了似乎都憶起曾經熱血的過往。

孫誠譏諷道：「哎喲，你哪裡聽話了，王爺說過很多次窮寇莫追，你偏不聽，殺紅眼一路追到科爾山去，結果中了韃虎的計，那一千兵士差點就有去無回，要不是王爺帶著我們幾個去救你，你哪能成親生子，有了這麼一個好兒子……」然後指了指一直站在後面的莊田，突然一頓，帶著幾分不確定道：「不過我一直覺得有些奇怪，你兒子長得細皮嫩肉的，是你親生的嗎？」

「孫誠，你皮癢，想跟老子幹一架是不？」

「別，你是個將軍，我卻是個文書，我傻了才跟你打。」孫誠不慌不忙地道：「這時候就是孫誠，不是好兄弟了？那以後寫防務的摺子就不要託我了。」

莊厚憋了半天，又悻悻然坐下。

眾人忍不住哈哈大笑，莊厚想了想也跟著釋然笑了起來，拉來站在後面一直給他們添菜斟酒的莊田。「我兒子是跟我不像，不過誰叫我媳婦漂亮？兒子隨他娘！王爺，您說是不是？」

莊田卻是面紅耳赤，一副局促的樣子。

大家又跟著哈哈笑了起來。

月亮爬上樹梢，屋內傳來莊厚渾厚嘹亮的歌聲，那帶著幾分悠揚的民謠，彷彿可以帶著人走入故鄉山河。

趙瀧披著一件鴉青色銀鼠蓮蓬衣站在院子中央，抬頭望月，配上身後如墨的群山，有種說不出來的孤高冷清。

孫誠站了半天，卻是靜靜地沒有說話。

趙瀧頭也不回地道：「來了，怎麼不說話？」

孫誠穿著一件五品官服，外披一件石青色的兔絨披風，身材瘦弱，像一個文弱書生的樣子，只是那目光剛毅，顯然是個不容易妥協之人。

「莊將軍叫下官把王爺請回去。」孫誠笑著說道：「還說王爺偷偷跑了，要罰王爺喝三杯。」

「還是跟以前一樣。」趙瀧微笑，又有些嘆息地道：「一晃過去了十三年，許多都變了，可是看到你們……似乎還都是老樣子。」

孫誠道：「蒙王爺庇護，這才有我們安身之所。」

趙瀧出宮之時，只求當今聖上一件事，就是幫他保齊州十年不變。

趙瀧扭過頭去看孫誠，道：「你這滿口的油腔滑調也沒有變。」

孫誠卻是坦然一笑，道：「是呀，我們都沒變，可是……殿下，京城會一直不變嗎？」

他意有所指地指著東邊。「您瞧，帝王星變弱了。」

趙瀧立時就冷了臉，道：「大膽！」

孫誠跪下來，不卑不亢地道：「下官言語無度，還請王爺恕罪。」

正在這時候，傳來莊厚有些疑惑的聲音。

「老孫，你跪著幹麼？王爺，您這時候跑出來，是不是怕老莊我灌您酒呀？」莊厚上前拉孫誠，道：「走走，進去吃酒。」

孫誠卻固執不起來，莊厚有些無措地看著趙瀧。

趙瀧這才道：「起來吧。」

第三十章

一轉眼就到除夕夜，郭氏難得給李清珮放了個假，讓她也出來放鬆一下。

這邊郭氏正和李嬤嬤、彩蝶、秀兒等人在拌肉餡包餃子，那邊李清珮和李念，還有李嬤嬤的小兒子李應，一同在院子裡放煙火。

古時候的煙火做得極好，雖然沒有現代那般絢爛，但是也能做出漂亮的火花效果來。

李清珮多年來第一次和郭氏、弟弟一起過年，很是開心，派人買了許多煙火，倒是花費不少銀子。

猶記得以前每年除夕夜，秦王都會入宮陪伴太后，留下她一個人孤零零地在偌大的秦王府裡，或許這種心情也是會互相感染的，幾個平日裡見她都極為敵視的通房也會送幾碗餃子給她，還會客氣地說一聲吉祥話。

「姊姊，妳在想什麼？快點燃呀！」

耳邊傳來李念的聲音，李清珮這才回過神來，把點燃的香湊到煙火上。

只聽噼啪一聲，煙火被點燃，在夜色中劃出明亮的光束，李清珮連連往後退去，躲在李念後面。

「姊姊，妳膽子真小。」李念笑道，話雖如此，卻還是筆直地站著，擋在李清珮的前面。

站在李念的身後，李清珮看到天空變成煙花的絢爛世界。

「真美。」

姊弟倆和李應一起放完煙火就進了屋子。

郭氏包了幾百個餃子，光是內餡就五、六種，自然是吃不完，多出來的會放到外面凍著，這天氣就是最天然的冰箱。

祭拜完先祖後，就可以吃年夜飯了。

李清珮喜歡吃牛肉蘿蔔餡的餃子，李念則喜歡吃豬肉大蔥的，郭氏卻是吃了全素的餃子。

除夕的年夜飯很豐盛，一家人熱熱鬧鬧地吃了飯。

李清珮蹭在郭氏身上撒嬌，道：「娘，正月十五那天，咱們去京城看燈會好不好？」

以前李清珮都是待在王府裡，當好她的金絲雀，不敢有絲毫怠慢，想出門看個花燈都不過是心裡想而已，就算秦王來問她，她也要笑著說不想出門，畢竟會給秦王添麻煩。

郭氏被李清珮蹭得沒脾氣，想著這丫頭真是越來越知道怎麼哄她開心了。「一來一回就是一天，恐怕是要找個地方住了，我們母女加上妳弟弟住在客棧裡多有不便。」

這顯然是不同意了。

李清珮狡黠地笑了笑，道：「娘，我在京城裡也有宅子，不過一直都鎖著，如果想要去住，就要提前讓人打掃。女兒也不是貪玩，過了年就離應舉的日子不遠了，我想去求個好彩頭。」

燈會上有賣燈籠，取個寓意好的名字，什麼早生貴子、節節高中，只看客人想要什麼。

郭氏知道這不過是藉口，到底還是猶豫了，她也是有些迷信的人，只要能討吉利的玩意兒都想拿來試一試，像是她最近開始吃素，就是要幫李清珮祈福。再者，李清珮這些日子以來在家裡悶頭讀書，她也怕女兒悶出病來。

「倒也行，不過看完燈之後，就不能再貪玩了。」

「娘，您最好了。」李清珮抱住郭氏猛親，還朝著李念眨了眨眼睛。

李念早就想去了，就怕郭氏不同意，這會兒確定可以去了，很是高興地道：「太好了，可以去看燈會了！」

郭氏看著一大一小，無奈地搖了搖頭。

第二天早上，李清珮一大早起床給郭氏拜年，一同吃過早飯後，就回到屋裡開始刻苦研讀。

郭氏很是滿意，越發覺得昨天同意她去燈會是對的，不然逼得太緊了也不好。

如此一來，很快就到正月十五。

李嬤嬤提前帶著秀兒去京城收拾宅子了。

等李清珮到了京城，李嬤嬤笑著開門相迎。

這是一間一進的宅子，五個房間加個小院子，屋內炕頭已經燒熱，也都擦拭過了，倒是有了生活的氣息，幾人不過暫住兩天，所以帶的東西也不多，就四、五個箱籠。

李清珮睡了一覺，到了晚上就起來漱洗打扮，穿了一件夾棉的月白撒花杭綢褙子，梳了個雙螺髻，隨意地綁了紅頭繩。至於胭脂水粉，卻是一點也沒沾，因為膚色水光剔透，又梳了可愛的雙螺髻，倒看著比往日還要年輕一些。

彩蝶在一旁笑，道：「小姐，奴婢怎麼瞧著您這打扮，比奴婢還小呢！」

李清珮哈哈一笑，披上銀狐裘披風，跟著彩蝶一道出門。

郭氏見到李清珮這般模樣，目光一頓，臉上有種憐愛的溫柔神色，李清珮還以為郭氏會說點什麼，卻只是摸了摸她的頭說道：「上車吧。」

李念對李清珮擠眉弄眼，道：「妳現在瞧著像我的妹妹。」

李清珮這才知道，估計郭氏剛才想起了她小時候的樣子。

整個京城幾乎都是人，馬車行到一半就走不動了，郭氏帶著李清珮和李念一同下馬車，走著去燈會，好在一路上都有沿街叫賣做生意的人，幾個人看看逛逛倒也不悶，很快就走入燈會。

李念陪著郭氏，李清珮身旁跟著彩蝶，身後還有李嬤嬤一家子，一行人一開始還在一起，後面就被人潮給沖散了。

好在之前就約定好，如果走散了就在入口集合，倒沒有驚慌。

李清珮一路上買了各種小吃，像是煎魚塊、茯苓糕，一路吃吃喝喝的到了中央，那邊有個巨大的蓮花燈籠。

「小姐，那蓮花一會兒就要盛開，裡面還坐著蓮花仙子。」彩蝶詢問了旁人，這才對李清珮說道：「我們就在這裡等著開花吧。」

人潮越來越多，李清珮和彩蝶兩個人只好挨在一處，忽然間蓮花緩緩盛開，幾個花瓣上皆是女子，中間卻是一個穿著月白色直裰的英挺男子，拿著一把扇子，背對眾人站著……

李清珮眼睛瞪得圓圓的，只覺得心口狂跳，輕輕喊道：「趙爺。」

男子轉過身來，面容極為俊俏，啪一聲打開摺扇，用綿柔悠揚的唱腔開始唱道：「月光如水琴悠悠，似有仙子下瓊樓……」

不過清唱一段，卻是悅耳動聽至極，下面馬上就有伴奏跟上，男子唱了一段，忽然就從蓮花上跳下來，那高度有七尺，卻穩穩落在地上，灑金緞面寬袖隨風鼓起，真是瀟灑風流。

人群中爆發出讚嘆的呼聲。

特別是女眷，有的害羞，有的吃驚，大多數卻是露出癡迷的神色來。

旁邊有個男子酸溜溜地道：「這不是小百花社的林慧生嗎？不過是半路從武生改為旦角，唱得遠不如瀟湘社的小鳳仙正宗，卻不知道騙了多少女子的脂粉錢。」

李清珮不過看了一段就全無情緒，倒不是這個林慧生唱得不好，只是剛才那種錯覺讓她忽然意識到一件事情，原來她一直都記掛著趙瀧，不然怎麼會因為背影有點相似而產生錯覺？

「小姐，您快看，有人丟荷包了。」

李清珮重新抬頭打量，見林慧生腳邊、袖子上都是落下來的荷包和帕子等物，彩蝶也是看得面紅耳赤，羞紅著臉，從絲條上摘下荷包丟過去。

後來李清珮和彩蝶才知道，這荷花燈就是小百花社做的，怪不得會讓林慧生站在上面唱戲。

那之後，李清珮就顯得有些無精打采，彩蝶不知情，卻是有些擔心。

「小姐，您這是怎麼了？剛才興致還很好。」

李清珮忽然問道：「彩蝶妳說，是林慧生的模樣生得好，還是隔壁的趙爺？」

彩蝶有些奇怪地看了眼李清珮。「奴婢一見到那位趙爺就害怕得打哆嗦，根本沒看全，不過最近他不是留了山羊鬍？我瞧著比我爹年歲還要大。如此一比，自然是林慧生的模樣生得好，戲也唱得好。」

李清珮想到趙瀧，面上一片緋紅。

「小姐，您怎麼臉紅了，是不是風太大給凍到了？」彩蝶說著就要把李清珮的罩帽拉下來，李清珮卻搖頭。

彩蝶哪裡知道，李清珮剛才忽然想起，不過幾次的擁吻，她卻全然沒有注意到趙瀧的鬍鬟，她當時肯定是被美色迷惑得傻了。

兩個人一路返回，到入口處，卻是不見郭氏和李念。

好在遇到了李三，他已經把馬車趕到入口處，一見兩個人便笑著道：「外面冷，小姐要不要坐到車上等？」

「時間還早，再轉一轉吧。」李清珮卻還捨不得回去。

彩蝶指著不遠處冒著香氣的攤子道：「小姐，那個是不是餛飩？」

李清珮雖說吃了一路的零嘴，但還沒喝過熱湯，這會兒看到賣餛飩的攤販，道：「走，咱們去嚐嚐，暖暖身子。三叔，你也來吧！」

李三笑著道：「剛來的時候就吃了，不餓。」

彩蝶和李清珮胃口比較小，主要是之前吃多了零嘴，跟小販要了兩碗餛飩，卻是多湯少料。

那攤主道：「要是都像小姐這般，別人還當我缺斤少兩呢。」顯然有些過意不去，堅持只收一半的銀子。

這時候的豬隻都是散養的，肉餡味道更鮮，而且湯水顯然是用排骨熬出來的，濃郁醇厚，鮮香入口，灑上幾滴麻油，撒上蔥末，放幾片曬乾之後泡開的小蘑菇，看起來就很可口。

李清珮吃了一口餛飩，皮薄餡鮮的小餛飩就滑入嘴裡。喝了湯，不過片刻，額頭上除了細密的汗珠子，卻是覺得通體舒服。

李清珮等人吃完正要起身，聽到旁邊一個好聽的男聲，道：「店家，來一大碗餛飩，多加點蔥花。」

這聲音似乎有些耳熟，李清珮扭過頭去看，恰好那人也望過來。

男子不僅聲音好聽，長得也極好，高高瘦瘦的個子，白淨儒雅，約莫二十來歲，等看清李清珮，他臉上露出驚喜的神色來，道：「清清？」

「你是……汪希真？」

兩個人彼此對視，誰都不知道該往下說點什麼，恰巧後面有家僕跟來，道：「大人，您的碗筷。」說著，遞過來青花瓷碗和一雙象牙筷子。

李清珮忍不住噗哧一笑。「汪大哥，你還是跟以前一樣。」

汪希真有些羞澀地搔了搔頭，道：「讓清珮妹妹見笑了。」

汪希真小時候體弱，好不容易養活，汪母對他的吃穿格外用心，專用一副碗筷，久而久之，汪希真就養成這樣的習慣。

「你吃了外食，伯母不會生氣吧？」

汪希真靦覥地笑了笑，道：「不說就是了。」

「真是時光如流水。」李清珮感嘆地說道：「原本對伯母言聽計從的汪大哥也學會糊弄人了。」

汪希真臉一紅，卻道：「可是清珮妹妹還是依舊。」

他說著那話，盯著李清珮，如同今日天空中溫潤如玉的月亮，讓人心裡舒服而柔軟。

一時氣氛就變得熱絡起來，雖然時間過了五年，但兩個人還像以前一般閒聊了起來。

第三十一章

周遭客人越來越多，顯然都是逛完燈會出來準備吃餛飩，暖一暖身子。

李清珮不好意思繼續占用位置，起身對汪希真道：「時候不早了，也該回去了。」

「清清！」汪希真見李清珮要走，急得站起來，恰好跟身後要坐下來的客人撞上，一個踉蹌差點摔在地上。

那人顯然不是個善類，立時就指著汪希真的鼻子罵道：「你這廝到底是何人？吃了熊心豹子膽不成，竟然敢撞你孫爺！」

汪希真卻是好脾氣，道：「兄臺，剛才一時著急，竟是沒有看到，還請海涵。」

那人卻得理不饒人。「你撞也撞了，一句話就能了事？給孫爺十兩銀子算是那看病的錢。」

這分明就是訛錢了，旁人都對這個人指指點點，卻見他瞪眼過去，霎時鴉雀無聲，迫於他的氣勢無人再敢說話。

汪希真道：「十兩銀子也可，只是我隨身沒帶那麼多，要不您到我當差的地方去拿？」

男子心中暗道：長得倒是人模人樣，卻是個傻子，不過幾句就糊弄過去了。

「何處？」

「都察院。」汪希真說著一皺眉，立時就顯出不怒自威的氣勢來，旁人大氣也不敢喘息。

那人嚇得立時就跪在地上。「您是都察使？」

一時有巡邏的京衛路過，把這個鬧事的人抓走。

原來此人是個慣犯，總是在這裡訛人，旁人怕他報復，敢怒不敢言，這會兒見他惹到都察院的大人，紛紛告起狀來，第一個訴苦的人就是餛飩攤位的店家最為憤慨，原來此人日日都來吃白食不說，還最喜歡在這裡訛詐他的客人，弄得他生意也難做起來。

待事情解決，汪希真左顧右盼，見李清珮一直站在一旁等著他，鬆了一口氣，道：「嚇著妳了吧？」

李清珮卻朝著汪希真福了福，帶著幾分調侃道：「汪大哥以前就說，等以後考上科舉，要為民做主，如今真是像當初說的那般了。」

汪希真的臉倏地就紅了。「清珮妹妹，妳莫要取笑我了，我不過就是一個小小的都察使。」又道：「妳如今住在哪裡？妳當年走得匆忙，寫了許多信給妳，妳也未曾回過。有了難處為何不找我？」

李清珮以前就知道汪希真愛慕她，但是當時大家都忙於讀書，她當年也對汪希真有些想法，畢竟他溫文爾雅，是少有的溫柔體貼之人，且博學多才，跟他聊天，天南地北，什麼都能聊得上，是個讓人覺得很舒服的人。只可惜汪希真有一個勢利的母親，汪母還曾經警告過她，不要對她的寶貝兒子使用狐媚的手段。

李清珮在書院裡交好的朋友就是鄭喜雲和汪希真。

鄭喜雲因為在繼母手裡討生活，即使家境不錯，她也沒辦法開口救助；至於汪希真，李清珮其實去找過他，卻還沒開口就被汪母趕出來，那時候她就明白，汪希真沒辦法做主，就算她求了他，到最後可能沒有請到御醫，還會被汪家人隨意輕賤。

不過這些都是過去的事情，李清珮無意跟汪希真說明，畢竟汪希真本就不是她什麼人，幫她是情分，不幫也是情理之中。

李清珮轉了話題道：「現今住在通州，想著參加今年的科舉，也不知道能否考中，當年讀的書許多都已經忘了。」

汪希真見李清珮搪塞過去，有些委屈，卻也不敢追問，便順著她的話道：「自然能，當初我們一起讀書時，清珮妹妹就文采斐然，機靈通透，常有旁人想不到的見解。這一期的主考官中，多半還是上期的那位沈大人，他最是喜歡清珮妹妹這種有不同見解的人。清珮妹妹，妳有什麼不解的地方，儘管來找為兄。」

「那就多謝汪大哥了。」

於是，李清珮問起課業上的問題來，自學最苦的莫過於遇到問題無人可以解惑，剛好遇到汪希真毛遂自薦，就揀了幾樣難題詢問他。

當初他們就讀於有名的洺河書院，而汪希真是其中最出類拔萃的，他出身名門，父親和祖父皆是進士出身，從小就是名師教導，底子十分紮實，這也是李清珮最為缺少的。

兩個人一時說得投機，沒有注意到對面有人行來。

為首的男子正是秦王，左邊是王妃馮婉貞，右邊則是一名瘦弱的男子，穿得比旁人還要厚實，包得嚴嚴實實的，只露出蒼白的面容，卻是笑容滿面，顯得極為開心。

幾個人顯然是微服出訪，並沒用儀仗，而是帶著喬裝過的護衛。

瘦弱的男子第一眼就看到汪希真，道：「汪大人，你居然在這裡！」隨即看到汪希真旁邊的李清珮，露出驚豔的神色來，帶著幾分調侃道：「真是難得一見的佳人，也怪不得汪大人忘記了和本宮的約定。」

汪希真一時窘迫，臉憋得通紅，立時就要下跪賠罪，卻是被太子扶起來，道：「無妨，本就是出來遊玩，汪大人不必這般緊張，隨意就好。」

「殿下恕罪。」

想來太子和汪希真關係極為要好，說話很是親暱，他指了指一旁的李清珮道：「都說無妨了，你要真想將功贖罪，跟我說說這位佳人是誰？」

李清珮沒想到竟然在這裡遇到秦王夫婦，她一抬頭就和秦王的視線交接，見到他目光深沈，說不出來的冷漠，心中也漸漸沈下來。

秦王見到李清珮的時候，其實有些詫異，她離開秦王府後似乎過得極好，上次在農莊就顯得悠然自在，而這會兒臉上全無脂粉，素著一張小臉，皮膚光滑剔透，眼眸清澈如泉，竟是比在秦王府的時候看著還要年輕。

一旁的馮婉貞卻暗中冷笑，想著秦王要如何應對這種場景，又覺得李清珮當真可笑，不過就是一個被王府趕出去的妾，如今這般坦然地站在太子和她前面，可見臉皮之厚，換作是她早就羞愧地找一口井自盡了。

這個汪希真到底知不知道李清珮的過往？

女人向來是敏感的，李清珮不僅看到秦王眼中的冷漠，也看到馮婉貞極力掩飾著不屑的神色。

一旦考中進士，她早晚要面對這種目光，要是留在京中為官，還要和秦王一同上朝，閒言碎語就如同這冬日的寒風席捲著她，那時候恐怕比現在還要尷尬窘迫吧？

但是既然決定要走這一條路，她從現在開始就該勇敢一些。

「見過太子殿下，小女子姓李名清珮。」李清珮落落大方地朝著太子一笑，就在大家覺得這笑容極為美麗炫目的時候，她又道：「曾經服侍秦王殿下。」

這下別說是太子，就是秦王也露出意味深長的神色來。

汪希真則如遭雷擊一般，像是完全難以接受這樣的事情。

第三十二章

回去的路上，李清珮一直沒有說話。

郭氏雖然覺得奇怪，但以為是玩累了也就沒有多問，只讓她好好歇息，明日一早還要趕回通州。

晚上，躺在燒熱的炕頭上，李清珮翻來覆去地睡不著，索性起身披上孔雀紋銀狐斗篷去廚房。

廚房裡的火還沒熄，帶著溫暖的氣息，她拿了一瓶酒出來，配著一碟花生，慢慢地喝著，逐漸覺得視線有些模糊，一抹竟然全是淚水。

忽然間，聽到有人問道：「哭什麼？」

李清珮一驚，看到一個人站在她的前面，她有些不敢置信地眨了眨眼睛，那人還是穩當地站在前面沒有消失。

他穿著一件鴉青色的灰鼠蓮蓬衣，上面還沾著雪花，手裡拿著馬鞭，一臉疲憊之色，精神卻是很好，帶著幾分縱容的目光看著她。

「趙爺？」

「是我。」趙瀧坐在李清珮的旁邊，把馬鞭放在桌子上，又去解蓮蓬衣上的帶子，問道：「有沒有吃的？連夜趕路，這會兒才覺得有些餓了。」

「有。」李清珮起身翻了半天，找出晚上從燈會帶回來的幾樣小吃，卻都冷了，像是茯苓糕之類的，也不適合當飯吃，她又看到放在櫥櫃最下面的細麵，想了想道：「趙爺，我給您下一碗陽春麵吧！」

趙瀧脫了厚重的披風，靠在牆壁上舒了一口氣，笑著說道：「我往常怎麼沒看出妳這般吝嗇，竟然只準備下一碗陽春麵。」

李清珮臉一紅，襯著剛才哭紅的眼睛，看起來可憐兮兮的。「只是臨時住這裡，實在是沒什麼東西了。」

灶臺的火還燒著，不需要重新點火，李清珮刷了鍋，加了清水進去，等水沸騰了，就把細麵放進去，最後撈上來，灑上幾滴麻油，端到趙瀧的面前。

「下次，我請趙爺吃牛肉麵。」

「好。」趙瀧是真餓了，一個月的行程硬是用半個月趕回來，除了夜裡睡一會兒，幾乎都是在馬背上趕路。

趙瀧拿筷子便吃起來，最後把湯也喝光。

飯飽後，趙瀧露出愜意的神色，從來沒覺得一碗陽春麵就這般美味，靠在後面的牆壁上，柔聲問道：「妳還沒說，剛才為何哭？」

李清珮別過臉，道：「沒什麼。」又道：「不過，您也回答我，怎麼半夜在我家裡？」

趙瀧沒有回答，凝視她的目光漸漸變得深沈，之後就慢慢靠了過去。

李清珮緊張地看著趙瀧越來越近，只覺得心裡小鹿亂撞，然後感覺到對方的唇壓上自己的，還聞到了陽春麵裡麻油的香味，卻奇異地安撫了她有些難受的心。

靜謐夜色籠罩在四周。

趙瀧吻得很溫柔，像是在安撫一個孩子，極盡小心和細緻，掃過李清珮比花瓣還要嬌嫩的唇，一點一點撬開她的嘴，直到找到香舌，纏綿地繞在一起，密不可分。

等兩人分開，李清珮臉頰嫣紅，水眸閃動，像是一朵剛剛被雨露澆灌過的花朵，讓人恨不得捧在掌心裡呵護。

趙瀧只覺得所有的一切都令他著迷，本來他應該先進宮，可是偏偏走到這裡就走不動了，他對自己說只進來看一眼就走，等見到人了，卻怎麼也捨不得走了。

門外傳來兩長一短的貓叫聲，趙瀧有些難受地嘆了一口氣，溫聲說道：「我得走了。」

李清珮神色迷茫，卻是不捨地抱住趙瀧，道：「妾身今日去逛燈會了。」

趙瀧覺得李清珮這會兒溫順得像一隻貓，簡直招人疼愛，他緊緊地抱住她，親了親她額頭，想著她這話的意思，難道是要他陪著她逛？

「等我閒下來，陪妳去逛一趟東街？」

「不是這個，妾身在燈會上看到小白花社的林慧生。」

趙瀧已經許久沒有聽戲了，所以根本不知道最近京城誰家出了有名的角，只是想著既然是戲子，那多半也是容貌不俗之人，心中有些不快，卻還是耐心地道：「妳想要請他到府中唱堂會？」

「不是。」李清珮捶了下趙瀧，自然不敢用力，弄得趙瀧覺得有些酥麻。「那人一開始背對著人群站著，妾身當時恍惚地以為是見到趙爺……」

李清珮溫順地依偎在趙瀧的懷裡，說完這話抬頭看著他，目光有種情意在閃動。

趙瀧心口一緊，又低下頭去吻她。

這個小小的廚房裡，沒有舒適的床，也沒有珍饈美味，卻讓兩個人想這般一直待下去。

直到外面響起第三次的催促聲，趙瀧摸了摸李清珮的頭，柔聲說道：「等我回來。」

等趙瀧走後，李清珮有好一會兒才回過神來，捧著紅通通的臉回到屋內，重新倒在暖炕上。

唇齒間似乎還留著趙瀧的味道，那樣充滿陽剛的力道讓人難以忘懷，她高興地裹著被子滾來滾去，即使所有人都指責她曾經的污點，只要趙瀧這般包容著自己，她就覺得是莫大的幸福了。

趙瀧上了馬，後面跟著十幾個虎體猿臂的護衛，一同朝著皇宮而去，巍峨的宮門即使抬頭也似乎看不到頂，代表著這個國家最尊貴的地位。

門口侍衛喝斥道：「什麼人？宮裡已經落鎖了，沒有皇命不得入內。」

「我是睿王。」趙瀧說著話，旁邊有護衛遞了牌子過去。

守門的侍衛一見那牌子，面色一沈，露出恭敬的神色，立時就跪下來道：「見過睿王殿下，小的這就給您開門。」

趙瀧一路暢通無阻地入了皇宮，四周都被白雪覆蓋，白茫茫的一片，可是他從小在這裡長大，一草一木皆是熟悉，一時竟然有些恍惚，彷彿回到小時候。

過了前門就不能騎馬，趙瀧把馬交給內侍，解下佩劍，換一頂轎子一路抵達皇帝居住的景陽宮。

大晚上的，整個景陽宮卻是燈火通明，許多內侍來來往往的，門口站著三三兩兩的御醫，似乎熱烈討論著什麼，每個人臉上都帶著焦慮。

趙瀧半個月前就得到飛鴿傳書，皇帝病危，要他無論如何都要趕過來，這才日夜兼程地回到京城，只是他原本應該直接入宮，卻半路拐了兩個彎去看李清珮。

他這時忍不住感慨，當真是兒女情長，英雄氣短，他也有這般的時候。

那些御醫見到趙瀧，都有些發愣，還是其中年紀最大的御醫率先行禮道：「見過睿王殿下。」

李昌榮已經七十多歲，卻保養得宜，看起來鶴髮童顏，身材健碩。他幾乎是看著趙瀧長大，後來趙瀧又跟著他鼓搗幾年醫術，也算是半個師父。

趙瀧趕忙上前扶著李昌榮道：「老師，多年未見，何必行此大禮？」

李昌榮順勢起身，他這幾年為皇帝的病憂愁不已，但是看到睿王，終於覺得有了件高興的事，含笑道：「你總算是回來了。」

「聖上如何了？」

李昌榮道：「王爺進去看看就知曉了。」

有人唱喝道：「睿王到——」

許是聽到動靜，一群宮娥內監簇擁著一個身材豐腴的中年女子走出來，她面如滿月，穿著正紅色的寬袖交領齊腰緯絲襦裙，氣質雍容華貴，見到睿王，眼眶一紅，道：「皇叔，您可算是回來了。」

「見過皇后娘娘。」趙瀧上前行禮說道。

男女有別，皇后讓身旁的內侍上前扶起他，道：「皇叔，快快請起。」

眾所皆知，睿王是被年長三十歲的長兄孝宗皇帝撫養，後來睿王十八歲那一年，四十八歲的孝宗駕崩，由孝宗皇帝三十歲的長子趙健繼承皇位，就是當今聖上。

睿王和聖上的輩分雖是叔姪，其實和兄弟沒什麼區別，且因為聖上比睿王大十二歲，反而一直把睿王當作弟弟般疼愛。

趙瀧起身，隨即看了眼四周，道：「太子殿下和秦王呢？」

這時候皇帝病重，他們應該隨行侍疾才是。

皇后道：「太子一直憂心忡忡，陛下怕他又發病，便讓秦王陪著他去逛燈會了，剛才說是在外面玩得晚了，留宿在秦王府。」

趙瀧聽了這話，就知道皇帝可能並非如密詔上說的那般病重，不然太子殿下怎麼有心思出去玩？

當今聖上生下來就是先天不足，十歲以前一直都是吃藥長大，或許是因為這樣，大婚後，皇后接連小產了三、四胎，當時御醫曾說過，可能沒辦法有子嗣，直到二十歲的時候才有太子，卻同樣也是早產兒，一直體弱多病，讓皇帝和皇后操碎了心。

自從聖尊皇后廢掉選秀，其子從小耳濡目染，豔羨父母的情深義厚，繼承皇位之後，一生沒有納妃子，也僅一位皇后，誕下一男一女，如此一代代下來，大趙皇族子嗣格外單薄。

趙瀧到了內室，聞到一股藥味，又見猩紅色灑金的帳子內躺著一個面容消瘦的男子，正值壯年，卻因為長期被病痛折磨，看起來顯老很多。

任是趙瀧如何氣惱，這會兒見到皇帝這般，也覺得氣消了大半，道：「陛下？」

皇帝動了動眼皮，卻是不曾睜開。

趙瀧沒辦法，便對皇帝喊道：「大姪兒？」

皇后很無奈，讓人把侍從都遣出去。

果然皇帝聽了這話，倏然就睜開眼睛，好一會兒等焦距對準，看著風塵僕僕的睿王，眼淚就落了下來，罵道：「趙璟，你還知道回來？」顯然很是激動，又道：「是不是等朕死了，你才肯來看朕？」

睿王的真名叫趙璟，趙瀧則是他在外多年用的化名。

「可不是？不過我瞧著陛下倒是活得好好的。」

皇帝氣得要伸手打睿王，卻發現自己躺著，根本搆不到。

一旁的皇后趕忙過去把皇帝扶起來，又體貼地往皇帝身後墊了迎枕，道：「陛下，您也真是的，之前心心念念要小皇叔來，結果人來了，您發這般大脾氣，小心又把人給氣走了。」皇后拿了一杯人參茶過來，道：「喝一口，順順氣。」

皇帝極為敬重皇后，不好當著睿王的面駁了皇后的面子，這才低下頭勉強地喝了一口，道：「朕喝了幾十年的參茶，如今聞著這味兒就想吐了。」

皇后聽了，縱容一笑，用帕子幫皇帝擦了擦額前的汗珠子，道：「這是給陛下補氣用的，只當藥就是。」

皇帝發了一頓脾氣，氣色卻好上許多，比起躺在床上慘白的面容，臉上起碼有了血色。看到皇帝醒了，李昌榮進來親自把脈，又拿了湯藥來服侍皇帝喝下，這一頓折騰就是半個時辰。

趙璟坐在一旁，看著身旁來來往往的人，只覺得好像還是以前那般樣子，又都是那些人，只不過大家已經不再年輕了。

皇帝顯得有些疲憊，朝著皇后擺了擺手，道：「朕想和皇叔說說話。」

第三十三章

等屋內只剩下兩個人，皇帝就朝著趙璟伸出手來，道：「阿璟，你且過來。」

雖然是叔姪關係，趙璟也時常喊「大姪兒」來逗弄皇帝。在皇宮裡，所謂至親就他們兩個人，皇家子嗣單薄，彼此都十分親密，趙璟小時候活潑好動，經常搗蛋生事，大他十二歲的皇帝沒少為他打掩護。

趙璟走過去，坐在床沿上，皇帝拍了拍他的肩膀，道：「這次回來就不要走了。」

趙璟瞧了眼皇帝的手，猶記得他以前雖然體弱，但一雙手還是很有力氣，能抱起他放到馬背上，如今已經瘦得只能看到骨頭，如同衰敗的枯木，他閉上眼睛，只覺得心口有些疼，道：「陛下，您知道我要什麼。」

皇帝頓時就有些氣急，道：「什麼都可以，唯獨那件事不行！」又覺得自己語氣可能重了，放緩聲音說道：「阿璟，你知道的，唯獨那件事，朕沒辦法答應你。」

趙璟垂下眼瞼，讓人看不清他眼中的失望，慢慢地起身。「那我回您的話還是和十年前一樣，阿璟告退了。」

趙璟走出內室，聽到裡面傳來瓷器砸碎的聲音，他停頓了下，最後還是大步往外走。

皇后看到這樣子，還有什麼不明白的，有些欲言又止地看了眼睿王，又似乎覺得不合適，把原本想說的話吞回去，換了別的話題，道：「陛下很憂心你，你有空多進宮陪陪他。陛下身體真的不好了，不是故意騙你回來，御醫說也就……這兩年了。」

皇后紅了眼圈，用帕子壓著眼角，怕會忍不住哭出來，掉頭去了內室。

趙環出了景陽宮，剛要上轎子，就看到兩個男子迎面而來，走在前面的男子穿著一件五爪蟒袍，那衣服套在身上有些大，越發顯得人瘦弱，即使月光黯淡，也能看出蒼白的面色。

那男子看到趙環，停頓了那麼一會兒，馬上露出驚喜的神色，喊道：「睿王？」又道：「您是來看望父皇的嗎？」

「見過太子殿下。」

趙環十年前見過太子，那時候還瘦瘦小小的，面色蒼白如紙，日頭大一點都會覺得不舒服，他還非常憂心地想著，太子能不能活到成年，結果一轉眼已經這般大了。

「睿王不必如此。」太子上前親自扶起趙環，很是親厚地說道：「父皇一直都掛念著您，您這是要回來了嗎？」說完，很是期待地看著他。

趙環道：「正是要回去了。」

太子馬上就明白了，吶吶道：「這……就走了？」

太子扭過頭看陪他一道來的秦王，只見秦王輕輕地搖了搖頭。

太子耷拉下耳朵來，卻堅持說道：「夜路難行，睿王還是在宮裡宿一夜吧？您以前住的皓春宮，父皇一直留著，沒有動過一分。」

趙璟卻道：「多謝殿下體恤，我如今還住在宮裡不合規矩。」說完便微微頷首朝著秦王打招呼，就自顧上了轎子。

夜色靜謐，四周好像蒙上一層細紗，看不清前方的路。

趙璟坐在轎子上，拉開簾子望向外面，卻剛好對上秦王的視線，見他朝著自己微微一笑，顯得很是溫文爾雅。

趙璟微微頷首，把簾子放下來。

一大早，郭氏就準備好行囊，一家人回了通州。

李清珮一整天都是笑咪咪的，覺得馬車的顛簸不累人，中午吃硬邦邦的燒餅也不是很難以下嚥，平日覺得有些難啃的書也變得順眼起來。

回到通州後，日子一切照舊，李清珮的心情卻像是秋日雲彩，又高又白，開闊起來。

之後她更加刻苦讀書，早上天剛亮就起床，晚上要讀到子時，好幾次都是郭氏過來勸她早點歇息。

昨天還是酷寒的冬日，一轉眼就發現雪花融化，地上冒出尖尖的小草嫩芽來，白天也越來越長。

李清珮看到郭氏在做春裳，這才驚覺已經二月底了，說起來和趙瀧分開差不多一個月了，他如同來時一般那麼突然，消失也那般去無蹤，她都要懷疑那是一場夢了。

這一天早上，李府終於來了客人。

郭氏讓人去喊李清珮出來，當她到了廳堂，發現郭氏難得露出滿意的神色，與坐在右下首交椅上的男子正輕聲細語地說著什麼。

「清清，這是汪大人，妳可還記得？」郭氏顯然不知道李清珮和汪希真在燈會見過面的事情，很是熱情地喊道。

因為汪府和李府住得近，以前汪希真還來探望過郭氏，郭氏一直都很喜歡汪希真這種出身書香世家、性格又溫和的男子。

其實別說是郭氏了，以前李清珮也覺得汪希真很好。

李清珮笑著道：「汪大哥，你怎麼找到這裡的？」

李清珮只說過住在通州，卻沒有講過具體位置，這在古代幾乎大海撈針一般難。

汪希真鬆了一口氣，當時李清珮說自己伺候過秦王的時候，他不是不難過，更有種被背叛的滋味，但是看到她故作堅強又勉強的笑容，就知道他剛才的表情不太妥當，心裡一直記掛著，便從鄭喜雲口中知道李清珮的住址，就這般鼓起勇氣上門了。

「前幾日在京中遇到鄭喜雲，這才知曉妳住在這裡。」

「原是如此。」李清珮點頭。

郭氏怕自己在場兩個人說話不自在，早就已經回房了，如今廳堂裡只剩他們兩個人，一時李清珮不說話就顯得很尷尬。

汪希真不是擅言詞的人，緊張地舔了舔唇，喝掉整整一杯茶水，才找到話題道：「這宅子倒是挺好，小橋流水，亭臺樓閣，美輪美奐。」

李清珮道：「是秦王殿下的饋贈。」

汪希真一下子就被噎住了，臉紅了又白，白了又紅，他其實平日裡並非這般被動，只是太過在意才會這般。「我不是……」

李清珮覺得自己有些過分，汪希真又沒做錯什麼，何必要讓汪希真難做人，雖然她確實心裡有一些小小的失望，而這種失望來源於年少時期的盼望，不過如今事過境遷，一切都不同了，不是嗎？

「汪大哥，你來找我可是有事？」李清珮抬手，手腕上還沾染著墨汁，她笑著說道：「我剛還在練字，真是有些愧對父親，父親的字那般好，小時候還手把手教過我，卻沒有得一分真傳。」

汪希真這才找回了聲音，道：「伯父的字剛毅渾厚，筆墨濃重，渾然天成，其實更適合男子。清珮妹妹手腕纖細，研習衛夫人的簪花小楷更為妥當。」

科舉中文章固然重要，字體也是重中之重。

李清珮原本就筆力不足，後來又荒廢五年，重新拿起來就有些生疏，這段時間刻苦練習，好不容易才感覺有些像樣了，只是比起汪希真就差很多。

「清珮妹妹要是不嫌棄，可否讓我看看？我雖不才，但是字倒寫得可以。」汪希真很是誠懇地說道。

「那就有勞汪大哥了。」李清珮笑著起身，帶著汪希真到她的書房。

汪希真當真是無愧於洺河書院才子的名聲，李清珮看到汪希真幫她把寫得不好的字體圈出來，耐心地教她怎麼改。不僅如此，汪希真還將李清珮寫不好的字，親手寫一次示範給李清珮看。

李清珮見汪希真在日光下白淨俊秀的面容，一言一行皆是溫文爾雅的氣質，忍不住多看了兩眼，心裡想著，比起汪希真，隔壁的趙爺真是蒼老得可以，更別說他的山羊鬍……

汪希真一抬頭，結果看到李清珮定定看著自己，那一張全無脂粉的素淨小臉，要比往日還要顯小，像是他妹妹一般，讓人有種憐惜的衝動。

汪希真臉倏地紅了，結結巴巴地說道：「可是……我寫得不對？」

「哪裡，我只是覺得汪大哥實在了不起。」李清珮一看就知道汪希真不只會寫一種字體，當真是刻苦下過工夫。

談起課業，兩個人一時聊得投機，李清珮又給汪希真留了午飯，到傍晚時分才把人送走。

汪希真上馬車的時候，不太敢直視李清珮，結結巴巴地道：「清珮妹妹，我以後可以常來看妳嗎？」

這話顯然是鼓起他所有的勇氣說的。

李清珮正要跟他說這件事，見他主動提起，倒是鬆了一口氣，道：「汪大哥，你要是來敘舊，我自當歡迎，如果是為了別的什麼，恕小妹無法相迎。」

汪希真就像是被霜打過的小白菜一樣，無精打采地回去了。

第三十四章

到了三月分開始下起小雨，雖然不大，但是一直淅淅瀝瀝的，弄得衣服、被褥都潮濕不已。

郭氏無奈，專門燒了火炕來烘衣服。

除了青石板路，其他小路都相當泥濘，走一步就能踩得半褲管的泥。

來給李家送菜的農夫，衣服半濕，膝蓋以下都是泥巴，愁眉苦臉地說道：「這般下雨，今年莊稼可就不行了。」

去年冬天下了很大的雪，今年開春又這麼多雨，積雪融化加上春日的雨，一不小心就會發生洪澇。

李清珮覺得這天氣有些古怪，但是她一門心思讀書，沒有其他時間去想這些。

這一天早上，李清珮吃完早飯，準備去讀書，見到彩蝶前來道：「小姐，汪大人又來了。」

李清珮嘆氣，原本以為跟汪希真說清楚了，他就會死心，誰知道每次休沐的時候，他就會來訪。

郭氏對他甚是滿意，都是笑盈盈讓人去喊李清珮作陪。

兩個人自然不是光聊天，其實多半時候都是汪希真在輔導她的課業。有了汪希真的指點，李清珮覺得不解的地方，一下子就茅塞頓開，寫字更是有莫大的進步。

看著郭氏滿意的表情，李清珮那一句「別來了」，只好嚥回去。

等王希真的馬車走遠了，李清珮準備回去，一抬頭就看到隔壁王總管狀似無意卻舉著傘往這邊瞧過來。

「王總管？」

王總管舉步過來，道：「我們老爺前幾日遞信來，說這兩天就能回來了，小的就想著出來瞧一瞧，能不能碰上。」又道：「怎麼見天的就看到這位汪大人？」

李清珮居然覺得有點心虛，道：「我早就言明了，卻總是不請自來。」

王總管聽了一笑，涼涼地說道：「那就應該拒之門外才是。」

兩個人又閒聊一會兒，李清珮得知這次趙瀧要回來了，很是愉悅地道：「等趙爺回來了，一定登門拜訪，趙爺幫了我許多，我還沒謝過他。」

王總管對李清珮這種迫不及待的樣子頗為滿意，覺得李清珮總算知道好歹，像汪希真這種小白臉，除了年輕一些，性格軟綿一些，會體貼人一些，哪一樣能比得上他們老爺？

李清珮回到屋子，就有些靜不下心，好不容易穩住心神看書，郭氏又過來找她說話，道：「妳年紀也不小了，等應舉之後，是不是要想一想婚事了？」

「娘，您現在說這個是不是有點早？」

「要是沒有合適的人選，娘倒是希望妳能一直陪著娘，可是姻緣天注定，該來的妳也擋不住。」郭氏意味深長地看了眼李清珮。「娘也希望妳能嫁人生子，好好過日子。這個汪大人想來真的是把妳放到心裡去了。」

「娘，您不知道，他娘可厲害了。」李清珮想用這些話打消郭氏的念頭，她近幾年都沒有成婚的打算，更何況她的心也不在汪希真身上。

郭氏卻犀利地說道：「這人哪裡有十全十美的？就像是妳爹，不也是身子骨兒不好？旁人在汪大人這年紀，早就已經是當爹的人了，他卻還沒有成親，可見他娘再厲害也拗不過他去，這就是十足誠意了。」

李清珮承認郭氏說得對，當初得知汪希真還沒成親的時候，她也是嚇了一跳，一開始還以為有什麼特殊原由，可是看他支支吾吾卻含情脈脈地瞧著自己的模樣，就猜出來是和她有關。

後來從伺候他的侍從那裡得知，果然是汪希真不願意成親，所以一直推延到現在，倒是把汪母給急得不行。

這倒是讓李清珮詫異，她還以為汪希真會唯母命是從。

「妳再好好想想吧！」郭氏最後留下這句話就走了。

這下，李清珮是徹底難以靜心看書，索性躺著休息，結果一下子就睡過頭，再次睜開眼睛已經是晚上了。

彩蝶道：「夫人來喊小姐去用膳，看小姐睡著了，就沒讓人吵醒小姐。」

李清珮揉了揉眼睛，道：「什麼時辰了？」

「已經戌時三刻了。」彩蝶把芙蓉色的杭綢帳鈎好，道：「姑娘，現在用膳嗎？」

趙璟風塵僕僕地回到了趙府，王總管很是高興，道：「老爺，您可算是回來了。」又打量了兩眼，道：「您是不是又沒按時用膳？都瘦了。」

趙璟知道王總管嘮叨，隨意挑了幾句回話，進內室脫衣裳後去備好的浴桶洗浴，等泡了一刻鐘這才覺得舒服了一些。

一路上淋了雨，濕漉漉的很是難受。

趙璟換上中衣走出來，卻看到王總管拿了許多顏色鮮亮的外衣來，他拿起寶藍色的團花杭綢直裰，道：「這件您穿著顯膚色好。」又拿了一件湖綠色的直裰，道：「這件您穿了顯得年紀小一些。」

趙璟挑眉道：「王總管，可是出了什麼事？」

這幾樣他都沒有挑，反而是從衣櫃拿了一件湛藍色的杭綢直裰穿上。

一旁的丫鬟來給趙璟梳頭，王總管見他要戴那桃木簪子，趕忙道：「那個太素淨了，我給您挑一個……這個好。」

趙璟一看，居然是一枚鑲金剛石的赤金簪子。

「說吧，到底是怎麼了？」

王總管擺了擺手，讓那丫鬟退出去。

「您不知道，最近來了一位後生，那模樣可真是俊俏，面皮白得就跟女子似的……」王總管忍不住添油加醋地說道。

趙環忍不住笑，道：「還以為是什麼事情，這種事也值得你認真？」

王總管聽了這話，也覺得自己過於多慮。他們老爺文武雙全，又是這世上最尊貴的男子之一，誰能比得上他們老爺呢？

收拾完，趙環半歪在大迎枕上，舒服地喟嘆了下，只覺得還是在家裡舒服。

稍後，王總管送了晚膳過來，趙環胃口大開，吃光一大碗的雞絲麵。

王總管見了，很是心疼道：「您在外面又沒按時用膳吧？」

趙環閉上眼睛，呼出一口氣，起身道：「外面行走，總是不便。李姑娘這些日子都在做什麼？」

「平日就是在家研讀，很是刻苦……」王總管看了眼天色。「今日是有些晚了，不然李姑娘必定會來拜訪。」

趙環沈默了下，王總管看不出他怎麼想的，還是道：「明日一早小的就去請李姑娘。」

趙環微微點頭，起身道：「去看看那些魚兒。」

魚養在後面的院子裡，有十幾個魚缸，光是幫他顧魚的人就有四個。

王總管知道這些魚和花草都是趙環心頭所好，忙是說道：「一直都精心養著，有一隻大紅錦鯉還產卵了。」

趙環來了興致，跟著王總管一道去後面的院子，因為天黑看不清，自有那侍從去拿燈籠來。

幾人正在打量魚，忽然就聽到喵喵的貓叫聲。

趙環抬頭，看到李清珮養的那一隻肥貓嘟嘟正窩在牆頭上，帶著渴望又謹慎的目光盯著缸裡的魚。

王總管見了，道：「嘟嘟很有分寸，只是看著，沒有搗蛋過。」又笑道：「怪有靈性的。」

趙環若有所思，拿著網兜撈出一隻漂亮的錦鯉。魚離開水，自然是不舒服，不住地跳動。

王總管一驚，正要說話，卻見趙環拿著那條錦鯉來到牆角下，朝著嘟嘟晃了晃，道：

「小東西，下來就是你的了。」

第三十五章

春雨淅淅瀝瀝下了一整天，雨水順著屋簷滴落下來，打在雕花窗櫺上，發出滴答的聲響。

彩蝶急急忙忙走了進來，道：「姑娘，不好了！嘟嘟又闖禍了！」

李清珮打了一個哆嗦。「嗯？」

好一會兒李清珮才聽明白，嘟嘟又去隔壁禍害錦鯉了，只不過李清珮的重點放在另一件事上。

「妳說……趙爺回來了？」

彩蝶有些不解。「小姐，現在關鍵不是趙爺回不回來，是嘟嘟吃掉一隻孔雀錦鯉。咱們上次不是問過嗎？這種錦鯉買都買不到。」說完，便愁眉苦臉道：「現在要怎麼賠給隔壁？」

李清珮問：「嘟嘟呢？」

「被王總管扣下了，說是讓小姐去領回來。」

李清珮無語了。

早春的寒氣和雨水的濕氣混合在一起，讓披著錦緞夾棉湖綠色纏枝柳紋披風的李清珮都忍不住打了一個哆嗦。

旁邊送她出門的郭氏皺眉道：「要不，娘替妳去吧？」

李清珮心口一緊，卻是不動聲色地道：「娘，您還是趕緊去炕上躺著吧！下雨天，您腿腳關節本就不舒服，這要出門，淋了雨就更難受了。」

一開始只是託辭，只是說到後面就真的擔心起來，郭氏因為常年勞作，渾身都是毛病，特別是四肢都有關節炎，李清珮一直都有請人開藥治療，但這種病只能慢慢醫治。

「汪大哥拿來的藥水不是挺好用嗎？讓李嬤嬤幫您揉一揉，您再把炕燒熱一點，好好睡一覺。」

李清珮早就不睡炕了，只有郭氏因為受不得寒，還在使用。

郭氏見女兒體貼，道：「到底大了，懂事了。」摸了摸她的頭，道：「早去早回，娘等妳。」

「嗯。」李清珮乖巧地點頭，這才出門上了轎子，自有轎伕抬著她去隔壁的宅子。

遠遠地，就看到王總管舉著一把唐傘等著她。

李清珮下轎子，問道：「王總管，嘟嘟呢？平時都是秀兒管著嘟嘟，不過看這些日子嘟嘟乖巧很多，從來都不惹事，這才放牠出去的……」

王總管見李清珮一臉焦急，安慰道：「李姑娘別急，也不是什麼名貴的錦鯉。」又道：「主要是……」一副欲言又止的模樣。

「難道不只吃了一條？」

「不是，是牠撓了老爺一爪子。」王總管說到這裡臉都紅了。

嘟嘟還是很有自覺，上次李清珮教訓牠之後就不會來抓魚，偶爾趴在牆角上看著魚，自己舔舔嘴、過過癮就完事了。

這次老爺拿魚過去，嘟嘟哪裡忍得住，起初嘟嘟跳下來，只是圍著魚打圈，謹慎地不肯吃，老爺就直接送到嘟嘟嘴邊，或許是動作太快嚇到了嘟嘟，以為是要打自己，牠叫著跳起來就撓了一爪子。

只是這話如何對李清珮說？

得，讓老爺自己說吧！

「怎麼會這樣？」李清珮一臉憂慮地跟著王總管去趙璟住的院子。

院子裡的白玉蘭已經抽出花苞，白玉蘭是先開花再長樹葉，等到花開，芳香馥郁，潔白無邪，是李清珮最喜歡的花之一，她忍不住多瞧了兩眼，心想著，果然春天就要到了。

進了屋子，感覺屋內暖烘烘的，想來是燒著火坑。

李清珮焦急地把目光對準趙璟，見他正彎著腰和一隻貓對視，互不相讓的樣子。

「趙爺？」李清珮的語氣裡是藏不住的欣喜，又對著嘟嘟喊道：「嘟嘟，你過來。」

嘟嘟見到李清珮發出委屈的喵喵叫聲，幾步跳了過來，然後圍著她的腳打轉，用毛茸茸的腦袋蹭了蹭。

李清珮的心都要融化了，彎腰把嘟嘟抱起來，見牠濕漉漉的眼睛裡滿是委屈，摸了摸牠的脖頸，道：「你又闖禍了？」

趙璟重重咳嗽一聲，道：「來了？」

兩個人目光相對，好像身旁一切都不存在了，眼睛裡只看得見彼此。

李清珮覺得他好像黑了一些，也瘦了一些，但是精神很好，穿著一件湛藍色的直裰，顯得他寬肩窄腰，身材極為健碩，不用看也知道裡面是什麼樣子，多麼的陽剛勾人……

李清珮的臉突然就紅了。

趙璟原本覺得晦氣，有種偷雞不成蝕把米的狼狽，但是看到李清珮這般俏生生站在眼前，就覺得一切都不重要了。

「這些日子都在做什麼？」趙璟走過去，微微彎下腰和李清珮對視，手摸到她的臉頰上，輕輕摩挲。

李清珮搖了搖頭，艱難地從趙璟的胸口上移開視線，嚥了下口水。

「我娘還在家裡等著我呢。」李清珮艱難地說道。

趙璟臉色一黑，深吸了好幾口氣，道：「正好，我也有事要和妳講。」

趙璟拿了個巨大的錦盒出來，裡面躺著一對翡翠白菜，大小就跟真的白菜一般，翠綠的部分嫩得像是早春的枝椏，白的部分水光剔透瑩潤，上面還躺著一青色毛蟲，雕工簡直栩栩如生，當真是極品。

「這是？」李清珮有些不解地問道。

趙璟笑著道：「聘禮。」

「什麼？」

「我在庫房尋了許久，這才找出來。我前陣子出門，去祭拜了先夫人。」

這還是李清珮第一次聽到。「你……成過親了？」

雖然早知道他這般年紀肯定會有些過往，但一時措手不及，李清珮聽到了還是覺得有些難過。

趙璟當然聽出李清珮酸溜溜的語氣，道：「是未過門的，因為……現在還不是機會，到了合適的時機，我會全盤告訴妳。」

李清珮說完就有些後悔，覺得自己這個醋吃得太孩子氣了，抬頭道：「你不必跟我說這些。」

趙璟卻是縱容一笑，裡面有柔情在閃動，道：「我曉得。」伸手摩挲李清珮的臉頰。

「妳只是喜歡我而已。明天，我就去提親好不好？」

李清珮忽然聽到這話，嚇了一跳，立時就跳得老遠。

趙璟皺眉道：「可是有什麼不妥？還是妳在氣我來得太晚了？

「先前因為一些緣故，我曾經對先夫人說過，要為她守節。」趙璟說到這裡緊抿著嘴，顯然是想起腥風血雨的過往。「其實想想，著實有些可笑，人都死了，守著又能如何？只是她因我而死，我卻無能為力，只有這般，我心裡才能稍稍好過一些。」

李清珮本來抱持不在乎天長地久，只爭朝夕就好，只是真的聽到他的事，又覺得像是心口壓了一塊石頭般，語氣不免就有些酸，道：「趙爺對先夫人可真是一往情深。」

趙璟自然聽出李清珮的不悅，明明說到先夫人，她就帶著醋味，他心裡卻很愉悅。他也覺得奇怪，往常不是最厭煩婦人為這種小事鬧騰，只是這會兒怎麼滿心快活？

想到這裡，趙璟爽朗一笑，道：「相處這麼久，竟然沒看出來，清清竟然也是個小醋罈子。」

李清珮一時恍惚，趙璟五官深邃、眉目高深，這一笑，那被歲月洗滌的成熟魅力，一下子就撲面而來。

趙璟見李清珮又目光癡癡的模樣，心中甚是滿足，不免有些洋洋得意，笑道：「過來。」

李清珮就這般傻傻地走過去，一下子被他拉入懷中，像是小孩子般抱起來，讓她坐在腿上。

趙璟用指腹輕輕蹭了蹭李清珮如玉的臉頰，柔軟的唇就印在她的臉頰上，然後慢慢下滑來到嘴唇。

「別。趙爺，我有話要說。」李清珮艱難地忍住慾望，閉上眼睛，不去看他。「您要來提親？」

趙璟點頭，隨即想了想，又道：「不過我親自去好像不太合適，是不是要叫上官媒？」又指著那案桌上的翡翠白菜說道：「這一對翡翠白菜是以前聖尊皇后最喜之物，是太宗皇帝費了十年親手雕刻出來的，對聖尊皇后來說意義非凡，原想著一同陪葬，聖尊皇后卻留下懿旨，說人死燈滅，這些東西就給唯一的兒子當作念想，如此只陪葬了太宗皇帝常穿的幾件衣裳。」

李清珮原本還覺得給這對翡翠白菜太敷衍了，倒不是說不珍貴，而是給人一種「我很有錢，我很土豪，用錢砸人，缺乏誠意」的感覺，可是聽了趙璟這話，她忽然間明白了這東西的涵義。

太宗皇帝和聖尊皇后恩愛一生，是大趙後人的典範，所以當初秦王要正式娶妻，就把原本的通房都送走。她們這些人，既沒有封號，也沒有正式的身分，不過就是比婢女多一重身分而已，秦王大方地放出來另行婚配，少不得要讓旁人稱讚他宅心仁厚。

趙璟送這東西過來，代表聖尊皇后和太宗皇帝一生的恩愛，其寓意就很深。

其實，趙璟覺得現在真不是時候，一切都還未塵埃落定，隨著聖上的病情加重，朝廷可能會翻天覆地，可是他一刻也等不得。

「趙爺……我實話跟您說了吧。」李清珮嚥了嚥口水，別過頭去。「我暫時還不想成親。」

「為何？」

「我不想窩在家中相夫教子，更不想那麼早被孩子困住，我想要參加科舉，應舉入仕途，想要完成父親的心願，做一個為民解憂的好官。」

如果五年前，李清珮遇到趙璟，她肯定毫不猶豫就嫁給他，但是現在，經過五年的侍妾生涯，很多東西都變了。

李清珮不想再委身旁人，她想要堂堂正正活著。

這個世道要是沒有女子科舉，她就認了，但是像郭氏說的那般，有這樣好的機會，好的條件，她為什麼不去試一把？

趙璟皺眉，起身來來回回走了好幾步，說不出來的憋悶，好一會兒才說道：「就是說……妳親近我，並沒有想過成親？」

王總管撐著傘送李清珮上轎子，道：「小心地滑。」然後又悄聲對李清珮說道：「李姑娘，我們老爺就是脾氣不太好，過幾日消氣就好了。」

李清珮想起自己出門前，趙璟陰沈的臉色，還當著她的面關上門。

王總管到底知不知道趙爺為什麼生氣？

應該是不知道吧！如果真知道了，恐怕不會對她這般和顏悅色。

夜裡小雨一直下著，落在轎子上發出沈悶的啪嗒聲，四周黑得伸手不見五指，如同心被蒙上一層陰影，怎麼樣也沒辦法看到一絲亮光。

到了家，郭氏等著李清珮，見她回來才鬆了一口氣，叮嚀著早點睡，就回去了。

李清珮躺在床上，卻翻來覆去地難以入睡，滿腦子都是趙璟冷著臉，拒人於千里之外的疏離神態。

第三十六章

李清珮有些心不在焉，做了好幾天的心理建設，這才平靜下來，認真讀書，結果又到了汪希真的休沐日。

汪希真穿著一件嶄新淺綠色的杭綢直裰，風度翩翩地下了馬車走來，那衣服的顏色跟身後抽芽的新枝一般，滿是活力，帶著春日的氣息，只是照不亮李清珮有些暗沈的心。

這一次李清珮決定無論如何都要說清楚。每次只要汪希真一來，郭氏總是刻意避開，還會讓李清珮不要只跟汪希真一起看書，也要適當歇息。

王總管一直注意著這邊，看到汪希真又來了，撇了撇嘴，掉頭就回屋子，看到趙璟正在逗弄錦鯉玩。

王總管想了想，拐了個彎問了其他，道：「老爺，那對翡翠白菜總不能就這麼放在外面吧？要不先鎖到庫房裡？」

皇族傳給後世的物品中，這對翡翠白菜最為珍貴，既是它的價值連城，更重要的是此乃太宗皇帝親自雕刻之物，對趙氏子孫意義遠大，這裡又比不得王府，要是打掃的丫鬟稍微有個不注意……

趙璟眉頭一皺，道：「過幾日，我要出趟遠門，收起來吧！」

王總管已經察覺出趙璟和李清珮之間有嫌隙，但到底出了什麼事，他卻不清楚，心想早知這般就應該聽牆根。

「哎，小的知曉了。」王總管又小心翼翼地說道：「小的剛才好像看到隔壁李家又來客人了，就是那個汪大人的小兒子，好像叫汪希真，是元和四年的狀元郎，還是聖上欽點的。」

「是嗎？」趙璟低頭看著水缸裡游來游去的魚兒。「我瞧著那庫房裡許多東西都蒙上灰塵了，你既然那般閒，就把東西好好整理一番，最好一件件地擦拭乾淨。」

王總管簡直欲哭無淚，因為外面的府邸不比真正的王府，不像從前，專門有人管著庫房，所以總是他有空才去擦，他一忙就會忘了。

趙璟也知道這件事，顯然是自己剛才的話觸動他了。

也不是無動於衷嘛！只要心還未冷卻，一切就好辦。

兩個人說話這會兒，又看到嘟嘟趴在牆上，牠對趙璟的錦鯉情有獨鍾，即使經過上次那件事還是樂此不疲地來看，只是那之後，無論怎麼逗弄牠都不下來，一直用極為警惕的眼神看著趙璟。

王總管近日在魚缸旁邊起了十尺高的柵欄，倒不是防著嘟嘟，只是周邊還有其他野貓，前兩日見又出了事，就趕緊建起來，如此一來，別說嘟嘟，旁的也跳不進來，李清珮也就放任嘟嘟了。

趙環拿網兜撈了好幾條錦鯉，有白色、灰黑相間還有黃色的，放在一個陶瓷盆裡，格外漂亮。

「拿過去給嘟嘟。上次倒是委屈牠了，這次讓牠吃個飽。」

王總管拿魚過去，嘟嘟眼睛都直了，興奮地喵喵叫，但是想起上次委屈的事情，知道教訓，怎麼也不肯下來。

王總管扭過頭去看趙環，趙環的臉色已經緩和許多，見了說道：「放著吧，沒人了自會下來吃。」又道：「幫我收拾下，明日就出門。」

「老爺……」

兩個人正準備進屋子，忽然聽到一聲淒慘的貓叫聲，回頭一看，嘟嘟正好掉到盆裡，一身狼狽。

王總管一臉無語。

趙環倒是比王總管反應快，上前就把嘟嘟撈上來，道：「快拿巾子來。」

他急忙帶著嘟嘟進屋，又拿帕子給牠擦拭。擦乾了不說，還給牠裹毯子。

嘟嘟委屈地喵喵叫，但是兩隻爪子抓著趙環不肯放開，很是委屈的樣子，卻也知道誰救了牠。

趙環見了憐愛，嘆了一口氣，道：「倒是比你主子還要有些情意。」

李清珮原本和汪希真在後花園裡說話，她正斟酌如何委婉拒絕，畢竟這已經是第二次了。

第一次已經明確說了，他還這般，她要是再激烈一點，怕以後見面成了仇人，她原本想著來日方長，只要自己態度堅定，時間久了，汪希真總會明白，誰知道汪希真卻打動了郭氏，她再拖下去就不妥了。

兩人一路走到桃林裡，這一片桃林是李清珮去年時候種下的，想著春日的時候可以看桃花，還可以吃桃子，種了上百株，把這邊角落占滿了。平日裡嘟嘟最喜歡到這邊來，然後跳到牆上，再躍過去到對面看魚。

忽然間，李清珮好像聽到嘟嘟的叫聲。

汪希真見李清珮停下腳步，有些擔憂地問道：「可是有事？」

李清珮搖頭，以為自己聽錯了，走到前面的湖邊，看著湖水倒映出她素淨卻美得驚心的面容，還有身旁總會偷偷盯著自己瞧的汪希真。

好像從前也是這般，只是逝去的日子一去不復返，更何況，她現在根本就無心這些。

「汪大哥，你和我不過舊識同窗，就算是有些相熟，也不值當這般休沐來看望小妹。我本想著汪大哥總是一片赤誠，實是難得，可是有些話卻不吐不快。」

汪希真只覺得如墜冰窟，從腳底冰到心口，甚至有些呼吸困難。「清珮妹妹，以前是愚兄太傻，太過木訥，也不知道妹妹是家裡出了事，要是早一些知曉，定不會讓妹妹受了這許多委屈。我不求妹妹什麼，就是在旁邊這般看著妹妹即可。」

汪希真的話卑微得讓人心疼，可是李清珮覺得有時候殘忍，總比藕斷絲連好，就好像她之前一直以為自己是在給他留餘地，但對汪希真來說卻是看到希望。

李清珮輕輕地搖頭，道：「汪大哥，我明日開始要閉門讀書了。」又道：「過去的事情就權且當作沒有發生過吧！」

汪希真臉色慘白，失魂落魄地上了馬車，就是在門口看到郭氏，也笑得慘澹，讓郭氏忍不住皺眉。

「到底是如何了？」郭氏坐在廳堂裡的交椅上，問著旁邊喝著茶水的李清珮。「那汪希真的臉色怎麼那般難看？」

「娘，女兒想一門心思讀書，其他的就不想了。」應舉的日子一般在八月，粗算起來只剩下不到五個月了。

「娘上次跟妳說的話，妳就沒有仔細想過？」郭氏皺眉道：「以前是沒有合適的，現如今正有萬般好的人選，妳又何必拒人於千里之外？那應舉又不耽誤成親，妳那同窗鄭喜雲的相公不就是個把總？」

李清珮道：「怎麼可能兩不耽誤？娘，您不知道鄭喜雲的夫家有多少怨言，好幾次都想讓鄭喜雲辭官回去生子。」又道：「成了親就要孝敬公婆，就要相夫教子，我這年歲也不小了，想來還要盡快誕下子嗣，到時候我這個進士的身分，到底是要還是不要？如果能入翰林院，人還在京城，萬一是去其他屬地呢？

「且汪大哥是都察使，等著做滿三年出了成績就可以調任吏部，以後可以青雲直上，而我……總是做過秦王侍妾的女子，叫旁人知曉只會嘲笑他，給他扯後腿。」

李清珮曾經給人做過侍妾，這是郭氏心中一輩子的痛，這時候李清珮提出來，郭氏勢必會難過，好在郭氏雖然固執，但是也明理，一件事一旦談開，就不會再去糾結。

「他既然這般誠心，想來也是清楚妳的過往，妳又何必妄自菲薄？」

「娘，是我不願意。」李清珮斬釘截鐵地說道。

五年的侍妾生涯，不僅是一段過往，也在她心中留下傷疤，她暫時還沒有辦法緩過來。

郭氏見李清珮態度堅決，一時無奈，又想著女兒到底大了，總是有自己的想法，道：「妳這一輩子……難道就不嫁人了？」

「不嫁人，就守著娘一輩子。」李清珮見郭氏語氣軟下來，撒嬌一般說道：「可以一直陪著娘，看著弟弟長大成親，女兒不知道有多歡喜，就算一輩子孤身一人，也活得十分自在。」

郭氏扭過頭，倏然落下淚來，道：「妳自己不想嫁人，卻拿孝敬娘來做藉口，倒真是好理由。」

李清珮見了，湊過去抱住郭氏。「也不是藉口，女子在這世上本就艱難，想要做一點事情，更是要忍受常人不能忍之事，這不是娘以前告訴我的嗎？怎麼一轉眼就忘記了？」
以前李清珮讀書的時候，郭氏總是這般教她。
郭氏道：「妳這丫頭，又拿娘的話來堵娘的嘴。」
李清珮賴皮地道：「女兒只是謹遵娘的教導而已。」
這一番話終是讓郭氏打消念頭，嘆了一口氣。
「快中午了，該用膳了。」
於是，兩個人一道用飯。
最近李念都在縣城裡打理書鋪，只有晚上才會回來。郭氏也是隔一天就會去一趟，幫忙李念的生意。
用過午飯，李清珮回到書房，把幾個重點標出來，認真讀了起來，直到下午，難免犯睏，無論是前世還是古代，讀書當真是一件極為枯燥的事情，她又想著汪希真的事情，也不知道他如何了，是否想開了？
李清珮正是心煩，忽然就看到彩蝶進來道：「姑娘，王總管送了嘟嘟回來。」
「這是怎麼回事？」
王總管抱著吃得肚子圓圓的嘟嘟走進來，道：「老爺送了牠幾條錦鯉吃，一時不察竟然直接掉進盆裡，又是擦毛，又是安撫的，好不容易才安靜下來。原想早點送過來，卻是抱著老爺的胳膊不放，想來掉進水裡被嚇到了。」

王總管覺得這肥貓可真是有幾分靈性，別看牠肥，卻長著一雙極為漂亮的琥珀色眼睛，掛在趙環的胳膊上，一直撒嬌般喵喵叫，倒也十分可愛，興許是真的害怕了，死活不肯下來。

趙環就這樣抱著嘟嘟，看了一下午的書。

李清珮多日來第一次見到王總管頗有些恍惚。

嘟嘟看到李清珮，發出高興的喵喵叫聲，很是溫順地跳到她的懷裡。

李清珮這麼一抱，心想：好傢伙，肯定是吃不少，越發沉了。

「實是對不住，又叨擾趙爺了。」李清珮很不好意思地說著，把嘟嘟放在旁邊的羅漢榻上。

嘟嘟仰躺著，四爪朝天，露出白嫩滿是毛的圓肚子來，不停地喵喵叫，李清珮伸手去摸一摸，牠就發出歡快的呼嚕聲，弄得她心都軟了。

王總管和李清珮閒聊了幾句，吃掉手裡茶點，起身道：「小的也該回去了，老爺明日就要出遠門，少不得要準備行囊，這麼多年來，都是小的幫忙打包，怕是旁人弄不好。」

李清珮聽了這話，忍不住問道：「這才回來多久，趙爺又要出門嗎？」

王總管等的就是這句話。「可不是，這一次出門又不知道什麼時候回來。」嘆了一口氣道：「身邊沒有個知冷知熱的人，還要我這個大男人來幫著準備，想來我們老爺真是有些可憐。」

「趙爺那般人品，真要成家，哪裡找不到賢良淑德的女子？」李清珮強自鎮定說著，只是語氣難免帶著些許低落。

等王總管走後，李清珮失神好一陣子，怎麼也沒辦法看書，滿腦子都是王總管的話。

第三十七章

李清珮這一晚上睡了個囫圇覺，早上起了大早，把發酵過的麵團，加入南瓜糊、紅棗、牛乳、乾果，做了兩屜的發糕。

因著加了南瓜，發糕是黃色的，切開來就能看到紅棗和核桃仁等乾果，又加上牛乳，有一股奶香味，很是誘人。

她拿了個食盒，把這些發糕裝進去，便到了隔壁趙府。

天色剛剛大亮，趙府門前卻已預備好馬車。

王總管拿了行李放到馬車上，見到李清珮很是高興，道：「多謝李姑娘了。」指著那食盒道：「這就是發糕吧？」

原來這發糕是王總管託李清珮做的，說因為趕路沒辦法到館子用餐，就想讓李清珮做上次送來的發糕，正好路上墊一墊胃。

「就是這個味，怎麼和我們廚房做的不同？」

「也沒什麼，加了一些牛乳而已。」李清珮說著話卻是往旁邊看去。

趙璟穿著一件墨綠色的寶鑲花長袍，外面披著一件鴉青色銀絲暗紋鶴氅，氣質華貴地走了過來。

兩個人視線相撞，一時竟然就纏在一起分不開了。

李清珮穿了一件嫩黃色的錦緞褙子，襯得她如同迎著春雨綻放的迎春花，清麗不凡，這會兒定定地看著趙璟，目光水潤，有種說不出來的情意流淌在裡面。

趙璟原本想狠心上馬車，這會兒腳卻像生了根，沒辦法挪動一分。

天漸亮，霧氣卻沒有散開，反而越發暗沉，不過一會兒又下起了春雨。

彩蝶沒有撐傘出來，跺腳道：「小姐，小心淋著了。」

彩蝶卻也不敢說先回去的話，就算她如何愚鈍，也看出兩人的暗流。

王總管卻有準備，拿傘出來道：「老爺，您再不說點什麼，李姑娘可是要淋病了。」

趙璟撐著傘，大步流星地走過去，高大健壯的身影一下子就擋住陰天微弱的光線，同樣也擋住了細密的雨水。

「趙爺……」

李清珮仰著頭，豐潤的唇微微半張，在趙璟眼裡簡直是另一種引誘，不斷挑動著他的心神。

趙璟深吸一口氣，壓下心中旖旎的念頭，道：「我只問妳最後一次，妳現如今可是改了主意？」

原本有些旖旎的氣氛一下子就消散了，立時變得壓抑，李清珮露出天人交戰的神色，最後目光漸漸黯淡下來，道：「多謝趙爺一直以來的照拂，妾身一輩子沒齒難忘，如有來世，定當做牛做馬來報答您。」

趙環只覺得被人澆了一桶涼水，從腳底涼到心口，把傘柄放入她的手中，扭過頭就往回走，頭也不回地上了馬車，大聲道：「啟程。」

李清珮就這般站著，看著馬車漸行漸遠，有那麼一剎那，她甚至想要忘記所有的一切追過去，可是想到自己給秦王做五年侍妾的生活，她又退縮了。

不是他不夠好，而是她還沒準備好開始新的生活。

一個女人只有自己立起來，才能腰板挺直地過日子，她已經受夠依附某個人的日子了。

趙環氣得臉色鐵青，深吸好幾口氣這才平復下來，只是看到周邊越發陌生的環境，到底還是忍不住撩開簾子往後看去，只見細細雨簾中站著一抹纖細娉婷的身影，如同雕塑般一動也不動。

趙環低聲道：「真是個狠心的丫頭！」

或許是有了之前的心理建設，也或許是親眼看到趙環離開，知道兩人之間已經沒有可能，反而死了心，李清珮倒沒有前幾日那般難受，很快地開始靜心讀起書來。

春去夏來，感覺院子裡的桃花剛剛抽芽，長了小花苞，結果一轉眼桃花就謝了，結了小果核，然後到了六月分。

這一日下午又下起雨來，李清珮咬著筆頭，望著窗外的雨頻頻皺眉。

外面傳來腳步聲，彩蝶推門而入，道：「姑娘，夫人讓我給您送來點心。」點心是一碟粽子，也就雞蛋大小，裡面包著紅棗，吃起來甜甜糯糯的。

李清珮正是腹中飢餓，把筆放下，開始吃起來。

彩蝶用帕子擦了擦身上的雨珠，這才坐到李清珮的旁邊，給她斟茶，道：「這雨停了半個月，還以為終於結束了，誰知道今天下午又開始下了。」

這天氣著實有些詭異，去年冬日就一直下雪，當時聽老農說瑞雪兆豐年，很是高興，結果開了春就密集下起小雨，那時候耕農的臉色就不太好看了，怕是這般下雨會發生洪澇。

開春雨勢下下停停，到了六月分還是這般。

「也不知道怎麼回事，今年莊家要減產了。」李清珮也覺得這天氣怪。

「小姐。」彩蝶露出神神秘秘的神色來，湊到李清珮的耳邊，悄聲說道：「我聽說這是龍王的眼淚。」

「嗯？」

「說咱們陛下不好了……」

李清珮一直都知道當今聖上身體不好，據說一年中有大半時間都在用藥，太子跟皇帝父子倆都是藥罐子，但這種傳聞還是第一次聽到。

「難道說陛下的病更重了？」李清珮不得不想到一個問題，如果皇帝這時候病故，科舉肯定要延後，最快也是要明年才開始。

她也說不上好不好，畢竟又多了一年的時間可以研讀，她只怕可能會直接取消這一屆，男子科舉是三年一次，還能等一等，女子科舉是六年一次，到時候她就二十七歲了。

李清珮甩了甩頭，決定不去想這些，畢竟這些不是她能左右的，問道：「念弟有沒有回來？」

彩蝶見李清珮吃完粽子，把空碟子和用過的筷子放到食盒裡，道：「奴婢剛才過來的時候，好像看到三叔的馬車進了院子。」

李清珮道：「那應該是回來了……」

結果她的話還沒說完，就聽到門外傳來李念的聲音。「姊姊，我回來了。」

彩蝶聽見，忙起身去開門，穿著一件石青色細棉短褐的少年走了進來。

李念接過彩蝶手上的帕子，擦了擦身上沾著的雨水，道：「這雨又下大了，就連撐著傘，也會淋濕。」

李清珮給他端了一杯溫茶，道：「喝杯茶，祛祛寒。」

李念五官已經長開，或許是因為不用讀書，整個人變得生龍活虎，一雙眼睛靈氣十足，顯得極為聰慧。

他一口氣喝掉茶水，然後舒服地舒了一口氣，道：「還是家裡舒服。」

李清珮聽了道：「你沒去給娘請安？」

「去了，李嬤嬤說娘剛歇下，睡午覺呢！姊姊，妳跟娘好好說，別再給我們做衣裳、襪子了，原本雨天她手腳就疼……」

李清珮也是無奈，郭氏堅持要親手幫他們做衣裳、鞋襪，只是她早就傷了身子，這一番折騰下來，只會加重病情，不過郭氏的脾氣很固執，誰說了也不聽。

「娘會聽我的？」

李念也是沒脾氣了。「總歸比我強。」又道：「其實娘還是挺聽姊姊的話，不然怎麼會同意我開書鋪？」

這小半年經營下來，雖然不說日進斗金，但是一個月也有七、八兩的收入，這讓李念有些意氣風發，好像他本就該做這些。

兩姊弟聊了一會兒，李念想起正事來。

「姊姊，妳託我辦的事情處理好了。」李念說完，抬頭瞧著李清珮，一副很得意的樣子。

「有多少？」李清珮聽了，鬆一口氣問道。

「一共一百擔，不過裡面二十擔是粟米。」李念道：「姊姊，和妳想的一樣的人很多，那些人都覺得今年糧食會減產，爭著去買糧囤著。我這還是託了經常來買書的主顧，好不容易弄到的，這會兒縣城裡的米鋪還開張，如果南邊的糧食運不上來，恐怕……」

南邊這會兒還是兩季稻，七月分是第一季，如果減產供應不上，恐怕就要出人禍了。

李清珮見雨一直下個不停就有些憂心，古代不像現代這般貨品流通性好，所以只要有些家底的人都會存糧，李清珮算了算存糧，覺得有些不夠，怕今年發生糧食荒，這才決定提前買，顯然是猜對了。

李清珮道：「不管什麼，只要能買到就好。」

李念是越來越敬佩李清珮了，他以前只知道有個姊姊在京城，只是到底做什麼，母親卻從來不講，後來還是有人給他們送銀票，他才知道姊姊委身給秦王當妾。

一開始他很憤怒，覺得姊姊讓他極為丟臉，可是後來聽到舅舅家的僕婦用嘲諷的語氣辱罵姊姊的時候，他更是難以接受，揮著拳頭把對方打倒在地上，那是他出生以來第一次打架。

那一夜他哭得很傷心，忽然就明白什麼叫血脈相連。

再後來，他慢慢知道姊姊這麼做的原由，雖然郭氏每次提起都是一副心痛難忍的樣子，他卻覺得如果自己是姊姊，肯定也會奮不顧身。

到底誰能看著父母亡故而無動於衷？

「在想什麼？」李清珮推了推李念。

李念像是如夢初醒一般，有些羞澀地搔了搔頭，道：「姊姊，我就是覺得現在這樣真好。」

李清珮見李念露出極為乖巧的神色，心裡軟軟的，忍不住揉了揉他的頭，道：「又不知道想到什麼了，你今日的大字可是寫完了？」

李念驚得一下子就跳了起來，道：「沒有！」

「快去寫吧！」李清珮笑著道：「娘要是起來沒看到你的功課，肯定要罰你了。」

雖然郭氏已經同意李念不讀書，但是每日要求他必須寫幾張大字，都是有規定的。

李念火燒屁股般一溜煙跑了。

彩蝶給李清珮重新端了一杯茶水，笑著說道：「念少爺越來越懂事了。」

李清珮跟著笑，道：「是呀，我不過讓他去問問，竟然就辦成了。」隨即又道：「不過到時候運糧，我還是要去看看才好。」

第三十八章

景陽宮漢白玉的臺階滿是雨水，踩上去，那水就會濺起來，即使這樣，秦王還是親自去拿湯藥，一旁的宮女替他撐著傘，道：「煩勞王爺了。」

秦王卻沒有一絲不耐煩，穩穩當當舉著裝湯藥的食盒走過去。

皇帝已經在病床上躺了好幾個月，往常秦王也是這般做，只是這一次病況和以往不同，就像是被抽掉所有的生氣，整個人只剩下一副骨架，隨時像是要停了呼吸一般，旁人也是膽戰心驚的。

秦王進去的時候，內閣幾位大臣正圍坐在床沿邊跟皇帝商量國事，為首的是一個年約五十多歲的男子，他穿著從二品大紅色錦雞補子的官袍，鄭重說道：「陛下久未上朝，總要找個人主持大局才是，御書房裡的奏摺堆積如山，很多政令也無人執行……這般下去，朝綱就要亂了。」

皇帝靠在床壁上，後面壓著鬆軟的明黃色雲紋枕頭，疲憊地道：「廖愛卿說得是。」隨即掃了眼幾個神色各異的大臣，又道：「不過，你們看誰合適？」

這一年的天氣詭異，別說是皇帝，就是太子也難以忍受，父子倆幾乎是一起生病，又加上太子體弱，從來沒有協理過國事，即使可以，估計皇帝也捨不得，所以監國的人選自然不是太子。

廖北聽了此話道：「這幾年秦王殿下兢兢業業管著內務府的事情，沒有一絲差池，為人更是忠義仁厚，通達節儉，滿朝文武沒有人不誇讚，微臣瞧著秦王最是合適。」

秦王站在門外，聽到這話，無論怎麼從容，也忍不住露出滿意的神色來，隨即想了想，拿了裝著沈甸甸銀子的荷包，遞給跟隨他一道來的宮女。

宮女收了，態度越發顯得恭敬。

皇帝久病，皇后要照顧皇帝，還要看顧病秧子的太子，幾乎無暇顧及其他，如此也就疏忽宮裡的管束。景陽宮裡的幾個宮女、內侍，皆和秦王要好，給他大開方便之門，守門的宮女見秦王站著不進，也只當作沒有看見。

且說屋內，皇帝垂下眼瞼，看不清面容，卻明顯有些不悅。

坐在廖北旁邊的禮部尚書孔秀文清了清嗓子，道：「微臣覺得不妥。」

皇帝目光立時就亮了幾分，道：「孔愛卿，你且說說。」

孔秀文道：「比起秦王，微臣覺得睿王更是合適。」

皇帝立時就笑了起來，顯得極為愉悅，這會兒就算是傻子，也能看出皇帝的心思。

孔秀文不卑不亢地道：「其一，睿王殿下文韜武略，無一不精，先帝也曾誇讚過他卓爾不群；其二，想當年，睿王殿下以身犯險，在齊州府領兵對抗韃虎，拖延了時間，這才得以讓京城立時調兵反攻過去，立下赫赫戰功。」

皇帝道：「不錯。」

「再說，其資歷還是才情人品，皆超出秦王許多。」孔秀文道：「所以微臣覺得，這個監國的攝政王還是睿王殿下更為合適。」

廖北暗中握拳，面上卻是帶笑道：「可是睿王殿下已經十年行蹤不明，又去哪裡尋人過來？」

「廖大人，您沒有找過，怎麼知道找不到？」

到了這會兒，兩個人已經算是撕破臉，派系明確。

孔秀文覺得沒必要客氣，冷冷地說道：「或者……廖大人是希望找不到睿王殿下？」

「你少血口噴人！」廖北氣得吹鬍子瞪眼睛。「我何時說過那話？」

廖北和孔秀文時常因為政見不合而爭吵，這時候哪裡能看出士大夫的氣節，就跟市井婦人無二。

「都別吵了！」皇帝冷聲說道：「朕瞧著還是先派人把睿王找來，這才是關鍵。」

孔秀文立時大聲道：「聖上英明！」

廖北也不敢猶豫，道：「微臣遵旨。」

秦王鐵青著臉，雨水滴落在身上也沒察覺。

晚上，皇帝難得好精神地陪著皇后、太子和秦王等人一起用膳。

皇帝特意叮囑秦王，很是溫和地道：「朕知道你的心意，不用日日這般進宮陪著朕，王妃不是剛剛誕下麟兒嗎？要不是還沒到滿月，真想讓人抱進來給朕瞧瞧。」

原來幾日前馮婉貞誕下秦王的長子，皇帝極為高興，賜名為「順」，其寓意就是希望孩子一生順順利利。

當時秦王拿著聖旨沈思許久，說起來這個孩子是他的長子，「順」這種名字卻是更適合次子。

皇后聽了這話道：「正是，許久沒看到孩子了。」然後嘆了一口氣，那目光卻是盯著太子。

太子和白靜瀾成親之後，白靜瀾就有了身孕，當時皇帝和皇后都極為高興，還當是老天開眼了，誰知道不過二個月就滑胎了。

之後又是兩次滑胎，最後御醫李昌榮委婉地道，可能太子太過體弱，不宜生子，其實這話也只有李昌榮敢說，要不是他伺候過三代帝王，和皇家關係深厚，憑著這句話，直接拉出去砍掉腦袋都是有可能的。

太子見皇后這般還有什麼不明白，道：「母后，不用擔憂，兒臣吉人自有天相，說不定明年就讓您抱個大胖孫子……」為了更有說服力，把以前的事情也扯出來道：「母后您別不信，當初旁人還不是說兒臣活不過十歲，這不是好好的……」

只是這話還沒說完，就被皇后打斷了。

「胡說什麼。」皇后說完就紅了眼圈，落下淚來，一副傷心的模樣。

太子這才知道自己說錯話，趕忙上前，哄道：「母后，您別生氣了，孩兒這不是好好的？」

如果說以前，皇帝和皇后還奢望把皇位留給太子，如今早就死了心，只希望能讓他活到壽終正寢，這就足矣。

所以之前跟大臣商議攝政王，其實也是在討論下一個繼位的人選。

用過晚膳，皇帝就賞賜許多禮物讓秦王帶回去，其中有很多都是小孩子的玩意兒。

「這些日子苦了你，母后去皇覺寺禮佛，一時半刻回不來，至少要住上小半年，皇后一個人又要照顧朕，還要看顧太子，實在是無暇顧及。幸虧有你在旁邊，不然當真吃個藥，都沒有人拿給朕了。」

自從先帝走後，太后有半年都在皇覺寺禮佛，要不是顧念幾個孩子還在跟前，估計早就出家了。

皇帝要吃藥，怎麼會沒人拿給他，這句話不過就是誇讚秦王。

秦王笑著說道：「長兄如父，父皇走後，母后總是神傷，是陛下和皇后娘娘照拂臣弟長大的。一直想著如何報答陛下，如今正是需要臣弟的時候，不過給陛下端茶遞水，又不是什麼累的事情，臣弟一點都不覺得苦。」

皇帝聽了很是高興，道：「你從小就這般懂事，朕心甚慰。」又道：「過幾日睿王就回來了，到時候望你能像敬重朕一般看待他才是。」
秦王恭敬地說道：「陛下放心，臣弟一定謹遵教誨。」
「坐下，我們兄弟不用如此拘束。」皇帝笑著對秦王道。
兄弟倆又說了一會兒話，秦王才起身告辭。
晚上，雨終於停了，秦王上了轎子，卻是馬上沈下臉。

過幾日，李念真的拉來一百擔的糧食。
李清珮越發對李念刮目相看，就連一直覺得李念是小孩子的郭氏也頗為吃驚。
如今人心浮動，有糧食的人都囤著，想賣的人也是乘機喊漲。皇帝久病，許久沒有上朝，內閣首輔廖北和禮部尚書孔秀文又總是針鋒相對，到如今也沒找個監國的人出來，弄得原本就有些貧苦的百姓越發慌亂。
「念弟，你到底是長大了，可以為姊姊分憂了。」
李念搔了搔頭，很是羞澀的樣子。「我也沒做什麼，就是來往認識的人多一些。」
李清珮笑著去揉了揉李念的頭，心裡想著，到底沒有耽誤李念，要是一直跟著母親，還不知道要變成什麼模樣？
日子一天天過去，馬上就到七月分。
好在雨終於停了，日頭越來越熱，李清珮早就換了一身夏裙，早晚刻苦研讀，而應舉的日子也定下來在八月初。

到了這時候，郭氏反而不督促李清珮讀書了。「入了考場，吃喝都在裡面，待上三天，沒有好好休息又如何應舉？」

李清珮也知道，但是隨著考期越近，反而越發緊張起來，一旦錯過這次科舉，就要再等六年，想想就覺得令人沮喪。

第三十九章

隨著噠噠的馬蹄聲，鄉間小路揚起灰塵，一輛馬車快速行駛而來，車伕到了路口卻突然勒住韁繩，那馬高聲嘶鳴，前腿高高舉起，好不容易才穩住。

馬車內，有一男子伸出頭來，道：「何事？」

「老爺，有人暈倒在路口，因穿著綠色衣裳，一時沒看到，差點就生出禍事。」

趕車的人是王總管，而坐在馬車上的人則是趙璟。

趙璟下了馬車，看到路口躺著一個孩子，約莫七、八歲，穿著一件滿是補丁的湖綠色衣裳，上前抱起他，道：「醒醒。」

王總管也跟著下來，見那孩子餓得面黃肌瘦，特別是一雙裸露的胳膊和腿，似乎只剩下一層皮貼在骨頭上，看起來極為可憐，見趙璟喚他不醒，道：「這孩子應當是馬車來之前就暈過去的，興許是餓了。」

馬車上還有許多饅頭，王總管拿了小碗，倒了水，把饅頭泡到碗裡，等著泡開，這才湊到孩子的嘴邊，道：「是饅頭，你且張嘴吃一吃。」

孩子還是沒有反應，趙璟想了想，用調羹挖了一勺，掰開他的嘴，慢慢把已經泡成饅頭末的水灌進去，等了一會兒，那孩子才動了動嘴唇，趙璟又餵了一口，就這般連續餵了半碗，那孩子才虛弱地睜開眼睛，卻不肯再喝了。

「娘，給娘吃……」

趙璟抱著小孩去了他家，見茅屋內家徒四壁，地上只鋪著厚厚的菖蒲，上面躺著一個面容消瘦的女子。

那孩童見到母親，不知道哪來的力氣，掙扎下便從趙璟的懷裡爬下來，撲倒在女子身邊，哽咽地喊道：「娘，娘，妳醒醒！」

王總管上前探了探鼻息，朝趙璟輕輕搖了搖頭。

趙璟閉上眼睛，重重嘆了一口氣。

那孩童似是知曉母親已經去世，趴在地上嚎啕大哭，那種悲傷的情緒感染了王總管和趙璟，兩個人也沈默下來。

正在這時候，門外傳來急促的腳步聲，一個衣衫襤褸的中年男子，瘸著一條腿，一拐一拐地進來，左手拿著幾把不知名的草藥，右手提著一隻巴掌大的小魚，滿身都是泥巴，像是剛從泥堆裡爬出來一般。

「三娘，我回來了。」男子看到眼前的場景，一時愣住，幾步上前，等知曉女子已死，立時就癱在地上，露出失魂落魄的神色。

趙璟上前，驚訝道：「楊延！」

楊延一驚，似乎這才注意到屋內還有旁人，木然抬頭，等看清趙璟，忽然間露出瘋狂的笑容來，道：「報應，當真是報應！」

趙環冷聲道：「楊延，你可還記得十多年前穆氏一族血案？」

一旁的孩子驚了下，抱住楊延的胳膊，道：「爹爹，爹爹。」

楊延目光漸漸清明，緊抱住孩子，用滿是泥巴的手擦了下淚水，糊得臉上更多泥巴，他卻是滿不在乎。「睿王殿下，只要您答應小的，無論如何，都要保住我楊家這一點血脈，如此，我便把當年的事情原原本本地告知您。」

「楊延！你還有臉跟王爺討價還價？」王總管罵道，顯然很是氣憤。「當年穆氏待你不薄，對你有知遇之恩，能從一兵士到游擊將軍，難道不是穆將軍的推舉？你卻反咬穆將軍，說他通敵叛國，引來穆氏一族滿門斬首的血案。」

「怪我？難道不是皇帝昏庸，聽信讒言，滅了穆氏一族？那殺九族的聖旨又不是我下的！」楊延譏諷地說道：「說起來這世上最無情的便是你們帝王家，穆氏一族世代忠良，不過旁人幾句話就定了罪。」

「楊延，你好大的膽子！」王總管氣得臉色鐵青。

趙環擺了擺手，道：「我答應你。」

一旁的王總管馬上道：「王爺，不可……」

趙環卻道：「孩子總是無辜的。」

王總管卻沒有想得那麼簡單，這個楊延無論是否吐露過去的真相，都是死罪，他怕留下楊延的孩子，反而成了禍根。

「好，睿王殿下當真是跟以前一般，還是這般有情有義。」楊延見目的達成，露出滿足的神色來，但還是給兒子留了一條活路。「旭兒，你記住，你爹的生死跟睿王殿下無關，是你爹以前做了豬狗不如的事情，就算是睿王殿下不找來，你爹也不會有好下場！」

楊旭聲嘶力竭地哭了起來。

王總管終於無奈地嘆了一口氣。

楊延卻狠狠推開楊旭，起身道：「男兒有淚不輕彈，不許哭！」

夜色低垂，馬車在官道上緩緩前行，王總管在前面趕著馬車，旁邊坐著一個七、八歲的男童，正是楊延的兒子楊旭，楊旭拿著饅頭，有一口、沒一口地吃著，目光總是帶著恐懼朝著馬車內望去。

趙瓌雙手抱胸，居高臨下地看著前面的楊延，聽著他說道：「這十多年來，小的東躲西藏，每次都會有人給小的送消息，還會留下銀兩……」

趙瓌找了楊延十多年，每一次都會落空，就猜到肯定是有人故意阻擋。

「這一次不知道怎麼回事，沒有人告知小的要逃走，更是沒有銀子，小的已經山窮水盡。」楊延面無表情地說道：「其實小的已經後悔，早就受夠這東躲西藏的日子了。小的願意為穆家洗刷冤屈，小的不怕死，還請王爺給小兒留一條性命。」

按道理來說，趙瓌終於找到楊延，也可以光明正大為穆氏平反，可是不知道為什麼，他總覺得在他看不見的地方，有一隻手正在推動這件事。

為什麼之前遲遲沒有露面的楊延，卻在這風雨飄搖的時候被他逮到？

趙璟心緒複雜，忍不住撩開簾子往外望去，去年的大雪加上今年的雨水，讓許多莊稼都爛在土裡，許多貧戶還能靠著去年的口糧支撐，一旦到了秋季，顆粒無收，如果朝廷無所作為，必然要引起大亂。

趙璟深深嘆了一口氣，想著為了抓楊延，已經離開京城許久，該是時候回去了。

一轉眼就到了應舉的日子，前幾日李清珮一家子就搬到京城的宅子，和上次燈會不一樣，這回郭氏帶了許多行李，一看就是要長住的模樣。

應舉前一天，郭氏帶著李清珮去皇覺寺上香。往常李清珮覺得這種拜佛的事情簡直就是無稽之談，等跪在威嚴的佛像前，忽然間就明白了母親的心思，心裡竟然意外平靜下來。

早上，天剛破曉，李清珮就被郭氏喊起來，她睜開睡眼朦朧的眼睛，還沒看清楚就被一張冰涼的帕子蓋住臉。

郭氏道：「井裡打來的涼水，快醒醒！」

李三趕著馬車送李清珮去貢院，不過到貢院前面的路口就進不去了，街道擠滿來應舉的人，一行人只好下了馬車。

郭氏、李念，還有李嬤嬤都一同來送李清珮。

好不容易走到了門口，郭氏從李嬤嬤手裡接過考籃遞給李清珮。「好好考。」

李清珮乖巧點頭，道：「娘，您放心。」

郭氏卻道：「妳這孩子就沒讓人放心過。」話雖如此，卻還是輕輕摸了摸李清珮的頭，頭一次溫聲說道：「盡力而為就好，今年不行，咱們下次再考。」

李清珮忽然覺得鼻子酸酸的，道：「我肯定會考上的。」

忽然間，聽到外面傳來一聲威嚴的吼聲。「時間到！」

立時就有兵士湧出來，驅趕閒雜人等，如此門口只留下應舉的人。

李清珮脫得只剩下一條肚兜和小褲，然後被女官檢查摸索了半天，這才讓她重新穿上衣服，拿了考籃給她，裡面的東西自然都翻過了，一套換洗的衣服，筆墨硯臺，還有三天的乾糧。

李清珮注意到，那女官拿了考生的鞋子，還把手伸進靴子裡抓了半天，甚至把有些發黑的鞋墊都拿出來，等檢查完了，又去察看乾糧，掰開看裡面有沒有作弊的紙條。

她低頭看了眼自己的乾糧，也是被掰得零碎，努力對自己說，什麼都沒看見，不然她怕是什麼都吃不下去了。

按照名字找到了自己的考間，一張桌子靠著外面，後面有一張藤椅，勉強可以躺在裡頭窩著睡覺，旁邊放著一個木質的恭桶，吃喝拉撒都要在房間裡面。

李清珮想著要在這地方待上三天就覺得很是頭疼，卻也是無可奈何，她安靜地走進去，然後把考籃放在監考能看見的地方。

不一會兒天就徹底亮了，只見遠遠地有一群官員簇擁著一個中年男子走過來，後面的人時不時說點什麼，中年男子卻是矜持地頷首。

到李清珮這邊的時候，中年男子突然停下來，道：「妳是李清珮？」

李清珮趕忙起身道：「小女子正是李清珮。」

「是不是元和五年的廩生？」那中年男子問道。

李清珮頗有些詫異，卻是恭敬地答道：「正是，監考大人如何得知……」雖然考間寫了名字，卻沒有其他內容。

旁邊有人笑著解釋道：「這是禮部尚書孔大人兼文華殿大學士，是這次聖上欽點的主考大人之一。」顯然是為了奉承孔秀文這才特意說明的。

「見過孔大人。」

「起來。」孔秀文很是和藹一笑。「本官有幸當了那場鄉試的主考，妳當時的文章實在令人嘆服，才思敏捷，靈慧通透，見解大膽，能想旁人不能想，實為佳作。」

李清珮沒有想到時過六年，還有人記得她曾經的文章，心中很是激動，道：「不過拙劣之作，讓孔大人見笑了。」

「一等廩生的文章叫拙劣之作？」孔秀文朝著身旁的人笑道：「當時沈少保還沒致仕，和幾位主考大人一起批了一等，還曾經呈給聖上批閱過。」

如今能稱為少保的人，就是孔秀文的老師沈從澤了。

孔秀文這話一說，大家看李清珮的目光就不一樣了，如果連聖上都看過，那足以說明李清珮的實力。

李清珮從來不知道後面這些事，她考中廩生就直接回家，然後在秦王府待了五年，這時候聽了孔秀文的話，竟然有些恍惚。

臨走之前，孔秀文深深地看了眼李清珮，道：「一寸光陰一寸金，莫要辜負大好時光，望妳成為國之棟梁。」

李清珮知道，這是在說她沒有一口氣繼續考試，而是等了六年之後再來參加會試，一時心中百感交集，第一次有種熱血澎湃的感覺，等孔秀文走了許久，都沒有平靜下來。

對於這一次的文章，她一直有些猶豫，六年前還年少不知愁，寫了很大膽的內容，卻沒有想到這些主考官比她想得還要有容納度，她忽然有了信心，把原本要寫得中規中矩的內容拋開，全然按照自己的思路來寫。

由於文章的題目都是皇帝現場出題，然後再傳到貢院，根本沒有作弊的可能，不過一會兒，考生就得到考題。

李清珮看到那題目，片刻就有了想法，立時就開始執筆寫起來。

第四十章

三天的時間一晃而過，等李清珮出來的時候，腳都是軟綿綿的，好不容易走到貢院門口，就看到郭氏等人在外面候著。

「姊在那邊！」李念第一個看到人群中的李清珮，幾步上前就扶著她。「姊，妳還能走嗎？」

李清珮靠在李念的身上，很是理直氣壯地說道：「不能。」

李念哈哈大笑，一下子就把李清珮抱起來，他如今要比李清珮還要高，很輕鬆地把她送到馬車上。

李清珮就跟沒有骨頭一樣，躺在馬車上，好不容易回了家，連臉都來不及洗，就倒頭睡了過去。

等一覺醒來，已經是第二天了，清晨的陽光灑在屋內，明媚而溫暖，仔細聽還能聽到院子裡郭氏和李嬤嬤聊天的聲音，李清珮忍不住露出笑臉。

早上，郭氏幫李清珮燉了豆腐鯽魚湯，奶白色的湯汁，又鮮又香，也不知道郭氏怎麼處理的，沒有一絲魚腥味。

李清珮喝飽之後，卻還是有些不解饞，想著終於考完試，可以放開自我。「娘，咱們晚上吃火鍋怎麼樣？」
郭氏道：「天這麼熱，吃什麼火鍋。」
雖然已經八月分了，能感受到秋風有些涼快了，但秋老虎不容小覷。
李念道：「娘，我也想吃。」
郭氏哪裡不知道李念想什麼，旁人都是姊姊寵弟弟，他們家卻反過來了，李念對李清珮簡直就是沒有理由的順從，但凡是李清珮想要的，都會想辦法給她弄來，不過姊弟感情好，總不是壞事，郭氏也就放任了。
「真是拿你們沒辦法。」
李清珮暗暗朝著李念豎起大拇指，李念卻是羞澀地搔了搔頭。
郭氏洗好銅鍋，銅鍋下面放了炭，再倒入煮好的排骨湯，等湯水沸騰，放入切好的羊肉片和蔬菜，一邊涮、一邊吃，配上桂花釀，好不愜意。
郭氏喝幾杯就醉了，李清珮微醺，倒是李念毫無影響的樣子，而且是越喝越清醒。
郭氏原本還擔心兒子太小，只是讓他淺嘗輒止，誰知道他竟然這般海量，目光裡不自覺帶出懷念的神色。
「你們爹爹就是這般，怎麼喝也不醉。」郭氏隨即傷感地說道：「要是你們爹爹還在就好了。」
郭氏應是真醉了，不然平日裡是從來不說這種話的。

李念努力挺直腰板，想要讓自己看著比平時更加高大一些，雖然還有些羞澀但還是堅定地說道：「娘，您還有我和姊姊呢！我是李家的男兒，會把這個家撐起來，好好孝敬娘還有照顧姊姊的。」

郭氏一時有些恍惚，她能明顯感覺到李念的變化，兒子比起以前愛笑，也更加開朗了，就好像是清晨升起的旭日，那樣充滿朝氣，不像從前，沈悶內向，很多時候一整天也不說一句話。

郭氏不願意承認自己逼得太過，但心裡還是慶幸，起碼沒有一錯再錯。

郭氏難得朝著李念道：「念兒，你能這般想，甚好，娘很欣慰。」

李念一時愣住，似是有些不敢置信，好一會兒才低下頭來，掩飾紅了的眼圈。

李清珮見了，上前攬住李念，笑著說道：「哎喲，我們念兒長大了，真是難得。來來，咱們一起給娘敬一杯。」

郭氏見一雙兒女雙雙舉杯敬酒，終於露出笑容。

這一天晚上，郭氏難得睡了一個安穩覺。

這一邊李家是風和日麗，宮裡卻是一陣風雨欲來的暗沈。

宮裡早就給睿王遞了消息，他卻遲遲沒有回宮，這幾日皇帝又犯起病來，要比以往還要凶險，就是太子殿下也不願意離去，寸步不離要給皇帝侍疾，生怕一眨眼的工夫就是天人永隔。

太子看到秦王歪著身子坐在景陽宮旁邊的抄手遊廊上，閉著眼睛睡去，上面掛著的紅色燈籠隱約映出他眼角下的黑影。

太子一時百感交集，走過去道：「小叔，你醒醒。」

秦王一下子睜開眼睛，然後像是嚇了一跳，道：「太子殿下怎麼了？是不是陛下要喝藥了？」

太子安撫地拍了拍他的肩膀，道：「已經喝過睡下了，御醫說今日再無反覆，明日就可以進食了。」說完自己也是舒了一口氣，這幾日一直戰戰兢兢的，到今日才算是穩定下來。

「這就好。」秦王這才鬆了一口氣，好像是洩氣一般，又歪坐在冰涼的遊廊石板凳上。

太子見了，心疼道：「小叔，你先回去歇著吧，已經四天沒有合眼了。」

這侍疾是最累人的事情，何況還不是一次、二次，皇家子嗣單薄，皇帝又沒有旁的妃子，如此幾乎都是秦王來幫忙。

「無礙，我明日等陛下稍好一些再回去。」秦王笑著說道：「太子殿下也是忙了多日，先回去歇著吧！」

秦王和太子雖然是叔姪，但是年紀相當，又是一同長大，倒是要比旁人關係還要好。

皇帝病情穩定下來，眾人心情也就跟著放鬆下來，太子跟秦王說起朝中關於攝政王的事情，頗有些為秦王不平。

「我也曉得睿王是最合適的人選，論資歷還是才能都足以勝任，可是他十年來一直在外面，如同忘記自己的責任一般，父皇下旨傳召多久了，竟然到現在還沒回來。我不想惡意揣測，但總歸是太過寡情了一些。既然他無意朝堂，那就索性讓小叔你來做攝政王……」

秦王卻突然搖了搖頭，道：「這種話以後不要再說了。」見太子露出幾分不平的神色，又道：「聖上不僅是我的哥哥，更是大趙的九五之尊，所謂忠君之道，正是要聽從君主的旨意才是，無論什麼，只要是聖上想要的，就是我要去做的。」

太子聽了越發憤憤不平，道：「小叔，你不用急，等過幾日，睿王還不來，我去跟父皇提議。」

兩個人正說話的時候，忽然就聽到外面內監唱喝道：「睿王駕到。」

太子起身，看到身材高大健壯的睿王在內監的簇擁下走進來，他臉上還帶著風霜痕跡，身上只穿了一件極為普通的菖蒲紋杭綢直裰，卻依然掩飾不住的天生傲然氣勢。

趙璟走到太子跟前，微微頷首，道：「我來遲了。」

太子原本還覺得有些委屈，替秦王抱不平，忽然間就覺得那些氣隨著睿王一句話就抵消了，喏喏說道：「父皇一直都掛念著睿王……您怎麼才來。」

「有些事情耽擱了。」趙璟走過去，拍了拍太子的肩膀，道：「太子也是長大了，可以擔當大任了，不是？」

那溫和的笑容帶著被歲月洗禮的魅力，一下子就可以安穩住恐慌的心神。

太子面色不禁變得柔軟，小聲道：「本就是我應當做的。」

趙璟扭過頭去看秦王，道：「秦王也是辛勞了。」

太子和秦王一同陪著趙璟進內室，屋內瀰漫著藥味。

皇后正小聲跟李昌榮說著這幾日用的方子，聽到動靜趕忙抬頭，待看清來者，眼淚一下子就落下來，上前道：「總算是知道過來了。」

皇帝昏昏沈沈睡著，只覺得夢裡刀光劍影，極為血腥，還年少的睿王像是一個孩子般掛著淚珠，緊捏著他的手腕，問道：「太子哥哥，怎麼會這般？」

他一時口乾舌燥，難以應對，更是心虛地不敢直視他的目光，只好閉上眼睛，不斷對自己說這不過是一場夢，很是疲憊地翻來覆去，好不容易才睜開眼睛，就看到床沿邊有一個人。

皇帝有些不敢置信地閉上眼睛，待重新睜開，有些猶豫地喊道：「睿王？」

第四十一章

卸下了考試重擔後，夜半時分，李清珮總會想到自己當初拒絕趙璟，就覺得難受不已，躺在床上翻來覆去地睡不著覺。

正是桂花飄香的季節，從半開的窗戶能聞到桂花的香味。

李清珮嘆了一口氣，坐起來，走到窗櫺邊倚靠過去，輕輕地唸道：「我住長江頭，君住長江尾，日日思君不見君……」

忽然，聽到一陣低沈的笑聲，李清珮嚇了一跳，趕忙回頭去瞧。

不知道何時，趙璟竟然已經進了屋內，還坐在她的床上，含笑地看著她，目光裡有種溫柔的水光在閃動。

「竟是不知清清也會吟詩抒情。」

李清珮的臉頓時就紅了，但更多的是重逢的喜悅，她開心地撲過去抱住趙璟的腰身，嬌軟地喊道：「趙爺！」

趙璟一時就覺得心軟成一灘水。

「趙爺，您怎麼進來的？」李清珮給趙璟沏茶，想起上次他也是半夜潛入她家，那時候她就好奇不已。

趙環這幾天忙得團團轉，好不容易抽空出來，見到李清珮才終於鬆一口氣，他靠在床沿上，慵懶地抿了一口茶水，道：「妳沒注意過隔壁沒人住嗎？」

李清珮想到一個可能。「趙爺，您把隔壁給買下來了？」

趙環笑道：「嗯。」

「咦？您是什麼時候買下來的？是不是很早之前就買下來了？」李清珮瞪大眼睛，忽然就想到一個可能，忍不住得意地笑了起來。燈會那天自己是第一次過來，那就是說之前就買好了，這是不是說，他早就對她有想法了？

趙環重重咳嗽了一聲，有些不自在地別開臉。

李清珮心花怒放，覺得心好像泡到蜜罐裡甜絲絲的，她走過去抱住他的腰身，柔聲說道：「其實我第一次見到趙爺就覺得……」

「什麼？」趙環只覺得李清珮軟軟地依偎在他的懷裡，聲音又嬌又媚，當真是恨不得一直這麼擁著，不要放手。

「一個治病的郎中，怎麼長得這般好看。」李清珮說著話，抬頭看著趙環，那眼眸美麗如天上繁星。

衣衫滑落，春意正濃，兩個人你中有我，我中有你，正是難捨難分。

趙環卻忽然恢復清明，推開李清珮，又用旁邊的薄被裹住她的身子，他怕看了一眼那玉雕般玲瓏的身子就又忍不住，跟一個急色鬼一樣，實在有些難看，他深吸了好幾口氣道：「清清。」

李清珮臉頰嫣紅，正是迷迷濛濛，等被趙璟緊緊隔著被子抱著，她這才回過神來。「趙爺……」

看著她眼神濕漉漉的，帶著孩子似的迷茫，卻也是全然信賴，趙璟心中憐愛，更不明白李清珮的堅持，顯然她也是早就動情，為何不肯成親呢？

「妳倒是想得如何了？」趙璟艱難地從李清珮的身上挪開目光，她的嘴唇嫣紅欲滴，帶著剛剛被他撫觸過的柔軟，就是這會兒想起來，依然覺得美妙不可言。

李清珮一下子就清醒了，只是一時不知道如何應答，就見趙璟的臉色越來越黑，想起分開之後的思念擔憂，她一時咬了咬牙，道：「趙爺，您總說我不同意，但趙爺又對我坦承過您的身世嗎？」

李清珮覺得心情沈重。「我雖然見識淺薄，但也能看出來趙爺身分不俗，家中定然不凡，我不過一個……我也並非妄自菲薄，只是趙爺您能自己做主嗎？」

趙璟暗道，真是個聰明的丫頭，不過比起她直接的拒絕，他更喜歡這種方式，有什麼問題儘管講出來，他相信沒有什麼不能解決的。

「我不說，是有自己的苦衷。不過我的家世是什麼，又或者妳曾經是否婚配過，都不足以抵消我們之間的情意不是嗎？」

李清珮一下子就被擊中了。

這話太甜、太情深，就好像是世上最美的情歌一般，她目光閃動，眸光璀璨，定定地看著趙璟，就如同把整個銀河納入其中。

趙璟的呼吸立時就急促起來，情不自禁地低下頭來。

兩個人一時情動，又纏繞在一起，她的柔軟和他的陽剛，就這般密不可分……

纏綿過後，他深吸好幾口氣，替李清珮蓋好薄被，才從床上走下來，走到桌前拿起已經半冷的茶水，咕嚕咕嚕喝了好幾口。

半涼的茶水滑入喉嚨，這才讓趙璟恢復幾分清明。

趙璟看著李清珮，很是肯定地回答她剛才的問話。「我自是可以做主，妳呢？」

李清珮有些不敢看趙璟灼灼的目光。

趙璟的面色越來越黑，心道：當真是一個狠心的丫頭，都這般了，竟然還能拒絕他。

一時間，屋內落針可聞，氣氛壓抑而沈悶。

趙璟心灰意冷地站起來穿衣，只覺得剛才那些甜蜜都變成冰冷的負擔，他這般急急忙忙地處理完事情就迫不及待地趕來，也是有些可笑。

李清珮的心頓時就絞痛起來，不管不顧地起身過去拽住趙璟。她滿心委屈，只覺得難受，一時紅了眼圈，默默站在原地，道：「趙爺，您聽我講，我想……再等等。」

趙璟挑眉道：「等什麼？」

「等我中舉之後？」

「就是說，如果這一次不行，妳還要我等六年？」趙環有些慍怒地說道。

結果李清珮馬上反駁道：「您就對我這麼沒信心？」

李清珮以為趙環會很不高興，不會同意她的話，正愁著怎麼說服他，結果看他深吸一口氣，卻道：「好，就這般說定了。要是妳中舉，我就直接叫媒人上門提親。」

李清珮很高興，以為趙環顯然是對她中舉的事情十分有信心，哪裡知道，剛才她說那番話的時候，趙環就決定插手這件事了，讓李清珮中舉，不過是小事一樁。

李清珮朝著趙環甜甜一笑，伸出手臂來，就像是一個孩子需要被人抱著哄一般，嬌嬌軟軟地喊道：「趙爺。」

那笑容太甜，趙環覺得自己快要融化在裡頭，一下子就把李清珮抱到懷裡。

趙環眸光深沈，兩個人彼此貼近，纏繞到一起，一時吻得難捨難分。

好不容易找到了空檔，李清珮就道：「趙爺，等等。」

「怎麼了？」

「我想晚一點要孩子行嗎？」李清珮繼續說著要求。「然後，我不想辭官。」

趙環嘆了一口氣，抱住李清珮，在她白皙的手心裡親了一口，道：「妳還想要什麼，索性一次說了吧。」

橘色的燈光淺淺落在李清珮的面容上，柔和了她眉目如畫的精緻面容，她眼睛裡有水光閃動，璀璨得像是天空中的繁星。

「想要趙爺。」

氣氛旖旎，春意正濃，兩個人終於走到了一起。

第四十二章

天色剛亮，趙璟依依不捨地離去，回到睿王府，舒服地泡了個澡，小歇一會兒，這才起床漱洗換衣。

王總管一邊擺飯，一邊說道：「王爺，乾脆以後就常住了吧！要不要把那些錦鯉都搬過來？」又道：「許多人知道王爺回來，都排著隊要拜訪王爺呢。」

「有沒有沈府的拜帖？」

王總管搖頭，道：「沒有見到。」

趙璟點頭，喝掉茶盅一般大小的湯水，見湯汁濃白，卻沒有見到湯料，覺得味道有些怪怪的，道：「這是什麼？」

「長春鹿鞭湯。」

趙璟差點噴出來，皺眉道：「上這個做什麼？」

王總管很是一本正經道：「小的瞧著，您昨天可是耗了不少精血，該補一補了。」

趙璟一臉無言。

待用過午膳，趙璟叫王總管備車。

「去沈府。」

沈從澤穿著一件松花色的杭綢直裰，身形如松地站在門口，遠遠地就看到一輛奢華馬車駛來。

等馬車停下，一個身材高大俊朗的男子不用馬凳，從車轅上俐落地跳下來，雖然只穿著一件普通的鴉青色聯珠團花錦緞長袍，卻眉目有神，自有一股不怒自威的氣勢。

來人正是睿王趙璟，一見到沈從澤，忍不住幾步上前，握住他年邁的雙手，道：「老師。」

沈從澤仔細打量著睿王，只覺得曾經意氣風發的少年雖然變成中年男子，但是目光坦誠，笑容明朗，讓人瞧著就心裡舒服，一如多年前那般。「回來就好。」

兩個人一同入內，趙璟虛扶著沈從澤，說起分別之後的事情來。

「一直住在通州，時常去外面轉轉，去了天山、西域，還曾經遠渡重洋去過暹羅國、阿丹和天方。往常只覺得我們大趙地大物博實在了不起，等走出去瞧一瞧，才發現外面當真是地域遼闊，民風各異。」趙璟說起自己曾經遠洋的經歷，那一次足足去了三年，遇到幾次險境，差一點就不能回來。

「那些人皮膚像是裹了黑炭一般，說著我們聽不懂的話，卻是極為聰慧……」

兩個人到廳堂，有丫鬟上茶水糕點。

趙璟抿了一口茶水，抬頭道：「世兄可是還沒下衙？」

能讓趙璟稱呼一聲「世兄」的人，就只有沈從澤的幾個兒子，而和趙璟關係最好的人，則是沈從澤的小兒子沈南光，為人性格極為剛硬，正在都察院任職。

「沒有。」沈從澤卻是笑道：「不過南光要是知道你來了，肯定飛也似的跑來了。」

結果話還沒說完，就聽到外面傳來爽朗的笑聲。

那聲音洪亮悅耳，隨即走進來一個身材中等、眉眼鋒利的男子，問道：「爹，是誰來了？」

等看到廳堂坐在紅漆螺鈿交椅上的睿王，男子露出驚喜萬分的神色，上前狠狠拍了拍趙璟，道：「阿璟，你回來了！」

趙璟起身，笑著道：「是我。」

沈南光忍不住哈哈大笑，攬住趙璟的肩膀，兩個人站在一起，都已經是中年了，卻還像是小時候那般，充滿久別重逢的喜悅。

幾個人敘舊了一番，話題就繞到朝中的事情，沈從澤很是憂心地說道：「當初先帝在的時候就十分擔憂陛下的病體，果然不過十年的時間……」

沈從澤話裡還有其他的暗喻，當今皇帝的身體一直不好，所以打從一出生，先帝就開始擔憂他能否繼位，於是幫趙璟找老師的時候，先帝竟然給他加了許多儲君才有的課程。

可以說，趙璟也是被當作儲君養大的。

沈從澤道：「睿王殿下，你打算怎麼做？」

其實這才是沈從澤一直想問的，朝中如今為了讓誰當攝政王的事情吵得極為激烈，以廖北和孔秀文分為兩派，廖北是主張讓秦王當攝政王，而孔秀文則是按照皇帝的意願力挺睿王。

沈南光道：「陛下一直屬意睿王，這是朝臣都知道的事情，如今殿下已經回京，廖大人顯然不會有異議。」提到正事，沈南光很自然用起尊稱。「只是要問一問殿下的想法，當初你能拋下所有，一走了之，如今做好準備當這個攝政王了嗎？」

沈從澤、沈南光都是目睹當初事情的人，也是最為了解睿王為什麼要這般出走十多年。

趙璟苦笑道：「還是世兄了解我。我一直想要替穆氏翻案，只是陛下遲遲不肯答應，昨天還為了這件事和陛下大吵一架。」

其實皇帝還說了一句話，趙璟沒有講出來，他說道：「等朕死了，你當了攝政王，這個案子就隨你了，朕也管不著！」

「我費了十年工夫，終於找到楊延，他也承認當年指認穆氏一族通敵賣國是受人指使，這就足以說明當年通敵叛國是另有其人，而此人是誰，叫什麼？是不是還藏在朝中？會不會再來一次天順之役？」

天順之役，韃子集結了三十萬大軍從峽谷關直接進入中原，巧妙地躲過幾個衛所，就好像知道大趙所有的布防，顯然就是有人通敵叛國，之後直奔京城而來，屠殺京城附近四十萬的大趙百姓，所謂血流成河也不過如此。

趙璟當時在齊州府，也是被另一路韃子圍攻，後被穆將軍支援，兩軍裡應外合破了韃子的圍剿，又連夜急行軍，終於在京城被攻破之前趕了過去，雙方在東武門大開殺戒，拚死血戰，最後大趙只留下不到三萬兵力，這才慘勝。

「陛下依然不允。」

以前缺乏證據，但是現在證人就在眼前，皇帝依然不同意重新徹查。

趙璟有時候睡覺還會夢到當時的場景，他從小就無所畏懼，極為膽大，到了十五歲就不願意待在京城，覺得一切都沒意思，後來請求先帝讓他去齊州府，在那邊認識了楊志等人。

三年後便是那一場血戰，那時候他在東武門遇到韃子，同是三十萬兵力對上敵方三十萬大軍，他們因為連夜急行軍處於劣勢，到處都是血，一直都在砍人，眼睛已經看不見東西，只有猩紅的一片。

他一輩子都忘不了，更忘不了穆將軍是怎樣站在他旁邊一直盡心盡力護著他，可以說要是沒有穆將軍的協助，他根本就沒辦法打退韃子，也不可能活到現在。

而這樣的穆家，最後卻被判了通敵賣國，一家子慘死不說，還株連九族。

趙璟每次想起就覺得心痛不已。

沈從澤嘆了一口氣，道：「畢竟這聖旨是由先帝下的，如果同意重新徹查，後世會怎麼看待先帝？」

趙璟也沈默下來。

就是因為知道這樣，他當初才離開京城。他沒辦法為穆氏翻案，又無法指責養大他的先帝，左右為難，心痛難耐，最後只有離開，眼不見、心不煩。

「所以睿王殿下是要推辭當攝政王嗎？」沈從澤最終還是問道。

「不。」趙環目光坦然地說道：「我決定當這個攝政王。」

沈從澤一直都擔心趙環會拒絕當攝政王，穆氏一案一直是趙環的心結，那穆氏不僅是趙環姻親，還是曾經守望相助的兄弟，如今一族幾百口蒙冤慘死，包括未過門的未婚妻，而這道旨意還是自己的兄長所下，換作是誰都會受不了。

皇帝和趙環之間一直都難以達成共識，除非皇帝答應翻案，兩個人才能心平氣和地在一起，沒想到，趙環卻是自己想通了。

其實沈從澤被趙環離京十年給嚇到了，皇權面前，誰又能推拒？

「正該如此。」沈從澤安慰趙環許久，心裡卻極為高興，他一直覺得秦王過於年輕，且不像趙環，從小被當作儲君培養，又經歷過天順之役，處事和眼界與旁人大為不同，所以趙環當攝政王更為合適。

於公，自然是為了朝廷，於私，其實沈從澤並不喜歡秦王，衝著他因為子嗣的問題，娶了魏國公府的女子。更別說，魏國公府的小姐竟然覺得自家出了個秦王妃，就來找他寫推舉函，看似請求，但兩家並無來往，他又為何要給她寫推舉函？不過就是仗著權勢在逼迫罷了，讓他厭惡至極。

其實今天就算趙璟不來，沈從澤也準備去說服趙璟的。

想到推舉函，沈從澤就想起李清珮，道：「睿王殿下，你上次叫王總管過來，叫老夫寫一個推舉函，那女舉人的名字叫李清珮是不？」

趙璟正要跟沈從澤提起這件事，笑道：「難為老師還記得。」

沈從澤捋了捋鬍鬚，笑著說道：「老夫原也沒有在意，只是後來忽然想起來……老夫當年有看過她寫的文章，那是之前她參加鄉試的卷子。」

「竟然有這樣的事？」趙璟沒有想到，不過心裡有了底，一個鄉試的卷子能送到沈從澤前面，顯然也是不俗。

或許真像李清珮說的那般，她靠著自己的本事也可以考中進士。

「如何？」

沈從澤道：「女娃娃見解頗為大膽呀。」

「嗯？」趙璟忽然就來了興趣。「那卷子還能找到嗎？我也想瞧一瞧。」

沈從澤對沈南光說道：「你去我的書房……就是在下面的卷宗裡，你以前也瞧過。」

趙璟原本只是好奇，等那張卷子拿來，便仔細閱讀起來。

相較於其他考生的字，李清珮還稍顯生澀，顯出底子不好，但是筆法靈動，娟秀雅致，倒也彌補了這一點，之後便是文章優劣了，李清珮寫道：「臣聞太宗皇帝英明神武……」

趙璟看完舒了一口氣，久久都沒有說話。

沈從澤捋了捋鬍鬚道：「不簡單。」又道：「當時子坤拿了這文章來，叫老夫仔細瞧，實為喜歡，這才謄寫一份，想著那一年的金榜題名必然有她，誰知道她卻沒有來參加會試。」

沈從澤口中的子坤，就是禮部尚書孔秀文的表字。

趙璟想了想，道：「很是有幾分大膽的見地。」想起這次的考試，道：「孔大人是這次主考？」

一般會試，會指定八到十八個監考，其中還會區分主考，有一陣子許多新進的進士還會把主考官稱為恩師，後來被皇帝嚴令禁止。

「正是。」

趙璟想了想。「我去禮部瞧瞧。」

等趙璟走後，沈從澤露出沈重的神色來，對著小兒子沈南光道：「王爺對這位考生有些不同尋常呀！許久不曾露面，第一次就是為了推舉函，這會兒又要去禮部看文章……」

沈南光卻覺得這是好事，笑道：「窈窕淑女，君子好逑，王爺也該成親了。」

沈從澤想了想，道：「你去查查這位考生。」

「爹……」

「快去。」沈從澤不容置疑地道。

第四十三章

李清珮醒來的時候已經日上三竿，且是被撞門的聲音嚇醒的。

李念在外面大聲喊道：「姊姊，妳沒事吧？」

李清珮有些迷濛的腦子馬上清醒過來，看了眼天色就明白自己肯定是起太晚了，家人以為她出了什麼意外。

「我在呢！」李清珮清了清嗓子，道：「念兒，我就是睡過頭了。」

九月分的京城，天空又高又藍，秋風徐徐，吹在身上十分舒服。

李清珮坐在院子裡的石桌邊，咬了一口從李記買來的鮮肉蘑菇小籠包，薄薄的皮被咬出一個口子，鮮甜的汁水滑入口中，她吸了好幾口，這才意猶未盡地把小籠包放到灑了辣椒油的醋上，蘸了蘸，又秀氣地吃了起來。

一旁郭氏道：「念兒一早就去買來給妳，熱在鍋裡，皮有些散了，沒剛買來的時候有嚼勁。」

李清珮扭過頭，含笑看了眼李念。

李念羞澀地搔了搔頭道：「不過順道去買的。」

李念到京城之後，覺得這邊的生意更好做，這幾日天天都去外面轉悠，想著能不能找個好一點的店面，倒是比考完試就十分懶散的李清珮還要勤奮。

果然聽郭氏道：「妳這些日子是不是太過鬆懈了？」

李嬤嬤端了奶白色的鯽魚豆腐湯來，聽了這話笑道：「哎，夫人，大小姐可是辛辛苦苦讀了一年多，這會兒好不容易考完，總要放鬆一下，不然總這麼緊繃著，可是要鬧出病來。」

李清珮嘿嘿一笑，道：「李嬤嬤，還是妳疼我。」

「貧嘴。」郭氏擰了擰李清珮的耳朵，卻也忍不住笑了起來。

吃過了飯，李清珮就被郭氏趕著出門。

「跟妳弟弟出去轉一轉，別在家裡悶出病來。」

李清珮換了一身玉白色的纏枝柳暗紋錦緞褙子，梳了個俏皮的雙螺髻，脂粉未施地跟著李念出門。

雖然考完之後，郭氏就把衣裳、首飾都還給她，也默認她可以打扮自己，但她已經習慣現在這般。

以前她上妝是為了給秦王看，再後來出了秦王府便有些賭氣的成分，想著自己一個人也可以過得很好，而如今，李清珮覺得穿著最簡單的衣裳，卻也是堂堂正正的，變得自信開朗了。

李念跟李清珮說起話來。「姊，我聽說前面有個餛飩攤子叫『狀元一品紅』，有個舉子吃了他的餛飩高中狀元郎，咱們要不要去嚐一嚐？」

出門前，李清珮喝了一大碗的鯽魚豆腐湯，又吃了半籠的小籠包，正是吃得肚子圓鼓鼓的，哪裡還能吃下去，笑道：「姊可是吃不下了。你最近看了許多店面，可是有合適的？」

李念聽了這話，道：「那咱們回來的時候吃。」又道：「好位置的都有人占了，偶爾有那沒租借出去的，不是價錢比旁人貴，就是一下子要簽十年的契，不過是小本生意，實在為難。」

李清珮縱容地說道：「怕什麼，姊姊還有私房，你缺錢就跟姊說。」

李念羞澀地笑了笑，堅定地拒絕道：「姊，妳之前給的銀子就夠了，念兒想要自己做起來，這錢來得太容易，去得也快，總要一分一釐慢慢地攢起來，才知道賺錢的辛勞。姊，妳怎麼這般看念兒？」

李念說到這裡，見李清珮直勾勾地看著自己，緊張地摸了摸臉。

「難道說臉上有什麼東西？」

李清珮笑著搖頭，道：「姊只是覺得不過一年，念兒長大了，能有這樣的想法，實在是了不起，爹爹要是在世，見到你這般不知道有多開心。」

李念卻羞愧地低下頭來。「爹爹只會罵念兒愚蠢，不會讀書。」

「不會。」李清珮道：「爹爹最是溫柔了，說話從來不大聲，小時候我拿不住筆，爹爹就一遍一遍地教。」

李念道：「姊，爹爹是怎麼樣的人？」

「爹爹是一個芝蘭玉樹般的君子……」在李清珮心目中，父親就是男神一般的人物，在她年幼時給予她十足的父愛。

兩個人一直閒聊著，前往京城最繁華的東大街，因為離得不遠，所以是步行去的，卻沒有注意到門口停了一輛馬車，一直都沒有動。

等到兩姊弟漸漸看不見蹤影，馬車內的男子才冷聲說道：「啟程吧！」

「是，王爺。」

車簾隨著馬車的行駛，輕輕搖晃起來，外面的陽光時而照射進來，時而又擋住，忽明忽暗的，將秦王的面容映得越發深沈不見底。

「王爺，到了。」

秦王收回心神下了馬車，高高的匾額上用燙金字體寫著「廖府」，正是內閣首輔廖北的府邸。

李清珮跟李念把東大街逛了一圈，回程的時候，兩人去吃了「狀元一品紅」的餛飩。

李念幫李清珮放了一大勺的紅辣醬，羞澀道：「紅紅火火的，好兆頭，姊姊肯定能考中！」

李清珮心裡暖融融的，朝著李念笑了笑，低頭吃了起來。

兩姊弟回到家裡已經是晚上了，李清珮特意要了洗澡水，舒服地泡了澡。

昨天晚上，她與趙璟纏綿，白天的時候有事情分心倒還好，晚上安靜下來就覺得不太舒服，她想起趙璟有力的臂膀還有蜜色的腹肌，就忍不住臉紅。

等泡完澡出來，躺到床上，聞著熏過百合香的新褥子，李清珮很快就睡了過去，只是到了半夜，李清珮就醒過來了，躺在床上怎麼樣也睡不著，直到清晨看到漸漸升起的太陽，這才恍然大悟，自己原來是在等趙璟。

看到晨曦，李清珮頗有些失落，知道今天他不會來了，或許是終於死了心，心中無事，結果一放鬆，靠在床上又睡過去了。

這一覺醒來已經是中午，這次郭氏沒有來喊她，只是看著她的目光頗為擔憂，李念對她說話也越發小心翼翼起來。

李清珮不知道怎麼回事，算了算日子才發現快要放榜了，也怪不得大家這般小心，原來是怕她壓力太大。

每天早上起床，吃郭氏親手做的飯菜，還有李念變著法子買來的各種吃食，有時候是李記的小籠包、望北樓的醬肘子，還有滙豐居的鳳爪，總歸都是京城有名的小吃。

李清珮也沒有解釋，默默享用著家人的關懷，她想著，因為自己確實很緊張，就任性一回吧！

——未完，待續，請看文創風1144《大齡女出頭天》下

為流浪貓狗加油 和貓寶貝 狗寶貝

廝守終生(一定要終生喔！)的幸福機會

對人來說，貓寶貝狗寶貝只是生活的一部分，但妳（你）對牠們來說，卻是生活的全部，領養前請一定要考慮清楚——

▲ 暗夜裡的小星星　小藍

性　　別：女生
品　　種：米克斯
年　　紀：約4～5歲
個　　性：害羞內向
健康狀況：已結紮，已施打三合一疫苗、驅蟲，曾患口炎，
已拔牙治療完成
目前住所：屏東縣（中途愛媽家）

本期資料來源：藍先生

『小藍』的故事：

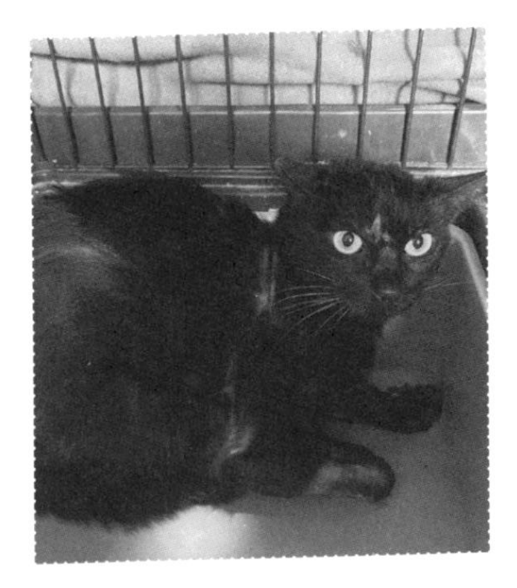

小藍是在服役住處附近的公園被發現的，當時牠特別瘦弱、十分怕生，哀號聲沙啞且身上有新傷口。

經誘補送醫治療後，才發現病因是口炎，進食困難導致營養不良，甚至貧血到體重只剩2.8公斤。經過拔牙治療與照護後，目前已可以正常吃飼料，臉上因治療時裝鼻胃管造成的傷口，與身上過去被其他浪貓欺負的舊傷，將會隨著身體康復而完全癒合。

儘管沒有美麗的花色和血統，又是成年黑貓，甚至因多年流浪導致還不十分親人，但骨子裡是一隻天使貓貓無疑。與小藍相處的這段時間，能感受到牠本性溫柔、也很努力試著想接近人的意願，未來成為最佳家貓絕對可期。

小藍的世界也想要有片藍天，希望每個早晨一抬頭，就瞧見有如生命中陽光的您在對牠微笑。有意者請洽藍先生的聯絡信箱kevinbob0630@gmail.com，全臺皆可親送，只要您願意陪伴牠打開心靈之窗，相信彩虹即將到來。

認養資格：

1. 認養人須有穩定的經濟收入，若與人同住，請先徵得家人、室友或房東的同意，不建議學生族群領養。
2. 不放養，必須同意施做門窗基本防護。
3. 須同意簽認養寵物切結書，並出示身分證件核對。
4. 認養前請三思，對待小藍不離不棄。

來信請說明：

a. 個人基本資料：姓名、性別、年齡、家庭狀況、職業與經濟來源等。
b. 想認養小藍的理由。
c. 過去養寵物的經驗，及簡介一下您的飼養環境。
d. 若未來有結婚、懷孕、出國或搬家等計劃，將如何安置小藍？

2019年1月出版

首輔的續弦妻

文創風 712～714

因為上段婚姻的痛，她早已發誓不再嫁人，
豈知當朝首輔的父親卻獨獨鍾意於她，盼她能當他的兒媳，
聽聞首輔大人是個鰥夫，獨自撫養一兒，
饒是這樣，依舊吸引眾多名門貴女的目光，
這樣的人中龍鳳，豈會輕易看上她這個被棄的村姑呢？

情真意摯，餘韻綿長／櫻桃熟了

說好聽點，她是沈家媳婦，姜秀娘卻覺得自己更像是傭人，
每日被使喚、折騰不說，還因多年無子而被迫和離，
其實真相是前夫若高中狀元，她這村姑身分怕是不夠格，
罷了，這噁心人的夫家她也不留戀，包袱款款回娘家孝敬長輩才是正理。
說也奇怪，夫家唯一對她好的姑奶奶臨死前贈了她一枚玉珠，
這玉珠能趨吉避凶，還能讓她在夢中看到一些奇事——
河水乾涸，再不解決大家就等著餓死，
她竟能看見深埋在山洞、被堵住的水源！
她以為只有自己知道，豈料當她前往山洞救援時，
赫然發現一摔斷腿的老者，竟也要來挖開被堵住的源頭。
老者眼神清明睿智，行事說話不按牌理出牌，似是不簡單，
果真，當前夫造訪姜家村，厚臉皮說出希望能接她回家時，
那老者突然乘轎現身，說她是他未來的兒媳婦？!

2023年2月出版

一勺獨秀

文創風 1137～1138

沒讓她穿成女主就算了，穿成一個人人喊打的女配，
老天為什麼要這樣捉弄她呀？
幸好現代的知識讓她穿來自帶技能，掌勺、擺攤都難不倒她，
希望她這個女配突然變得這麼能幹，不要被懷疑才好……

步步反轉，幸福璀璨／南小笙

如果喬月可以選擇，她絕不會想穿越成一本書的女配！
說起這個女配，因為出生時臉上有一塊胎記，被認定不祥而被拋棄，
剛巧蘇家人經過，把她救回去當作親生女兒養大，
誰知女配不知感恩，犯下一連串不可原諒的事，最後下場淒慘……
身為讀者的她當時看到這裡還覺得大快人心，現在簡直欲哭無淚，
她不能背負這些爛名聲，她要翻轉人生，改寫結局！
首先，蘇家人最重視的就是老三，也就是男主蘇彥之的身體，
蘇彥之滿腹才華，是做官的好苗子，卻因為身體不好沒少受折騰，
原書中女配屢次私吞他的救命藥錢，還為了貪圖榮華對他下藥，
如今若能醫好蘇彥之的病，是否就能翻轉整個蘇家對她的偏見？
可她記得，這個男主雖然個性溫和儒雅，對女配卻一直沒有好臉色，
看來她得想個法子，讓蘇彥之願意對她敞開心胸才成……

1143

大齡女出頭天 上

國家圖書館出版品預行編目資料

大齡女出頭天 / 櫻桃熟了著. --
初版. -- 臺北市 : 狗屋出版社有限公司, 2023.03
冊 ; 公分. --（文創風 ; 1143-1144）
ISBN 978-986-509-404-1（上冊 : 平裝）. --

857.7　　112001154

著作者　櫻桃熟了
編輯　黃鈺菁
校對　沈毓萍
發行所　狗屋出版社有限公司
地址　台北市104中山區龍江路71巷15號1樓
電話　02-2776-5889～0
發行字號　局版台業字845號
法律顧問　蕭雄淋律師
總經銷　知遠文化事業有限公司
電話　02-2664-8800
初版　2023年3月
國際書碼　ISBN-13　978-986-509-404-1

本著作物由北京晉江原創網絡科技有限公司授權出版

定價280元
狗屋劃撥帳號：19001626
網址：love.doghouse.com.tw　E-mail：love@doghouse.com.tw